허병두의
즐거운 글쓰기 교실 1

글쓰기 열다섯 마당

허병두의 즐거운 글쓰기 교실 1
글쓰기 열다섯 마당

초판 1쇄 발행 2004년 7월 5일
초판 8쇄 발행 2015년 3월 27일

지 은 이 허병두
펴 낸 이 주일우
펴 낸 곳 ㈜문학과지성사

등록번호 제1993-000098호
주 소 121-894 서울 마포구 잔다리로7길 18(서교동 377-20)
전 화 02)338-7224
팩 스 02)323-4180(편집) 02)338-7221(영업)
전자우편 moonji@moonji.com
홈페이지 www.moonji.com

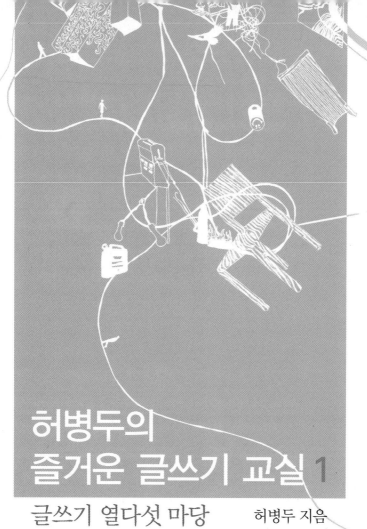

허병두의
즐거운 글쓰기 교실 1

글쓰기 열다섯 마당

허병두 지음

문 학 과 지 성 사

2004

■ 개정 증보판에 부쳐 ■

초판을 낸 지 꼬박 십 년이 흘렀습니다. 그동안 많은 분들께서 격려와 칭찬을 보내 주셨습니다. 하지만 모자란 자질과 능력 탓에 크고 작은 실수와 잘못들이 빼곡한 책이었기에 늘 부끄러웠습니다.

빨리 개정판을 내고 싶었으나 천성이 게으르면서도 나름대로 보람 있는 여러 일에 매달리다 보니 그리 쉽지 않았습니다. 이제 뒤늦게나마 초판에서 잘못된 곳을 바로잡고 몇 가지를 새로 덧붙여 보았습니다.

돌이켜 보면 지난 십 년 동안 우리나라의 글쓰기 교육에도 적지 않은 변화가 있었습니다. 다행스러운 일입니다. 이를테면 '무조건 많이 쓰면 잘 쓰게 된다'는 식의 막연한 지도 방식이 점차 사라지고 있습니다. 또한 제가 초판에서 효과적인 발상법으로 적극 활용했던 브레인스토밍 기법은 이제 웬만한 글쓰기 책, 작문 관련서에서 모두 도입하고 있습니다. 글쓰기와 각종 매체를 엮어 창조적 사고와 표현 욕구를 자극하는 지도 방법도 이제는 자리를 잡는 듯합니다. 초판이 이러한 변화에 작게나마 이바지해서 대단히 기쁩니다.

이번 개정판에서는 초판의 기본 정신과 바탕을 존중하면서 글쓰기의 여러 방식 가운데 '묘사'와 '서사'를, 또한 표현의 여러 측면 가운데 '수사법'과 '문체'를 강조하여 덧붙였습니다. 이는 묘사와 서사가 창조적인 상상력을 키워 주며, 수사법과 문체가 글의 실질적인 모습으로 나타나서입니다. 바꿔 말해 묘사와 서사로 세상을 새롭게 그려 보고 수사법과 문체에 숨은 뜻을 제대로 파악해 보라는 뜻도 담은 것이지요. 이 밖에 크고 작은 실수와 잘못들도 손질하였습니다.

글쓰기는 자신의 정서와 사고를 넓고 깊게 하여 자신은 물론 남과 세상을 올곧고 아름답게 바꿀 수 있는 결정적인 행위입니다. 따라서 글쓰기를 통하여 자신을 성장하게 하고, 다시 그렇게 성장한 자신이 쓴 글을 통하여 세상을 더욱 살 만하게 바꾸는 활동입니다.

모쪼록 이번 개정판 역시 여러분께 많은 사랑과 질책을 받았으면 합니다. 곁들여 이 책을 충분히 소화했다면 이어서 『문제는 창조적 사고다』를 읽으시라고 권해 드립니다. 본격적으로 창조적 사고를 기르는 방법과 실제를 일일이 짚어 보면서 창조적 사고가 얼마나 중요한가 깨닫고 익힐 수 있도록 강조하였습니다.

여러분 모두 글쓰기를 통해 자신을 찾고 세상을 올곧고 아름답게 바꾸어 나가시기를 거듭 간절히 바랍니다.

2004년 7월 호반에서

허병두 올림

글쓰기, 창조적인 삶의 표현

글은 쓰고 싶어서 쓰는 글, 자신의 내면에 샘솟는 생각과 느낌을 표현하고 싶어 미칠 것 같아 쓰는 글이어야 합니다. 또한 글은 우리들 삶이 담겨 있는 글, 자기 반성이 치열하고 쓴 사람의 영혼이 느껴지는 아름다운 글이어야 합니다. 그러한 글이야말로 창조적인 삶의 표현이기 때문입니다.

최근 학교 교육에서 글쓰기의 중요성이 새삼 강조되고 있습니다. 이는 아무래도 논술 시험 도입 등과 같은 대입 제도의 변화가 몰고 온 결과이겠지만 일단 바람직한 현상이라고 생각합니다. 자신의 생각과 느낌, 주장 등을 온전하게 표현하고 전달할 수 있는 능력이야말로 한 인간이 주체적으로 자신의 삶을 꾸려 나가고 공동체적 선을 지향하는 과정에 대단히 중요한 역할을 하기 때문입니다.

그러나 실제로 교육 현장에서 학생들에게 글쓰기를 가르치는 교사로서 볼 때 우려할 만한 점 또한 적지 않습니다. 예를 들어 논술의 경우만 해도 대부분의 서적들이 몇 가지 관련 지식과 예상 문제, 모범 답안만을 제시하는 등 참고서 형식을 취하여 학생들에게 논술을 일종의 '엄청나게 까다로운 암기 과목' 정도로 인식하게 하는 부작용을 낳고 있습니다.

그 결과 많은 학생들이 자신만의 생각과 주장, 의견 등을 한두 단락조차 제대로 쓰지 못하고 있습니다. 글쓰기에 대해서 많이 배웠으면서도 실제로 글을 쓰라면 잘 쓰지 못하는 학생들이 적지 않으며, 심지어 글쓰기를 지나치게 어려워하고 지겹게까지 생각하는 학생들이 많다는 사실이 바로 엄연한 우리의 현실인 것입니다.

이 책은 논술 지도를 위한 단순한 참고서가 아닙니다. 어떻게 하면 글쓰기 선수가 될 수 있을까 고민하는 사람들을 위한 기술 교본도 아닙니다. 글쓰기를 통해 사고력을 향상시키고 표현과 전달 능력을 높여 자신과 이웃의 삶을 의미 있게 변화시키고자 노력하는 사람들을 위한 책입니다. 비유컨대 이 책은 여러분에게 물고기를 주는 대신 낚시 기술과 낚시의 즐거움을 깨우쳐 주어 스스로 재미있게 낚시를 할 수 있도록 도와 주는 책입니다.

따라서 이 책은 글쓰기를 처음 배우거나 글을 잘 쓰고 싶었지만 너무 부담스럽고 어려워 글쓰기를 망설이던 초보자들에게 특히 유익하리라 확신합니다. 또한 나름대로 논술을 공부했는데도 글만 쓰라면 도대체 뭘 어떻게 써야 할지 막연한 학생들, 나아가 어떻게 하면 학생들에게 재미있고 올곧은 글쓰기를 지도할까 고민하시는 선생님들께도 도움이 되리라 생각합니다.

어쭙잖게 글쓰기에 대한 책을 쓴다고 그동안 따스한 눈길 한번 제대로 주지 못했던 아내와 아들 건에게, 그리고 존경하는 부모님께 사랑과 고마움을 전합니다.

1994년 8월

허병두

■ 차례 ■

제 1 마당
누가 글쓰기를 두려워하랴

머릿속을 맴도는 온갖 생각들, 좀처럼 가닥이 잡히지 않는다. 한 줄의 글조차 써 나가기가 너무 힘들다. 답답하다. 머리카락을 움켜쥐며 고민을 해 보지만 글은 좀처럼 써지지 않는다. 밤이 깊을수록 신경은 더욱더 날카로워지고 원고지 칸이 목을 졸라 오는 올가미같이 보인다. 오오⋯⋯!

1_글쓰기 — 어렵고 두렵고 괴로운 일

글을 쓴다는 것은 어려운 일이다. 아니, 글을 쓴다는 것은 두려운 일이다. 웬만큼 글을 쓴다고 소문이 난 전문 필자들도 글쓰기 자체를 즐기는 경우는 별로 없다. 오히려 원고지만 보면 가슴이 답답하다는 사람들까지 있다. 원고지의 한 칸 한 칸이 마치 감옥 창살 같아서 한 글자씩 써 나갈 때마다 힘들여 탈옥하는 기분이라고 고백하기도 한다. (그러고 보면 원고지의 모양은 창살을 닮았다. 원고지와 감옥 창살!)

머리 속을 맴도는 온갖 생각들이 좀처럼 가닥이 잡히지 않을 때, 그래서 한 줄의 글도 제대로 쓰지 못할 때 얼마나 답답한가. 거기다 기한까지 정해져 마감 시간에 쫓기며 글을 쓰는 밤. 머리카락을 움켜쥐며 고민을 해도 글은 써지지 않고 밤이 깊을수록 신경은 더욱 날카로워진다. 이쯤 되면 글쓰기란 어렵고 두려운 일을 넘어 괴로운 일임이 분명하리라.

그러나 글쓰기란 늘 이처럼 어렵고 두렵고 괴로운 일일까? 그렇다면 글은 왜 쓰는 것일까? 과연 글쓰기의 의의는 무엇일까?

2_왜 글을 쓸까

인간은 모여 있을 때라야 비로소 인간으로서 정의된다. 다시 말해 인간은 '人間'이라는 한자가 의미하듯이 서로 의지하는(人) 가운데 존재하는(間) 동물이다. 즉, 인간은 인간들 사이에서만 인간답게 된다. 그래서 인간을 조금 어려운 말로 '사회적 동물'이라 한다.

그러나 바로 여기서 우리는 반드시 질문을 던져야만 한다. 무엇이 인간을 인간답게 만드는 것일까? 과연 무엇이 모여 있는 인간을 진정한 인간으로 성숙시키는 것일까? 답은 쉽다. 그것은 바로 언어다.

언어는 물론 말과 글을 두루 아우른다. 보통 '음성 언어'인 말과 '문자 언어'인 글을 언어라 부른다. 그렇다. 말과 글, 이 두 가지는 인간을 동물로부터 구별시켜 준다. 언어는 사고 작용을 가능하게 하기 때문이다.

근대의 언어학 이론은 다른 동물들과 달리 인간에게는 천부적인 언어 능력이 있다고 주장한다. 인간만이 언어를 습득하고 활용할 수 있는 유일한 동물이라는 것이다. 그러므로 인간을 생각할 때 언어를 떼어 놓는 것은 어불성설(語不成說), 즉 말도 되지 않는다는 얘기다.

특히 말은 글보다 근원이 깊고 본질적이다. 말이 생기고 오랜 세월이 지난 뒤에야 비로소 글이 생겼기 때문이다. (이는 우리말과 우리 글자인 훈민정음의 관계를 생각하면 이해하기 쉬울 것이다.)

그러나 그렇다고 해서 글이 중요하지 않은 것은 아니다. 글은 말이 갖고 있는 여러 한계를 효율적으로 극복해 준다. 구체적으로 말해서 글은 말을 저장(기억)해 주고 멀리 전달한다. 이때 '멀리'라 함은 공간적으로 먼 지역만을 가리키는 것은 아니다. 글은 시간적으로 먼 훗날까지도 말을 전달해 준다. 또한 글은 순간의 말을 영원한 말로 남게 해 준다. 말은 사라지지만 글은 남는다.

글쓰기란 우리 삶의 표현이다. 또한 말하기와 마찬가지로 인간을 인간답게 하는 행위이다. 즉, 글쓰기란 인간들 사이의 의사 소통을 가능하게 하며 하나하나의 인간을 진정한 인간이게끔 해 준다. 그러므로 글쓰기란 단순히 의사 소통의 수단을 넘어서 '인간'을 확인하는 일이다.

3_글쓰기란 정말 어렵고 두렵고 괴로운 일일까

불후의 명작을 쓰겠다는 야망이 여러분 마음을 꽉 채우고 있다면, 분명 글쓰기는 그만큼 어렵고 두렵고 괴로운 일이 될 수 있다. 또, 여러분이 진작부터 공들여 써 온 글을 그 누구도 좋게 평가해 주지 않아도 마찬가지일 것이다. 더욱이 눈물이 찔끔 날 정도의 혹평(酷評)이라도 받았다면 두말할 나위조차 없으리라.

그러나 분명한 것은 본래 글쓰기란 재미있고 유익한 일이라는 사실이다. 글쓰기란 자신이 생각하고 느끼는 것을 표현하는 일로 자신이 살아 있음을 뜨겁게 확인할 수 있는 행위이기 때문이다. 글쓰기, 곧 자기 확인의 행위는 삶을 가치 있게 만드는 '탐험'의 기본이 되기 때문이다.

자, 이제 글쓰기를 부담스럽게 생각하지 말자. 글쓰기를 방해하는 최대의 적들(자만감과 열등감)을 이겨 내며 꾸준히 글쓰기를 익혀 보자. 이제부터 만나게 될 글쓰기 강좌는 매우 새롭게 진행될 것이다. 따라서 여러분들은 지금까지 나와 있는 어떤 글쓰기 교재나 교과서와는 다른 이 책의 진행 방식을 거리낌 없이 편안하게 받아들이게 될 것이다.

여러분들이 경험하게 될 새로운 글쓰기 여행은, 재미있고 부담감 없이 직접 글을 쓰면서 동시에 바람직한 글읽기까지 모두 아우른다. 즉 이 책은 흥미 있게 글을 쓸 수 있도록 관련 설명을 듣고 난 뒤 직접 글을 써 보고 참고할 수 있는 좋은 글들과 다른 학생들이 쓴 글을 읽어 보는 순서로 구성되어 있다. 또한 글쓰기에 대한 이론과 실제는 물론이고 글의 밑거름이 되는 유연하고 창조적인 사고, 자유로운 발상을 함께 키울 수 있도록 했다.

한 마디로 말해 이 책이 이끄는 새로운 글쓰기 여행은 여러분 스스로 글쓰기에 직접 참여하면서 적절한 읽을거리들을 읽어 보고 도움 설명을 듣는 매혹적인 여행이다!

4_글쓰기는 놀이다

잠깐만! 이제 조금 쉬는 시간을 갖자. 조급할 필요가 없다. 창문을 열고 밖을 내다보며 심호흡이라도 하자. 깊은 밤이라면 라디오의 음악 프로를 한 5, 6분 정도 듣는 것도 좋을 것이다. 아니다. 이 책을 읽어 가는 내내 들어도 상관없으리라. 톨스토이는 『크로이체르 소나타』에서 이렇게 말했다. "음악은 영혼을 높이지도 낮추지도 않는다. 다만 영혼을 자극하는 움직임을 갖고 있다."

쉰다는 것은 좋은 것이다. 그러나 쉰다는 것은 왜 좋을까? 또 노는 것은 쉬는 것이라고 할 수 있을까, 없을까? 우리가 휴일에 쉰다고도 논다고도 말하는 것을 보면 일단 같은 뜻으로 보아도 좋을 듯싶다.

그렇다면 논다는 것 역시 좋은 것이라고 바꾸어 말할 수 있다. 논다는 것, 호이징가Johan Huizinga라는 학자는 인간을 호모 루덴스(Homo Ludens, 놀이하는 인간)라고 이름 붙이며 인간의 본질을 놀이〔遊戲〕에서 찾은 바 있다. 인간이 인간다운 이유는 바로 놀이할 수 있는 존재이기에 가능했다는 주장이다. 그에 따르면 글쓰기 역시 즐거운 놀이의 일종이다.

5_딱 1분 동안 글쓰기

자, 이제 글을 한번 써 보자. 글은 직접 이 책 위에 써 나가도 좋다. 도서관의 책이 아니라면 도대체 책을 깨끗이 보아야 할 이유가 어디에 있단 말인가? (물론 적당한 16절지 정도 크기의 종이를 준비해도 좋다.)

그렇다고 해서 글을 성급하게 쓰지는 말자. 먼저 설명을 잘 들어야 한다. 지금부터 여러분들은 딱 1분 동안만 글을 쓴다. 시간은 정확하게 1분이며 단 1초라도 오차가 있어서는 안 된다. 혼자서 하기 어려우니 깊은 밤이 아니라면 옆에 있는 누군가(친구나 형제, 자매)에게 도움을 청하자. 시간을 정확히 재는 것이 무엇보다도 중요하기 때문이다.

시간을 재 줄 사람을 찾았다면 이제 글 쓸 준비는 다 된 것이나 마찬가지이다. 그리고 부드럽게 잘 나가는 볼펜 종류의 필기구를 준비한다. '1분간 글쓰기'를 창안한 하트웰Hartwell과 벤틀리Bentley 교수의 설명을 참고한 뒤 시작하자.

1분간 글쓰기

'거북이' 또는 '오늘 있었던 일'에 대해서 1분 동안 여러분이 쓸 수 있는 최대의 분량으로 글을 쓰자. 단, 글을 쓰다 무엇을 쓸지 생각이 막혔을 때는 중지하지 말고, 새로운 단어를 쓰기 시작할 때까지 '모르겠다'라고 반복해 쓴다. 종이에서는 펜을 떼지 말자. 맞춤법이나 문법에 관계 없이 1분 내에 쓸 수 있는 최대 분량을 쓰자.

'1분간 글쓰기'에서 중요한 것은 제목을 새롭게 바꾸어야 한다는 점이다. 그러니 옆에서 시간을 재 주는 사람에게 제목을 부탁하는 것이 좋다. '거북이'나 '오늘 있었던 일'은 앞서 소개되었기에 짧은 시간이나마 제목에 대한 생각을 했을 것이다.

그러나 이러한 형식의 글쓰기에서는 제목을 듣는 동시에 글을 쓰기 시작해서 더도 덜도 말고 딱 1분 동안만 글을 써야 한다. 제목은 일반적인 것으로 어떤 것이든 상관없다. 자, 시~작!

1분이 다 되었다. 띄어쓰기에 들어간 빈칸까지 포함해서 모두 몇 자 정도의 글자를 썼는지 헤아려 보자. 예를 들어, "밥을∨먹었다"는 띄어쓰기까지 따져서 여섯 글자로 계산한다. 100자를 넘게 쓴 사람은 그리 많지 않을 것이다. 지금까지의 경험에 비춰 볼 때 대략 5% 안팎일 듯싶다. 대개 40자에서 100자 사이가 많을 것이다.

물론 40자도 못 쓴 사람도 있을 것이다. 그러나 이 경우는 '1분간 계속 쓰기'라는 새로운 글쓰기 연습에 대해서 아직 이해하지 못하고 있음을 뜻한다. 생각이 안 떠올라도 '모르겠다'라는 말만 계속 쓴다면 결코 1분 동안 40자도 못 쓸 리가 없기 때문이다.

그럼 다시 한 번 1분간 계속 글쓰기를 시도해 보자. 제목은 역시 시작과 동시에 제시해 주도록 부탁한다. 시간을 잘 지켜야 함도 물론이다. 시~작!

아까와 같이 글자 수를 세어 보자. 분명 조금 늘었을 것이다. 대체로 거의 모두 60자 이상, 80자 안팎으로 썼으리라 본다. 이번에도 60자 이하를 쓴 사람은 글씨를 지독히 느리게 쓰는 것이 분명하다.

여기서 잠깐 글자 수를 세어 본 정성을 되살려 원고지 분량을 계산

해 보자. 만일 100자가 넘은 경우라면 그대로 200자 원고지 1/2장을 썼음을 뜻한다. 그러므로 2분간 200자를 넘게 쓴다면 역시 200자 원고지 1장 분량에 해당한다. 2분 동안 원고지 1장! 글쓰기도 별로 어려운 것이 아니잖은가. 60분에 원고지 30장 정도는 거뜬하게 쓸 수도 있지 않겠는가.

꼼꼼하기가 남산골 샌님보다 더한 사람들은 여기서 질문을 던진다. 아니, 그렇게 단순 계산으로 글쓰기를 생각한다면 누가 글을 못 쓰겠냐고.

그러나 이 질문은 맞는 듯하지만 틀렸다. 분명히 누구나 글을 쉽게, 그리고 빨리 쓸 수 있다. 어쩌면 이 속도보다 더 빨리 글을 쓸지도 모른다. 열 손가락을 고루 쓰는 타자를 배운다면 힘들이지 않고 이보다 더 빨리 글을 쓸 수 있을 테니까. 그리고 무엇보다도 많은 경험과 독서를 했다면 생각은 더 잘 풀려 나가 중간에 '모르겠다'라는 말을 쓰는 경우도 줄어들 것이다.

이제 참고로 여러분과 같은 또래의 학생이 쓴 글을 읽어 보자. '시간'이라는 제목으로 1분간 글쓰기를 처음 해 본 글이다.

나는 시간이 없다. 왜냐하면 학교에 갔다 집에 와서 모르겠다. 내가 하고 싶은 일을 할 수가 없기 때문이다. 이것저것 내일 할 일과 모르겠다 준비물을 챙기 (83자)

자신의 일상생활과 연관시켜 글을 진행시켜 나가고 있다. 시간이라는 다소 막연한 제목으로 글을 쓰기란 사실 쉽지 않다. 그럼에도 1분간 83자를 쓴 것은 몰입하여 글을 쓴 덕분이다. 이처럼 1분간 글쓰기는 어떤 제목이나 주제에 대해서 짧은 시간 동안 몰입하게 만들어 준다. 특히 글의 첫머리를 어떻게 끌어 나가야 좋을까 하는 고민을 푸는 데 적절한 훈련이다.

중간에 '모르겠다'라는 말이 끼어든 이 학생의 글은 한 번 더 1분간 계속 글쓰기를 한 결과 다음과 같이 바뀌고 있다. 이번 글의 제목은 '감미로운 소리'이다.

> 나는 음악을 감미로운 소리라고 생각한다. 음악을 듣는 것은 마치 맛있는 음식을 먹을 때 그 맛을 느끼는 것처럼 내 뇌를 쓰치고 지나가는 그 음악은 감미롭다고 할 수 있겠다. 나는 모든 종류의 음악 (107자)

두 번째 글에서는 '모르겠다'라는 말이 한 번도 나오지 않는다. 1분간 글쓰기에 벌써 적응하고 있는 것이다. 이런 정도라면 글쓰기 실력이 느는 것은 시간문제다. 비록 '쓰치고'라는 오자(誤字)가 보이고, 두 번째 문장은 엉성하지만…….

물론 1분간 글쓰기에 적응하는 속도는 개인 차이가 크다. 심지어 처음부터 끝까지 '모르겠다'만 계속 쓰는 사람도 있을 것이다. 어쩌면 1분간 계속 글 쓰는 것조차도 싫어 아예 더 하고 싶지 않은 사람도 있을 수 있다.

그러나 분명한 것은 1분간 계속 글쓰기를 거듭함으로써 여러분의 글이 변화한다는 사실이다. 변화는 당연히 발전을 뜻한다. 중국인들은 말한다. "느린 것을 두려워하지 말고 중도에 그만두는 것을 두려워하라." 여러분들이 1분간 글쓰기를 꾸준히 반복하다가 다시 2분, 3분, 4분……. 이런 식으로 시간을 늘려 연습한다면 글쓰기는 더 이상 어렵고 두렵고 괴로운 일이 아니다. 자신감을 가지고 1분간 글쓰기를 계속해 보자. 그러면 이번에는 약간 형태를 바꾸어 글을 써 보자.

6_1분간 생각하고 3분간 계속 쓰기

앞에서 해 본 1분간 글쓰기와 요령은 비슷하다. 그러나 먼저 1분간 생각하고 3분간 쓰는 것이 다르다. 자, 1분간 생각하고 3분간 글을 써 보자. 시간을 정확히 지켜야 하니까 이번에도 주위의 도움을 받으면 좋겠다.

> 1분간 생각하고 3분간 계속 쓰기란?
> 첫 문장을 중심으로 1분간 생각하고, 3분간 쉬지 않고 계속 쓴다. 쓰다가 생각이 안 떠오르면 '모르겠다'라는 말을 계속 쓴다. 물론 다시 생각이 나면 계속 이어 쓴다.

충실히 집중했다면 200자 이상 썼으리라고 생각한다. 특히 '모르겠다'라는 말은 거의 쓰지 않았을 것이다. 짧지만 1분간의 생각이 글의 내용을 풍성하게 해 주었기 때문이다. 글쓰기를 생각하기, 읽기와 떼어 놓을 수 없음은 여기서도 확실히 알 수 있다.

이와 같은 방식의 글쓰기를 몇 번이고 연습해 보자. 뜻이 맞는 친구와 함께 꾸준히 연습한다면 분명 글쓰기 실력이 향상되는 것을 느낄 수 있을 것이다.

웬만큼 익숙해지면 다음 연습을 해 보자. 앞의 방식과 같은데 특정한 단어들이 5~10개 먼저 제시된다는 점이 다르다. 보기로 들 단어들은 교과서에 실린 한국 명작 단편소설들에서 뽑으면 좋다. 어느 정도 연습했다 싶으면 다양한 글들을 대상으로 연습한다.

그럼 보기에 나와 있는 단어들로 '달 밝은 밤의 메밀밭 풍경'을 1분간 상상해 보자. 그리고 정확히 3분간 글을 쓴다. 역시 주위의 도움을 받아 정확한 시간을 지키자. 정답은 없으니 자유롭게 써 보자.

보기 밤, 길, 산허리, 달, 메밀꽃, 나귀, 방울 소리

1분간 상상했으면 이제 3분간 써 본다. 집중, 시작!

몇 글자를 썼는가 이번에도 확인해 두자. 이미 강조했듯이 글쓰기는 꾸준히 노력해야 효과가 있다. 보기에 나온 단어들은 이효석의 「메밀꽃 필 무렵」에서 따온 것이다.

작가 이효석(1907~1942)은 처음에는 사회적 모순과 그로 인한 인간의 전락을 그리다가 작품 「돈(豚)」(1933) 이후로 인간의 원초적 본능을 자연과의 조화 속에서 서정적으로 그리기 시작하였다. 이효석의 이러한 변모는 당대의 암울한 식민지 현실을 의식적으로 외면했다는 비판을 받고 있다. 그의 소설들이 보여 주는 뛰어난 예술성을 생각해볼 때 반민족적인 변화는 아쉽기까지 하다. 「메밀꽃 필 무렵」(1936)은 시대성이나 사회성과는 거리를 둔 이른바 순수소설에 속한다. 이제 여러분이 쓴 글과 비교해 보자.

길은 지금 긴 산허리에 걸려 있다. 밤중을 지난 무렵인지 죽은 듯이 고요한 속에서 짐승 같은 달의 숨소리가 손에 잡힐 듯이 들리며, 콩 포

기와 옥수수 잎새가 한층 달에 푸르게 젖었다. 산허리는 온통 메밀밭
이어서 피기 시작한 꽃이 소금을 뿌린 듯이 흐뭇한 달빛에 숨이 막힐
지경이다. 붉은 대궁이 향기같이 애잔하고 나귀들의 걸음도 시원하다.
길이 좁은 까닭에 세 사람은 나귀를 타고 외줄로 늘어섰다. 방울 소리
가 시원스럽게 딸랑딸랑 메밀밭께로 흘러간다.

__이효석, 「메밀꽃 필 무렵」

얼마나 아름다운 달밤의 정경인가. 얼금뱅이요 왼손잡이인 장돌뱅
이 허생원이 조선달, 동이(허생원의 아들임이 작품 속에서 계속 암시
된다)와 함께 보름달이 흐뭇한 밤에 산길을 가는 장면이다. "짐승 같
은 달의 숨소리가 손에 잡힐 듯이 들리며", "산허리는 온통 메밀밭이
어서 피기 시작한 꽃이 소금을 뿌린 듯이 흐뭇한 달빛에 숨이 막힐 지
경이다"와 같은 참신한 비유와 함께 시각과 청각을 비롯한 여러 가지
감각들을 자유로이 자극하며 시적인 분위기를 자아내고 있다. 한국
현대 단편소설 가운데 가장 서정적인 대목이라 해도 지나친 말이 아
니다.

7_모방의 중요성

글을 잘 쓰고 싶은 사람들, 특히 훌륭한 문학 작품을 쓰고 싶은
사람들은 이효석의 「메밀꽃 필 무렵」에서 뽑은 앞의 대목과 같은

명문들을 세심하게 관찰하고 진지하게 모방해 보아야 한다.

여기서 모방(模倣)이라 함은 "문체상의 특징, 즉 단어의 선택, 문장의 구조, 문장의 길이, 표현 기법 등"을 분석하여 다른 주제로 글을 쓰는 것을 뜻한다. 만일 같은 주제로 쓴다면 글쓰기를 위한 연습이 아니라 단순한 흉내에 그칠 뿐이다. 또한 흉내 낸 글을 자신의 이름으로 발표하면 '표절(剽竊, 글 도둑질)'이 되니 절대 주의해야 한다. 남의 글을 꼭 활용하고 싶으면 큰따옴표(" ")로 묶고 반드시 그 출처를 밝혀 인용했음을 알려야 한다.

우리나라의 어느 소설가는 러시아의 위대한 문호인 도스토예프스키의 작품 『죄와 벌』을 읽고 너무 감동을 받은 나머지 자신의 소설 공부를 위해 수십 번을 그대로 공책에 옮겨 적는 연습을 했다고 한다. 어떻게 들으면 참 어리석은 일 같다. 그대로 베껴 적다니…….

그러나 이러한 과정을 통해 그는 원작자의 입장에 푹 젖어들면서 소설 창작에 필요한 여러 가지 기법들을 배울 수 있었다고 한다. 이는 곧 소설다운 소설을 쓸 수 있는 바탕이 생겼다는 말이다. 그러고 보면 바람직한 모방은 창조의 어머니인 셈이다.

앞서 소개한 「메밀꽃 필 무렵」 대목을 몇 번 써 보자. 욕심 같아서는 아예 외워 주었으면 할 정도의 명문이기 때문이다.

그러나 막연히 형식적으로 베껴서는 안 된다. 단순히 문자들의 집합체를 복사하는 차원이라면 차라리 안 쓰는 것이 낫다. 아주 치밀하게 뜯어보면서 차분하게 표현상의 아름다움과 관점의 독특함을 익혀야 한다. 그리고 다시 한 번 밤의 정경에 대한 상상과 아울러 몇 분간이라도 글을 써 보자.

참고로 읽을 만한 보기 글을 하나 더 들겠다. 『어린 왕자』로 유명한 생텍쥐페리의 또 다른 명작 『인간의 대지』에 나오는 한 대목이다.

그리고 나는 조금씩 빛을 잃어 간다. 하늘과 땅이 차차 혼동된다. 저 땅이 수증기처럼 올라와 퍼지는 것 같다. 이른 별들이 푸른 물 속에서처럼 흔들린다. 그것들이 단단한 금강석으로 변할 때까지는 아직 오래 기다려야 할 것이다. 별똥들의 무언의 유희를 구경하려면 아직도 오래 기다려야 할 것이다. 어느 날 밤에는 별똥이 날아다니는 것을 얼마나 많이 보았던지 별들 사이에 세찬 바람이 부는 듯한 느낌이 들었다.

_생텍쥐페리, 『인간의 대지』

끝으로 지금까지의 글들을 다시 한 번 깊이 읽고 직접 종이 위에 쓰는 연습을 반복하기 바란다. 더 재미있는 방법이 있다면 함께 실행해도 좋다.

제 2 마당
즐겁게 글을 쓰려면

삶의 애착 이외의 다른 것은 쓰지 않으렵니다. 그것도 내 마음 내키는 대로 엮어 가렵니다. 다른 사람들은 연기된 유혹에 의해 글을 씁니다. 그러나 나의 작품에서 나올 것은 나의 행복에서 빚어지는 것입니다. 비록 그 행복이 지닐 잔인한 요소 속에서일지라도 내 육체가 요구하기 때문에 헤엄을 쳐야 하듯이 나는 글을 써야 되겠습니다.

_알베르 카뮈

그들은 나에게 글을 쓰라는 벌을 내렸다.

_지그프리트 렌츠, 「독일어 시간」

1_글쓰기, 즐거운 자기 표현

글쓰기란 자기 감정이나 생각, 의견 등을 문자 언어로 특별하게 표현하고 전달하는 활동이다. 즉, 글쓰기에는 '표현과 전달'이라는 두 가지 기능적 측면이 있다.

이제 막 글쓰기를 배우는 초보자들에게는 표현의 측면이 먼저 강조되어야만 한다. 그러나 대부분의 글쓰기 책들은 한결같이 '표현'의 기능보다 '전달'의 기능에 집착하여 소리를 높여 왔다. 이것이 바로 큰 문제다. 관련 교과서들도 역시 정도 차만 있을 뿐 예외가 아니다. 이전의 고등학교 『작문』 교과서들 가운데 하나를 살펴보자.

글을 쓴다는 것은 단지 쓰는 것으로 끝나는 것이 아니라 자기의 의사를 문자 언어로 표현하여 다른 사람에게 그 의사를 전달하는 활동이다. 만약에 자기 의사만 표현해 놓고 그것이 다른 사람에게 읽혀서 전달되기를 바라지 않는다면 그런 글은 아무런 소용이 없을 것이다.

__어느 작문 교과서에서

글은 반드시 읽혀야(전달되어야) 하며, 글쓰기란 어디까지나 남에게 보여 주어야만 비로소 의미가 생기는 활동이라는 말이다. 그러나 과연 그럴까. 결론부터 말하자면, '그렇지 않다!'

여기서 과거를 잠깐 돌이켜 보자. 어린 시절부터 우리는 얼마나 많은 글을 남에게 보여 주려고 써 왔던가. 숙제로 써야만 했던 그 많은 독후감, 견학기, 편지, 일기……. (으으, 악몽이 되살아난다!) 더욱이 가장 내밀한 자기 표현인 일기조차 선생님께 보여 드리기 위해서 매일 억지로 쓰거나 하룻밤에 몰아 쓰지 않았던가. 어쩌면 숙제로 글을 쓰면서부터 글쓰기의 즐거움은 사라지지 않았나 싶다.

물론, 앞서도 말했듯이 글쓰기에는 분명 '전달'의 측면이 있다. 그러나 어디까지나 글쓰기의 동인(動因)은 역시 자기 표현의 본능에 있다. 그러므로 즐거움이 없는 글쓰기, '전달' 기능만 강조되는 글쓰기란 자칫 지겹고 고통스러운 형벌이 되기 쉽다. 첫머리에서 인용한 지그프리트 렌츠Siegfried Lenz의 말은 확실히 곱씹어 볼 만하다.

지그프리트 렌츠는 1926년 동프로이센에서 태어난 독일 작가이다. 『30세』, 『호수로 가는 세 갈래 길』 등을 쓴 잉게보르크 바하만Ingeborg Bachmann, 『양철북』으로 유명한 귄터 그라스 Günter Grass 등과 같은 해에 태어난 렌츠는, 내면 의식과 조화를 이룬 객관적인 관찰과 묘사가 뛰어나다는 평가를 받았다. 그럼 『독일어 시간』의 한 대목을 읽어 보자.

그 제목은 '의무의 즐거움'이었다. 놀라서 교실 안을 둘러보니, 모두들 등을 굽히고는 얼굴을 찡그리고 있었다. 그러자 의자와 의자 사이에서 소곤거리는 소리, 발을 끄는 소리, 한숨을 쉬며 책상 위판을 끼워 넣는 소리들이 들려왔다.

내 짝인 올레 플뢰츠는 그 두툼한 입술을 옴죽거려 작은 소리로 제목을 읽더니 발작을 일으킬 준비를 하고 있었다. 스스로 얼굴색을 창백하게, 또 새파랗고 연약하게 만들 줄 아는 재능을 지닌 샬리 프리트랜더를 모든 선생들은 때때로 공부에서 해방시켜 주기도 했다. 샬리는 벌써부터 그의 호흡 기술을 발휘하기 시작했다. 얼굴빛은 아직 변하지 않았지만, 목의 동맥을 기술적으로 움직임으로써 이마나 윗입술 위에 땀방울이 맺히기 시작했다.

내가 손거울을 꺼내 창문 쪽으로 방향을 맞춰 햇빛을 잡은 다음 칠판을 향해 비추자, 코르프유운 박사는 놀라서 돌아다보았다. 그러고는 강단 위에서 몇 발자국 피하더니 우리를 내려다보며 시작하라고 명령했다. 다시 한 번 깡마른 손을 높이 올려 집게손가락으로 꼿꼿하게 '의무의 즐거움'이라는 제목을 가리키며, 모든 질문을 회피하기 위해 덧붙이는 것이었다. 각자 원하는 대로 아무것이나 써도 좋다. 단, 의무의 즐거움이라는 주제를 다루어야만 한다.

_지그프리트 렌츠, 『독일어 시간』, 학원사

세상에! 의무의 즐거움이라니……! 의무를 다해 즐겁다는 사람은 누구일까. "나는 복종을 좋아하여요"라고 역설적으로 표현한 한용운 님도 아닌데, '의무의 즐거움'이라니.

렌츠가 보기에 독일인이란 의무를 다하는 데서만 만족감을 찾는 민족일 뿐, 유머가 없는 사람들이다. 그는 뜨거운 가슴에서 용솟음쳐 나오는 열정을 갖고 해학적으로 그리고 있다. '의무의 즐거움'이라는 한 가지 주제로 모두가 '의무적으로 글을 써야만 하는' 우스꽝스럽고도 슬픈 장면을.

그렇다. 남에게 보여 줄 것을 목적으로 쓰는 글, 마지못해 쓰는 글은 진정한 글이 되기 힘들다. 그러한 글은 단지 문자의 집합체에 머물기 쉽다. 또 잘 돼 봐야 인간의 숨소리가 느껴지지 않는 기계적이고 형식적인 글이 될 뿐이다.

글은 단순히 문자의 집합체가 아니다. 글은 쓰고 싶어서 쓰는 글, 자신의 내면에 샘솟는 생각과 느낌을 표현하고 싶어 미칠 것 같아 쓰는 글이어야 한다. 그러한 글이야말로 날줄과 씨줄이 엇갈리며 고운 비단을 만들듯, 한 줄 한 줄의 문장이 서로 유기적으로 짜여지며 영혼의 숨결을 내뿜게 된다. 그 결과 자연스럽게 그 글은 남에게 읽히고 깊이 받아들여지는 글이 나오는 것이다.

글쓰기는 마지못해서 원고지를 메우는 강제 노동이 아니다. 그러므로 처음 글쓰기를 공부할 때는 즐겁게, 자발적으로 하는 것이 중요하다. 남에게 보여 주어야 하는, 즉 '전달'을 목적으로 하는 글쓰기 역시 공부해야 하겠지만 그것은 나중에 시작해도 늦지 않다. 글을 즐겁게 쓰다 보면, 어느 순간 자기가 쓴 글을 좀더 빛나고 도드라지게 하고 싶은 마음이 들게 될 것이고, 그때는 누가 하지 말라고 말려도 스스로 열심히 공부할 것이기 때문이다.

이 장에서 공부할 내용들도 역시 즐겁게 자발적으로 글을 쓸 수 있도록 전개된다. 여러분은 글쓰기의 새내기이므로, 무엇보다도 즐겁게 시작하자. 즐겁게, 즐겁게……!

2_쓰고 싶은 것들을 쓰자

그렇다면 어떻게 해야 글쓰기가 재미있을까? 과연 글쓰기가 재미있다는 '인간'이 도대체 얼마나 될까? 회의적으로 생각하는 사람이 적지 않을 것이다. 어쩌면 아예 코웃음 치는 사람까지 있을지도 모른다.

옛날 생각이 난다. 유치원에 다닐 때였다. 규모는 작지만 오래된 교회에서 운영하는 유치원이었다. 푸른 담쟁이덩굴이 붉은 벽돌의 지붕과 담들을 덮어 아름다운 풍경을 만들어 내던 곳이었다. 뾰족 지붕 위 십자가 아래에는 조그만 종이 하나 매달려 있었다. 어스레한 저녁 무렵이면 종소리는 낮게 떠돌다가 정원 깊숙이 가라앉곤 하였다. 바로 그 유치원에서 했던 놀이가 생각난다. 뭐라고 하더라……. 두 손에 풀이 섞인 물감을 잔뜩 묻혀서 하얀 도화지에 마구 칠하던 놀이. 손가락과 손바닥 전부에 느껴지는 기분 좋은 이질감. 부드럽게 깔리며 퍼져 나가던 물감들. 무엇을 그리라는 말도 없었고, 그에 대한 평가도 없었다. 아무런 생각 없이 손가락을 꼼지락거리며 도화지 위를 마구 휘젓던 그 기분!

'그 기분'이야 두말할 것도 없이 해방감과 성취감이 아니겠는가. 무엇인가를 그리겠다고 의식할 때의 어려움 대신, 아무런 안팎의 방해 없이 자유롭게 즐겼던 기쁨은 평생 잊기 어려우리라.

이와 마찬가지로 글을 쓰면서도 역시 즐거운 기분을 만끽할 수 있다. 왜냐하면 앞서 말했듯 인간에게는 본능적으로 표현 욕구가 있기 때문이다.

자연스러운 숨쉬기가 시의 운율을 만들듯 무엇인가 표현하고 싶어 못 배기는 본능이야말로 훌륭한 글을 쓰게 해 준다.

자, 이제 생각해 보자. 재미있는 책이나 영화를 보았을 때, 길을 가다가 어떤 사건을 보았을 때, 어린 시절의 즐거웠던 기억이 아련하게 마음을 흐뭇하게 할 때, 말을 건네고 싶은 친구가 생겼을 때, 혹은 깊은 밤 잠은 안 오고 문득 누군가와 밤새 이야기를 나누고 싶었을 때 무엇인가 쓰고 싶은 생각은 없었는지.

있었다면 바로 그것들에 관해 먼저 쓰자. 쓰고 싶은 글감들이 사소할 수도 중요할 수도 있다. 그러나 그런 것은 아무 상관이 없다. 아무튼 쓰고 싶은 글감들의 제목부터 아래에 써 보자. 시간 제한은 없으니 이쯤에서 따뜻한 차나 시원한 음료수를 한 잔 마시며 생각을 더듬어 보자.

① _____   ② _____

③ _____   ④ _____

⑤ _____   ⑥ _____

⑦ _____   ⑧ _____

⑨ _____   ⑩ _____

⑪ _____   ⑫ _____

　혹시 쓰고 싶은 것들이 없다면 그대로 비워 놓자. 언젠가 쓰고 싶은, 정말 쓰고 싶어 못 견딜 글감들이 생길 테니 그때 가서 메워도 좋다.

　그럼 다음 제목들을 글로 써 보자. 위의 난들을 빈칸으로 남겨 놓은 '용사(勇士)'들은 1분간 생각하고 3분간 글을 써 보자.

　옛날 생각이 난다.

_____

_____

_____

_____

_____

_____

_____

이제 "혼자서도 잘 해요."라고 중얼거리는 '도사(道士)'들은 글감에 푹 빠져들어 자유롭게 써 보자. 굳이 시간 제한을 할 필요가 없다. 그렇다고 쓰다 말고 읽는 일은 없어야 한다. 또 맞춤법이니 문법 사항, 논리적인 표현 등을 너무 의식하지 말자. 그저 떠오르는 대로 써 보자.

최초로 기억나는 것들은

학교를 마치고 집으로 가는 길에는

거듭 강조하건대 글쓰기란 무엇보다도 자신의 표현 욕구를 충족시키는 즐거운 일이어야 한다. 그러므로 쓰고 싶은 것을 쓰는 태도가 우선 중요하다. 그 다음에는 자신의 글이 남들에게 역시 즐겁게 읽힐 수 있도록 전달의 효율성을 추구하는 것이 필요하다.

3_처음 떠오르는 것들을 쓰자

1마당에서 우리는 '1분간 글쓰기'를 해 보았다. '1분간 글쓰기'와 같은 자유로운 글쓰기 방식은 머릿속에 있는 훼방꾼들을 잠들게 하는 장점이 있다. 생각이 잘 풀려 나가지 않을 때, '모르겠다'라고 계속 쓰면서 글쓰기를 멈추지 않기 때문이다. 아주 잘 쓰겠다는 욕심과 '난 도저히 안 돼'라는 열등감 같은 극단적인 감정들이 미처 훼방꾼으로 떠오를 사이가 없다. 그러나 1분간 글쓰기를 몇 번씩 한 뒤에도 적응을 잘 못하는 경우도 가끔 있다.

"선생님, 저는 하나도 떠오르는 것이 없어요."

얼굴이 상기된 그 학생에게 가서 무언가 잔뜩 씌어진 종이 위를 들여다본다. 놀랍게도 그 학생의 글에는 '모르겠다'만 계속 나온다. 이런 경우는 아주 드물긴 하지만 1분간 글쓰기를 몇 번 연습해 본 여러분 가운데에도 있을 것이다.

이것은 앞서 말한 훼방꾼들이 너무 강력할 때 일어난다. 즉, 지나치게 글의 결과에 집착할 때 일어나는 것이다. 한때 '마음을 비우라'는 말이 유행한 적이 있었다. 글을 쓸 때도 마음을 비우는 것이 좋다. 아무 생각 없이 그저 떠오르는 대로 써 나가자.

1분간 글쓰기는 하나의 방법일 뿐이다. 만일 쓰는 것이 조금 힘들다면 음악을 듣자. 음악을 이용해 마음의 병을 치료하는 전문가들이 추천하는, 집중력을 갖게 해 주는 음악이 있다. 하이든의 「현악 4중주곡 제17번 F장조」나 모차르트의 「바이올린 소나타 제22번 E단조」, 「현악 5중주곡 제5번 D장조」가 효과가 있으니 찾아 들어 보자.

　그러나 클래식 애호가가 아니라면 음반을 찾다가 더 짜증이 날지도 모른다. 그렇다면 FM 방송에서 흘러나오는 음악에 그저 귀를 기울이자. 혹시 흥겨운 음악이라면 리듬에 맞추어 잠깐 춤도 추고!

　자, 이젠 그 음악 자체에 대해 또는 음악을 듣고 춤을 추는 동안의 자신의 느낌에 대해서 구체적으로 써 보자.

　만일 쓰기는커녕 이 글마저 읽기가 싫을 정도로 의욕이 나지 않는다면 아예 본격적으로 음악을 듣는 것이 좋겠다. 음악 요법 전문가들은 다음과 같이 충고한다.

　모든 것에 의욕이 나지 않을 때는 스메타나의 「현악 4중주곡 제1

번」, 슈베르트의 「교향곡 제5번 제1악장」, 무언가를 생각할 때는 쇼팽의 「폴로네이즈 A장조, 군대」, 베토벤의 「피아노 소나타 제18번 E♭ 장조 작품 31-3 제1악장 알레그로」, 쇼팽의 「폴로네이즈 제6번 A장조 작품 53, 영웅」을 들어 보면 좋다.

거듭 강조한다. 무엇이든 좋다. 쓰고 싶은 것을 쓰자. 그리고 처음 머리를 스쳐 가는 생각이나 느낌에 대해서 구체적으로 쓰자.

이번에는 물 속을 자유롭게 유영하는 물고기의 모습을 생각해 보자. 유연하게 움직이는 지느러미, 부드럽게 떠오르는 동작, 자연스럽게 부풀었다가 줄어드는 아가미……. 떠오르는 것이 많이 있을 것이다. 물고기의 움직임에 대해서 1분간 자유롭게 글을 써 보자.

중요한 것은 처음 떠오르는 느낌이나 생각을 잡아야 한다는 점이다. 그리고 부담 없이 그것에 관해 말하는 것처럼 써야 한다.

말은 자연스럽게 나온다. 특별한 경우를 제외하고는 일상생활에서 말하는 것을 힘들어하는 사람은 없다. 글쓰기도 마찬가지가 되어야 한다. 말하듯 글을 쓰자. 옆에 있는 친한 친구에게 말한다고 생각하며 써 보자.

4_내면으로, 존재의 내면으로!

여러분들이 무엇인가에 대해 쓰려고 마음먹는다면, 우선 그것에 관한 자세한 관찰이 필요하다. 이를테면 시시각각으로 변하는 상황에 대해서도 깊이 살펴볼 필요가 있다. 몽상(夢想)의 철학자로 유명한 프랑스의 가스통 바슐라르Gaston Bachelard는 인상주의 화가인 모네Monet의 「수련(睡蓮)」 연작 그림들에 대하여 다음과 같이 말한다.

저녁이 되면 — 모네는 수없이 그것을 보았던 것이다 — 이 젊은 꽃은 잔물결 밑에서 밤을 지내기 위해 사라져 버린다. 꽃꼭지가 오므라들어 진흙의 어두운 밑바닥에까지 꽃을 다시 불러들인다는 이야기가 있지 않은가. 그리하여 새벽마다, 여름밤의 편안한 잠을 자고 난 커다란 미모사 수련은 언제나 생생한 꽃, 물과 태양의 순결한 처녀로서 빛과 함께 되살아나는 것이다.

그토록 많이 되찾은 젊음, 낮과 밤의 리듬에 대한 그토록 충실한 복종, 새벽의 순간을 알리는 그 정확성, 이것이야말로 수련으로 하여금 바로 인상주의의 꽃이 되게 한 이유인 것이다. 수련은 세계의 한순간이다. 그것은 두 눈을 지닌 아침이다. 그것은 또한 여름 새벽의 놀라운 꽃이다.

__바슐라르, 『꿈꿀 권리』

미모사mimosa란 콩과의 한해살이풀로, 여름에 연분홍의 잔 꽃이 피고, 세 개의 씨가 들어 있는 꼬투리를 맺는다. 자잘한 잎이 깃 모양으로 붙어 있는데, 손으로 건드리면 이내 닫히며 아래로 늘어지는 풀이다. 새벽이 되면 피어났다가 저녁이 되면 다시 지는 꽃, 시시각각으로 변하는 수련의 아름다움에 쏟아진 모네의 시선. 그리고 거기에 대한 바슐라르의 해석.

인상주의란 19세기 후반 무렵 프랑스를 중심으로 대상에 대한 객관적인 인상을 중시하여 빛과 함께 변하는 색채의 변화를 그대로 묘사하려고 한 미술 사조의 하나이다. 인상파 화가들의 눈에 비친 세계는 계속 변화하는 실체이다. 모든 것은 단 한 순간만 존재할 뿐이다. 인상파 화가의 눈은 아름다움을 좇는 주관적인 사실주의자의 눈이다.

바슐라르는 모네의 시선 속에서 꿈을 꾸고 있다. 그는 모네의 수련 속으로 깊숙이 빠져든다. 그의 말은 눈앞에서 피어나고 숨는 수련들에 대해 자기를 잊은 듯 빠져들며 꿈꾸는 예술적인 몽상이다. 그의 꿈

속에서 독자들은 수련처럼 잠이 들어 어느 틈에 같은 꿈을 꾸게 된다. 바슐라르와 수련, 독자들은 모두 그의 말, 곧 그의 글 속에서 하나가 된다.

글을 쓰기 위해서는 자신을 알고 세계를 알아야 한다. 제대로 된 글을 쓰려면 시인 릴케R. M. Rilke가 말했듯이 사물의 내면으로 파고들어가 그 사물의 입으로 그 사물을 노래해야 한다. 그러기 위해서 여러분은 대상에 아주 가까이 가는 것이 필요하다. 대상에 가까이, 아주 가까이 가서 꽃의 숨소리를 듣고 나무의 이야기에 귀 기울여야 한다. 폭풍의 절규와 사찰의 종소리, 이웃들의 지붕 속으로 들어가야 한다. 그리하여 꽃이 되고, 나무가 되라. 고양이가 되고 폭풍우가 되라. 사찰의 종이 되고 헐벗은 이웃들의 뜨거운 가슴이 되라. 그리고 손끝으로 자연스럽게 목소리를 쏟아 내는 것이다.

그렇다. 사물의 내면 깊숙이, 모든 존재들의 내면 깊숙이 들어가자. 나와 대상, 그 존재를 일치시켜야 한다. 나를 잊고 그 대상이 되는 것, 바로 그 순간에 우리는 기쁨을 느낄 수 있다. 비로소 모든 존재로부터 자유로워진 해방감과, 또 이 세상 전부를 얻은 듯한 성취감에 마음이 부풀기 때문이다.

5_글쓰기, 인간과 세계에 대한 사랑

모든 존재의 내면 깊숙이 파고들어갈 때 세계는 아름다워진다.

그러기에 우선 여러분은 남들이 관심을 쏟지 않는 것들을 유심히 보아야 한다. 그러다 보면 그 모든 것에 대한 사랑이 자연스럽게 움트게 되리라. 모든 존재들에 대한 뜨거운 관심은 곧바로 사랑이 된다.

물론 이 세상을 비관적으로 볼 수도 있다. 어쩌면 이 세상이 온통 슬픔으로 가득 차 보일지도 모른다. 그러나 우선 충분히 받아들이자. 슬픔을 느낄 수 있다는 것이야말로 기쁨을 진정으로 느낄 수 있는 근본 조건이다. 슬퍼할 줄 모르는 자는 기뻐할 줄도 모른다. 이 세상의 모든 아픔들에 대해서 진정으로 아파하자. 슬픔은 기쁨의 영원한 뿌리라 할 수 있다.

진정 아름다운 세계는 무엇보다도 인간의 세계라 할 수 있다. 아무리 어렵더라도 그것을 이겨 나갈 의지가, 아무리 악한 짓을 했더라도 그것을 덮을 만한 착한 마음이 인간에게는 있다. 아무리 인간들이 어두운 종말의 끝을 향해서 달려가더라도 서로 위해 주고 사랑한다면 설령 내일 지구의 종말이 온다 하더라도 세상은 아름답다. 인간과 인간의 만남을 귀중히 여길 때, 서로를 사랑으로 위해 주는 마음이 있을 때, 인간의 세계는 정녕 아름답다.

이제 이 세상이 더 아름답게 되려면 무슨 일을 하면 될까 생각하자. 그리고 거기에 도움이 될 글을 쓰자. 다른 사람이 읽었을 때 그들의 영혼을 울리고 잠들어 있는 선한 인간성을 깨울 만한 글을 쓰자. 자신의 진정함이 진지하게 표현된 글이라면 다른 이들에게 공감을 주기 쉬울 것이고, 또 그래야만 한다.

그렇다면 아름다운 세계와 인간들 속으로 어떻게 파고들까? 이를 위해서는 무엇보다도 늘 열려 있는 가슴이 반드시 필요하다. 이제, 새로운 발상과 시각을 얻을 수 있는 방법들에 대해 구체적으로 알아보자.

제 3 마당
글쓰기, 창조적 삶의 즐거움

답답하다. 매일같이 반복되는 일상.
어제도, 오늘도…… 그리고 내일도 아무것도 달라지지
않는다.
셀 수 없이 많은 교과서와 참고서, 틀에 박힌 내용,
외우고, 시험 보고, 야단맞고…….
사람들은 무슨 재미로 살아가는 것일까?
돈? 명예? 출세?
진지하게 생각할수록 하루하루가 더 버겁다.
뭔가 재미있는 일 좀 없을까?

1_성적=IQ=머리 좋음?

"선생님, 전 안 돼요. 머리가 나빠서요. IQ가 낮은가 봐요."

가끔씩 성적표를 가지고 고민하는 '백성'들을 본다. 안타깝다. 열심히 공부하는데도 성적이 안 올라간다니……. 연민의 마음까지 든다.

나라도 대신 공부해 주고 싶은 심정이 일순 든다. 그러나 절대로, 절대로 그럴 수는 없다. 나 역시 고등학교 공부를 다시 할 생각은 전혀 없다. 내게도 너무나 힘들었으므로.

고등학교의 공부는 대체로 단순 암기형이다. 무엇인가에 깊이 몰두하고 꿈을 꾸는 것은 성적에 반영되지 않는다. 대학 입시가 수학능력시험 위주로 바뀌면서 많이 달라졌다지만 그래도 아직 현실은 여전하다. 그러니 시험에 대비하려면 암기를 안 할 수가 없다. 만일 암기를 하지 않거나 암기력이 약하면 좋은 성적이 나오지 않게 된다.

그러나 그렇다고 과연 머리가 나쁜 것일까? 도대체 머리가 나쁘다느니 좋다느니 하는 말은 무슨 뜻일까? 또, IQ 테스트로 인간의 능력을 온전히 검사할 수 있을까? IQ 테스트를 고안해 낸 사람은 정말 그렇게 완벽한 능력의 머리 좋은 사람일까? IQ 테스트를 고안해 낸 사람은 누구일까? 에디슨, 괴테, 정약용, 세종대왕, 아인슈타인……?

IQ를 지능지수라고 말하는 것은 물론 말하는 사람 자유이다. 그러나 분명한 것은 인간이 인간의 능력을 정확히 측정할 수 없다는 사실이다. 특히 문제 뿐인 IQ 테스트나 창조적 사고를 거의 측정하지 못하는 고등학교의 시험 결과에 너무 부담을 가질 필요는 없다.

더구나 문명이 발달할수록 암기력은 인간이 가진 능력 중에 최하위가 되고 있다. 실제로 오늘날 우리는 컴퓨터가 인간의 암기력을 대신해 주는 것을 많이 본다. 컴퓨터는 암기의 차원에서 이미 인간을 능가한 지 오래다. 그러나 창조력의 차원에서 컴퓨터는 인간에게 도저히 상대가 못 된다.

"저어, 그런데요…… 저는 창조적이지도 못한데요……."

아직도 이런 한탄 섞인 말을 꺼내는 가여운 목소리가 있을 것이다. 그러나 용기를 갖고 추구하자, 자신의 내부에 숨어 있는 무한한 창조성을! 하여, '남을 위한 삶'이라는 고결한 삶의 목표를 달성하자! 자기 비하나 학대는 절대 금물이다. 주저하지 말고, 망설이지 말고 앞으로 달려 나가자!

2_창조적 삶의 기쁨

문학을 좋아하는 사람들에게 조르바라는 이름은 낯설지 않다. 니코스 카잔차키스Nikos Kazantzakis가 쓴 소설 『그리스인 조르바』의 주인공 알렉시스 조르바. 인간의 의미를 묻는 질문에 선뜻 '자유'라고 답하는 그리스 남자. 살아 있는 가슴과 커다랗고 푸짐한 언어를 쏟아 내는 입과 위대한 야성의 영혼을 가진 사나이, 아직 모태(母胎)인 대지에서 탯줄이 떨어지지 않은 사나이. 『그리스인 조르바』를 읽으면 문득 조르바와 같이 자유로워지는 환희에 사로잡힌다.

경사면을 내려가면서 조르바가 돌멩이를 걷어차자 돌멩이는 아래로 굴러 내려갔다. 조르바는 그런 놀라운 광경을 처음 보는 사람처럼 걸음을 멈추고 돌멩이를 바라보았다. 그가 나를 돌아다보았다. 나는 그의 시선에서 가벼운 놀라움을 읽을 수 있었다.
"주인, 봤어요?"
이윽고 그가 말했다.
"경사면에서 돌멩이는 생명을 얻습니다."
나는 아무 말도 하지 않았으나 내심 놀라운 기쁨을 맛보았다. 나는 생각했다. 위대한 환상가와 위대한 시인도 사물을 이런 식으로 보지 않던가! 매사를 처음 대하는 것처럼! 매일 아침 그들은 눈앞에 펼쳐지는 새로운 세계를 본다. 아니, 보는 게 아니라 창조하는 것이다.

조르바에게 이 세상은 늘 새롭게 보인다. 이는 그가 새롭게 볼 수 있는 눈과 가슴을 가졌기에 가능하다. 그는 단순히 보는 것이 아니라 새롭게 창조한다. 모든 사물과 현상, 세계를 자기의 열린 가슴으로 받아들여 새롭게 창조하는 것이다. 시인이 언어를 부려 세계를 창조하는 사람이라면, 조르바는 시를 쓰지 않지만 분명한 시인이다. 그에게는 일상의 지루함도 갑갑함도 없다. 조르바는 늘 창조의 즐거움에 휩싸여 산다. 만일 조르바에게 창조의 즐거움이 사라진다면 그것은 그의 죽음을 뜻할 것이다.

이렇듯 창조적 삶은 기쁨으로 가득 찬 삶이다. 진정한 예술가들은 이 기쁨을 위해서 모든 세속적 가치를 뒤로한다. 그들에게 창조적 삶이란 삶의 의미요 그 자체이다. 그럼 창조적 삶은 어떻게 해야 누릴 수 있을까. 위대한 예술가나 조르바가 아니더라도 창조적 삶은 창조적 사고로 어느 정도 가능해진다.

3_글쓰기와 창조적 사고

창조적 사고는 참신한 글, 독창적인 글을 낳는다. 독창적인 글이 있어야 변화가 오고 발전이 있게 된다. 그래서 독창성은 좋은 글의 필수

요건이 된다.

독창적인 글은 주제에 접근해 나가는 시각은 물론 구성이나 문체, 어휘 등이 모두 새로운 글임을 뜻한다. 따라서 독창적인 글을 쓰려면 먼저 어휘 공부를 열심히 하여 풍부한 어휘를 마음껏 구사할 수 있어야 하며, 궁극적으로는 문체를 비롯하여 구성, 내용 등을 거느리고 제어할 수 있는 창조적인 사고를 반드시 갖추어야 한다.

그러나 어떻게 해야 창조적인 사고를 할 수 있단 말인가. 바로 여기에 소개하는 몇 가지 기법들이 언뜻 '난공불락(難攻不落)'처럼 보이는 창조적 사고의 성(城)에 들어가는 묘책을 알려 줄 것이다. 일단 그 안에 들어가기만 하면 우리는 조르바처럼 자유롭고 기쁨에 찬 삶을 누릴 것이다. 창조적 사고는 인간을 일상의 평범함, 답답함에서 해방시켜 인간의 삶을 진정한 발전으로 이끌어 가기 때문이다.

4_글쓰기를 위한 실제 연습

적지 않은 사람들이 창조적인 사고를 자극하고 발전시키는 방법들에 대해 여러 측면에서 다양하게 연구해 왔다. 많은 방법들이 있지만 여기서는 글쓰기에 금방 적용할 수 있는 기법 가운데 특히 유용한 브레인스토밍과 이를 발전시킨 몇 가지를 소개하겠다.

1) 브레인스토밍

브레인스토밍 Brainstorming은 창조적 사고를 자극하기 위하여 알렉스 오스본 Alex Osborne이 제창한 집단 자유 발상법이다. 브레인스토밍이란 말 그대로 곧 뇌 brain 속에 폭풍을 일으키는 storming 일이다. 즉, 자신의 무의식 속에 잠재해 있는 모든 아이디어를 일깨워 중요한 사고로 일구어 내는 방법이다.

브레인스토밍을 하기 위해서는 6명에서 12명 정도의 인원이 적절하다. 참석자는 가능한 한 다양한 분야에서 일하는 사람들이 좋다. 서로 다른 시각들이 만나 우연하게 좋은 아이디어가 나오기도 하기 때문이다. 그리고 참석자 모두가 자유스럽게 사고할 수 있는 분위기가 기본적으로 형성되어야 한다.

브레인스토밍이란?

① 떠오르는 대로 그것이 무엇이든 간에 말한다.

② 절대 남의 의견에 대해서 평가하지 않는다. "그게 말이나 돼?" "별로 새로운 것도 아니잖아!" 누군가가 혹시 그렇게 말할라치면 그것은 평가라고 지적해서 더 이상 확산되지 않도록 한다. 평가와 비판은 창조적인 발상을 짓누를 수 있다.

③ 대신 그 의견을 가능한 한 발전적으로 변형시킨다.

브레인스토밍은 혼자 생각에 잠겨 침묵하는 사고 창안 방식이 아니다. 브레인스토밍은 즐거운 분위기에서 시작하여 다소 아쉽다고 생각

할 때 과감히 끝내야 한다. 그래서 나중에 그 문제에 대해 더 생각하게 만들어 줄 정도여야 한다. 따라서 브레인스토밍을 하는 시간은 30분 정도가 가장 적절하며, 지루함을 줄 정도로 오래 지속되어서는 절대 안 된다.

자, 이제 앞서 설명한 요령을 지켜 브레인스토밍을 해 보자. 우선 무엇이든 떠오르는 대로 직접 아래에 써 보기 바란다. 거듭 강조한다. 비판과 평가는 하지 말고 직접 써 보자. 식구들이나 친구 등 마음 맞는 사람들과 함께 해 보자.

물론 혼자 해도 무방하다. 그럼 약 10분 정도로 한정해서 다음 주제로 브레인스토밍을 해 보자.

대머리에게 샴푸를 파는 방법은?

'대머리에게 샴푸를 파는 방법'이라니……. 샴푸를 파는 판매 기법을 말하는 것인가, 아니면 팔 만한 샴푸를 만드는 제작 기법을 말하는 것인가? 다소 혼란이 올 수 있다.

그러나 처음부터 문제를 한정시키지 않는 것이 좀 더 넓게 생각할 수 있게 하며 깊고 좋은 생각을 떠오르게 한다. 혹시 앞의 과제에 대해서 다시 도전하고 싶으면 지금이라도 앞으로 돌아가 직접 해 보기 바란다. 웬만큼 썼다고 자부하는 사람도 꼼꼼히 다시 해 보자. 가능한 한 많이 쓰는 것이 좋다.

다음은 같은 주제로 고등학교 1학년 학생들이 브레인스토밍을 한 내용이다. 주제, 제한 시간, 모든 것이 같다. 참고하기 바란다.

①발모제 첨가 ②광택제 첨가 ③사은품으로 가발을 준다 ④가족용을 만든다 ⑤값을 대폭 내린다 ⑥염색약 첨가(완전한 대머리는 흔치 않으니까) ⑦여자와 연관시켜 선전한다 ⑧모델을 적당한 사람으로 고른다 ⑨유전 방지 약품 첨가 ⑩머리를 보온(보냉)해 주는 샴푸를 만든다 ⑪향수 강화 ⑫물 없이 바르는 샴푸를 만든다 ⑬대머리 협회 회원 자격을 준다 ⑭다용도로 만든다 ⑮샴푸의 뚜껑을 재활용 용기로 만든다 ⑯TV 출연 기회를 준다 ⑰휴대용으로 만든다 ⑱동물 겸용 ⑲머리를 단단하게 만들어 주는 샴푸 ⑳머리를 좋게 해 주는 샴푸 ㉑비듬약 첨가 ㉒머리의 외양을 바꿔 주는 성형 샴푸 ㉓해충 퇴치 성분 첨가 ㉔멜로디 샴푸 ㉕화장품 겸용 ㉖꽃 피는 샴푸 ㉗무공해 샴푸 ㉘강도 퇴치 기능 샴푸 ㉙자외선 차단 샴푸 ㉚체중

감소용 샴푸 ㉛안전을 위한 야광 샴푸 ㉜방탄 샴푸 ㉝고혈압 방지제 첨가 ㉞세척력을 강화한다 ㉟'2회용' 샴푸를 만든다 ㊱대머리들이 갖고 있는 가발만 전문 세척하는 샴푸 ㊲바이오 건강 샴푸 ㊳대머리가 해시계 역할을 해 줄 수 있는 샴푸를 만든다 ㊴이 세상 모든 사람들을 대머리로 만든다 ㊵낙뢰(落雷) 방지용 샴푸 ㊶정전기 방지용 샴푸 ㊷가발을 상쾌하게 쓸 수 있게 해 주는 샴푸 ㊸선탠 샴푸 ㊹영양 샴푸 ㊺머리를 상쾌하게 해 주는 샴푸 ㊻대머리 치료 관련 도서를 증정한다 ㊼알칼리성 샴푸 ㊽정전기 방지용 샴푸 ㊾화상 방지 샴푸 ㊿시시각각 두피의 색깔을 바꿔 주는 '카멜레온' 샴푸 ⑤스프레이 식으로 만든다 ⑤잠 오는 샴푸 ⑤잠 안 오는 샴푸 ⑤머리카락을 자유롭게 변형시키는 샴푸를 만든다 ⑤금연하게 만드는 성분을 첨가 ⑤가상현실을 경험하게 해 주는 샴푸

이상은 10분 정도 집단 브레인스토밍을 한 결과들을 여러 차례에 걸쳐 모은 것이다. 따라서 혼자 한 결과보다 좀더 다양하고 가짓수가 많으리라.

내용을 자세히 살펴보면 아이디어가 점점 발전하고 있음을 볼 수 있을 것이다. 예를 들어 첨가물의 내용과 목적이 바뀌며 고안되는 샴푸의 종류가 다양해지고 있다. 발모제, 광택제 첨가 샴푸에서 '카멜레온 샴푸'와 가상현실을 체험하게 해 주는 샴푸까지!

물론 이 가운데는 정말 엉뚱하고 어처구니없는 발상도 있다. 그러나 브레인스토밍이란 원래 머릿속의 모든 것을 몽땅 쏟아 놓는 것이

다. 이처럼 평가와 비판을 금지하는 브레인스토밍의 결과는 기발한 착상들이 대부분이다. 로버트 올슨Robert W. Olsen이 말한 창조성의 두 가지 요소인 '유창함'과 '유연함'이 바로 여기서 드러난다. 창조적 사고를 발전시키기 위해서 열심히 노력하는 자세가 중요함을 거듭 강조한다.

다시 한번 다음 주제로 브레인스토밍을 해 보자. 20분간 50개 이상 아이디어를 짜낼 수 있다면 일단 성공이다.

아프리카 원주민에게 양말을 팔려면?

만일 오랜 시간 매달려도 별 진전이 없다면 브레인스토밍에 대한 앞의 설명을 다시 읽는 것이 좋다. 그리고 다시 한 번 자신의 상상력을 맘껏 펼쳐 보자. 브레인스토밍에는 유일한 정답이 없음을 잊지 말자.

어떤 사람은 브레인스토밍 기법을 조개 속의 진주를 찾는 행위에 비유하기도 한다. 조개잡이가 바닷속에 있는 조개들을 일단 땅 위로 가능한 한 많이 끌어올린 후 조개 속의 진주를 찾듯이 머릿속에 있는 생각들을 일단 밖으로 쏟아 낸 다음 좋은 생각을 찾아내는 것이 바로 브레인스토밍이라는 것이다.

요컨대 브레인스토밍은 양(量)을 통해 질(質)을 확보하는 발상법이다. 단 하나만이라도 쓸 만한 것을 건질 수 있다면 그걸로 충분하다. 편안한 마음으로 브레인스토밍을 하자.

　그래도 별로 도움이 안 된다면 다음에 제시되는 가능한 답들을 꼼 꼼히 읽고 자세히 분석하여 비슷한 과제가 나올 때 어떻게 하면 되는 가를 참고해 보자. 워낙 '머리가 굳어 있다'면 좀 더 열심히 해야 한 다. 읽다가 자신이 쓴 것과 같은 내용이 있다면 동그라미를 쳐 보자.

　①해충 퇴치용 양말 ②차가운 양말 ③햇빛을 받아도 뜨겁지 않 은 양말 ④흙이 안 묻는 양말 ⑤사냥용 ⑥탐지 기능 양말 ⑦자동 항법 양말 ⑧방수 양말 ⑨발냄새 제거 ⑩새끼 치는 양말 ⑪배로 바꿀 수 있는 양말 ⑫스폰지 양말 ⑬아름다운 색동 양말 ⑭물건 보 관함 겸용 ⑮온도에 따라 색이 변하는 양말 ⑯통풍 잘 되는 양말 ⑰교환 판매(야자) ⑱밑창에 고무 단 양말(신발 겸용) ⑲향기 나는 양말 ⑳주머니를 단 양말 ㉑모자 겸용 ㉒밑창에 뛰기 좋은 요철을 단다 ㉓세련된 흑인 모델로 광고 ㉔양말에 스프링을 단 야자수 채취 전용 양말 ㉕서로 사랑한다는 뜻의 양말 판매 ㉖사은품 제공(선풍 기) ㉗카멜레온 양말 ㉘아프리카 지형을 그린 양말(디자인을 색 다 르게) ㉙북극 지방의 사진 부착 ㉚누드 사진을 넣은 양말 ㉛동물 사진 넣은 양말 ㉜얼음 주머니 부착 ㉝지압 기능 추가 ㉞독벌레 경 보 장치 부착 ㉟자동 화살 발사 장치 부착 ㊱일기 예보 기능 양말 ㊲사냥용 원거리 도청 장치 양말 ㊳적외선 탐지용 ㊴환경 보호 양 말 ㊵물 위를 걷는 양말 ㊶유명 인기인이 판매 ㊷상아뼈 등을 단

장식 양말 ㊸ 동물 가죽 양말 ㊹ 튜브 겸용 양말 ㊺ 정력 증강 양말 ㊻ 날아다니는 양말(로켓 부착) ㊼ 얼음으로 만든다 ㊽ 의약품 보관 기능 양말 ㊾ 충격 완화 양말 ㊿ 그물 겸용 (51) 광물 탐사용 센서 부착 (52) 예방용 의약 양말 (53) 공기 순환 장치 부착 (54) 보온·보냉 양말 (55) 무중력 양말 (56) 스트레스 해소용 (57) 일회용 양말(예: 일회용 얼음 양말) (58) 서비스 제공(예: 머리 깎아 주기) (59) 정기 구독권을 사은품으로 제공 (60) 숨쉬는 양말 (61) 무좀 방치용 (62) 흙을 밟는 느낌을 주는 밑창 개량 (63) 양말색을 원주민들의 살색으로 만든다. (64) 살이 타지 않는 양말 (65) 발을 예쁘게 교정해 준다 (66) 건강 상태 보여 주는 양말 (67) 임산부용 양말 (68) 시간 표시 기능 (69) 풍향 표시 기능 (70) 나침반 양말 (71) 걸을 때마다 재미있는 소리가 나게 (72) 계속 늘릴 수 있는 양말 (73) 신으면 살이 하얗게 되는 양말 (74) 체온 조절용 양말 (75) 불에 타지 않는 양말 (76) 이불용 (77) 물을 담을 수 있게 (78) 뱀한테 물려도 이상이 없는 양말 (79) 먹는 양말

2) 지도 그리기—발전된 브레인스토밍

브레인스토밍은 머리를 유연하게 해서 실낱같은 아이디어라도 놓치지 않고 큰 발상으로 만들어 내는 데 매우 유리한 사고 방법이다. 그러므로 브레인스토밍을 마음 맞는 사람들과 함께 자꾸 연습해 보는 것이 매우 효과적이다.

이제 브레인스토밍을 약간 변형해서 글을 효율적으로 쓰기 위한 연습을 다시 해 보자. 교육학 석사로 오랫동안 외국의 초등학교 교사를

지내다 귀국한 변영애님은 브레인스토밍을 약간 변형시킨 '지도 그리기' 방법을 소개했다.

지도 그리기는 브레인스토밍을 하되, 한꺼번에 일렬로 나열하는 대신에 간단한 지도(그림)를 그리는 방식으로, 글쓰기 새내기들에게 부담을 덜어 줄 수 있으며 일종의 간단한 개요 작성 기능까지 해 주므로 직접 활용해 볼 만한 방법이다.

그럼 좀 더 구체적으로 '지도 그리기' 방법을 살펴보자.

우선 커다란 종이의 중앙에 원을 하나 그리고 그 안에 주제를 적는다. 그런 다음에 주제와 연관되어 떠오르는 생각들을 차례로 원 둘레에 적어 간다. 이때 밀접하게 관련된 생각이라면 작은 가지를 치듯 계속 밖으로 퍼져 나가게 하며, 조금 거리가 먼 생각이 나오면 옆으로써 간다. 원의 중심에서 다양하게 많이 퍼져 나갈수록 글을 쓰는 데 필요한 기본 생각들을 많이 얻을 수 있으므로 효과적이다.

다음은 '저녁 무렵'을 주제로 삼은 지도 그리기이다.

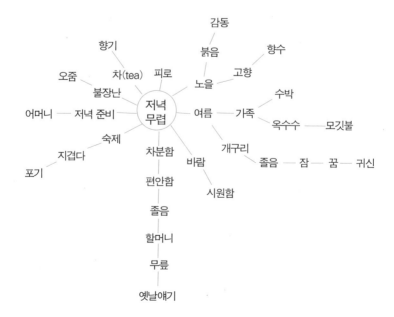

자, 이제 '지도 그리기' 방식을 좀더 쓸모 있게 발전시켜 실제로 글을 쓸 때 너욱 도움이 되게 만들자. 방법은 간단하다. 글을 쓰려 할 때 앞의 지도(그림)를 보면서 필요하다고 생각하는 낱말들을 동그라미를 쳐 본다. 즉, 활용할 것을 미리 표시해서 머리 속에서 좀더 정리된 상태로 글을 쓰자는 것이다.

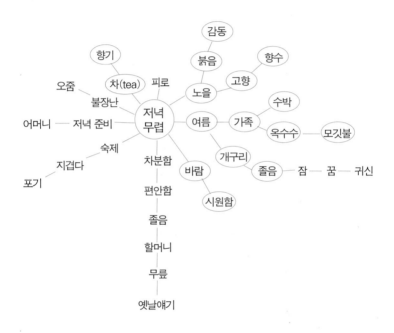

이상의 지도 그리기로 그려진 '저녁 무렵'을 다시 '여름 저녁'으로 한정하여 쓴 글을 읽어 보자. 짧은 시간 동안에 쓴 데다가 다시 고치지 않아 맞춤법이 틀리는 등 몇 가지 흠은 있지만 훌륭하지 않은가.

한낮의 뜨겁디 뜨거운 열기가 선선한 바람으로 불어 하루를 저물어 보내려 한다. 저 먼 들판에 저물어만 가는 노을이 붉어지면 서둘러 마당에 평상을 깔고 서로 올라앉아 여름 저녁의 평화를 누리려 한다. 극성스러운 모기라도 하나씩 눈에 띠면 어머니는 말없이 부엌으로 가신다. 시원한 냉면이라도 한 그릇 들이키고 나면 밀려오는 어둠에 느껴지는 것은 하얗게 올라오는 모깃불.

　저 먼 곳에서 울어대는 개구리 소리는 점점 커져 가고 아이는 할머니의 무릎을 베고 누어 옛날 얘기를 들으면서 잠이 들면 하늘에선 별똥별이라도 떨어지리라. 잠든 손자를 안고 말없이 일어서서 방으로 들어가는 할머니의 모습에서 여름밤의 평화를 느낀다……

＿고 1의 글, 고치지 않음

　그저 보기만 하면 뭐 하는가. 이제 여러분이 직접 '비 오는 날'이라는 주제로 글을 쓰기 위한 브레인스토밍을 해 보자. 물론 지도 그리기 방식을 이용한다.

자, 계속해서 이번엔 직접 글을 써 보자.

여러분이 방금 그려 놓은 지도를 1분 정도 보면서 어떤 방향으로 글을 써 나갈지 마음속으로 결정하자. 결정한 다음에는 곧 쓰게 될 글에 대해서 머릿속에서 계속 생각하며 꼭 살려 쓰고 싶은 말들이 있다면 지도 위에 동그라미로 표시를 해 놓는다.

웬만큼 생각의 가닥이 잡혔다고 생각하는 즉시 글을 쓰기 시작한다. 1분간 생각하고 3분간 글쓰기 방식도 좋고 천천히, 아주 천천히 써도 좋다. 물론 무엇을 어떻게 써야 할지 갈팡질팡하는 경우엔 떠오르는 대로 계속 빨리 써야 한다.

그럼 다른 경우를 자세히 살펴보자.

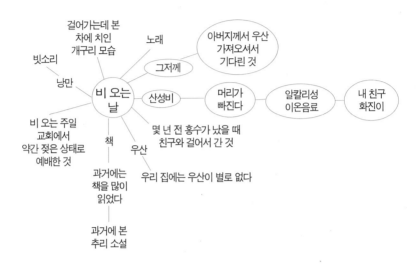

앞의 지도를 토대로 산성비의 위험에 대해 쓴 글을 읽어 보자.

　　산업이 고도로 발달하면서 과거의 낭만적인 비가 요사이에는 산성

비라는 것으로 바뀌었다. 과거에는 어머니께서 비를 맞으면 감기 걸리

니까 맞지 말라고 하셨는데, 지금은 산성비가 해로우니까 맞지 말라고

하시는 것에서 한 번 더 실감한다.

　　내 친구는 우스게 소리로 산성비를 맞으면 집에서 머리 감을 때 알

칼리성 이온 음료를 사서 그것을 물에 풀어서 머리 감는다는 얘기까지

한다. 그저께 학원에서 오는데, 비가 너무 많이 와서 이제 지하철에서

내리면은 집까지 비를 맞아야 하겠구나 생각했는데 아버지께서 나를

기다려 주신 것이 너무나 고맙다. 사실 그때 아버지가 안 오셨다면 가방 안의 책은 모두 다 젖어서 다 못쓰게 되었을 거다. 과거에 비를 맞으면서 길을 걷다가 갑자기 산성비라는 생각이 나를 비가 내리지 않은 곳을 찾아 다니게 했다. 나도 머리가 빠지는 것은 싫다.

__고 1의 글, 고치지 않음

이 글은 앞의 경우와 마찬가지로 아직 완성된 형태의 글이라고 하기는 힘들다. 어색한 문장과 틀린 맞춤법, 약간 엉성한 구성……. 그러나 처음 브레인스토밍을 배우고 '지도 그리기' 방법을 응용한 경우임을 고려해야 한다. 여러분 또한 처음이니 자기가 쓴 글들에 대해 섣불리 평가를 내릴 필요는 없다.

다음 보기의 주제들로 지도 그리기를 더 해 보자.

보기 국어 시간, 달팽이, 여름 방학, 시험, 쓰레기, 만화,
나의 고민, 미루나무

3) 더.연습해 볼 만한 훈련들

앞서 소개한 변영애님의 글을 계속 읽어 보면 간단하면서도 재미있는 연습 방법을 알게 된다.

만약 가을이란 주제로 글을 쓰려고 할 때 제일 쉽게 글을 쓸 수 있는

방법은 우리의 오관을 사용하는 것이다. 아래와 같이 가을이란 글자 밑에 눈(모양이나 빛깔), 귀(소리), 코(냄새), 혀(맛), 피부(감촉)를 한 줄에 하나씩 적고 그 항에 맞는 가을의 소리나 모습 등을 적어 넣는다. 각 항마다 나타난 말을 보게 되면 어떻게 이야기를 시작해야 될지 좋은 아이디어가 금방 떠오르게 된다. 예를 들어 본다.

· 모양이나 빛깔: 감나무, 호박, 코스모스, 누렇게 된 이파리들
· 소리: 풍경 소리, 귀뚜라미 우는 소리, 갈댓잎을 스치는 바람 소리
· 냄새: 낙엽 타는 냄새, 커피 끓이는 냄새
· 맛: 햅쌀, 군밤, 오징어
· 감촉: 스산하다, 신선하다

__변영애, 『매스컴을 알아야 세상이 보인다』, 들녘

창조적 사고는 머리로만 이루어지는 것이 아니다. '보고, 듣고, 말고, 맛보고, 느끼고' 뜨거운 가슴으로 이 세상을 새롭게 보는 것도 창조적 사고를 가능하게 해 준다. 이제 여러분이 직접 할 차례이다. 이번에는 '더운 여름날'을 염두에 두고 감각 훈련을 해 보자. 앞서와 같이 오감(五感)을 중심으로 상상하고 써 보자.

더운 여름날

이런 맥락에서 고은(高銀)님의 글을 읽어 보자. 고은님은 현재까지도 열정적으로 시를 쓰고 있는 우리나라의 중견 시인이다. 다음은 어릴 적의 체험이 담긴 자서전의 일부이다.

삼복 여름에는 할미산 허리에서 해가 떠오르자마자 그 해는 가장 잘 달구어진 시뻘건 쇳덩이처럼 마을 전체를 무더위 속에 운명적으로 가두어 놓는다. 벌써 아침나절인데도 사람들의 목구멍에서는 단내가 나고 삼베 등걸이의 몸뚱이에서는 땀이 번지르르한 것이다. 이런 여름의 대낮에는 살아 있는 것은 어느 것 하나도 죽어 있는 것 같은 부동 자세 아닌 것이 없다. 덩굴 더미의 풀들도 너무 무르녹았다가 시들어 버린 모양으로 그쳐 있고 나무 잎사귀 따위도 축 늘어져서 목매어 죽은 사람의 혓바닥이 된다.

개들도 그늘 안으로 들어가서 혀를 축 빼어 물고 헐떡거리는 것이다. 도대체 이 세상에는 숨쉴 공기 한 군데 없는 진공과 같은 그런 혹서야말로 내 어린 날의 여름이었다. 개는 대낮에는 타처 사람이 지나가도 짖을 줄 모른다. 개미들조차, 그 전천후의 근면으로 사는 개미들조차 이런 더위의 흙바닥에서는 일단 자취를 보이지 않는다.

— 고은, 『황토의 아들』

이 글은 삼복 여름의 무더위 속 풍경들을 감각적으로 그려내고 있다. 예를 들어 "시뻘건 태양"(시각), "목구멍에서는 단내가 나고"(후각), "짖을 줄 모른다"(청각) 등등 여러 가지 감각들이 자유롭게 동원되고 있다. 도시 생활을 하는 사람들의 글과는 분명 다른 바가 있을게다. (* 이 밖에도 바둑의 사활(死活) 문제, 기하의 증명 문제, 두뇌 훈련용 퀴즈들을 즐겨 보는 것도 창조적 사고를 기르는 데 도움이 된다. 특히 문학 작품은 무한한 상상력을 길러 주며 사고를 유창하고 유연하게 해 준다.)

5_창조적 사고의 중요성과 방향성

창조적인 사고를 하기 위해서는 자신의 능력을 모두 개방적으로 인정해야 한다. 자신은 할 수 없다는 생각만큼 한심한 일은 없다. 창조적인 사고는 앞서와 같은 훈련을 끊임없이 계속함으로써 그 빛을 발휘한다. 여기서 반드시 주의할 것은 창조적 사고를 기르는 연습이 단순한 논리적 훈련의 연장이 아니라는 점이다. 그러므로 늘 논리의 한계를 뛰어넘고, 자신의 감각을 모두 열어 놓은 채로, 늘 생각하는 습관을 들이는 것이 중요하다.

그러나 무엇보다도 가장 중요한 것은 '방향'이다. 아무리 독창적이라도 잘못된 방향으로 치우치고 있다면 도움은커녕 해가 될 뿐이다. 예를 들어 독창적으로 배를 움직이는 방법을 알았다고 하자. 그럼에도 방향 감각을 상실했다면 그 배가 얼마나 멀리 가겠는가. 배는 제자리만을 맴돌 뿐이다.

제 **4** 마당
유연한 발상과 글감 찾기

"'홍길동'이란 이름으로 3행시를 지으라."

__"그거야 그리 어렵지 않지요."

"그럼, '이냐시오'란 이름으로 4행시를 지으라."

__"그건 너무 어려운데요."

"좋다, 그럼 평시조를 한 편 이상 지으라."

__"시, 시조를 지으라고요?"

1_3행시와 유연한 발상

재미로 3행시를 써 본 적이 있을 것이다. 즉흥적으로 아무 글자나 세 개 정해서 각각 앞머리에 써 가며 짓는 3행시 말이다. 예를 들어, '홍길동'이라는 이름으로라면 이렇게 지을 수도 있을 것이다.

홍: 홍수로 개울물 불어,

길: 길이란 길 모두 막히니,

동: 동네 문득 섬처럼 가라앉네.

3행시는 시로서 가져야 할 예술성도 중요하지만, 좌중을 즐겁게 할 기발한 착상과 즉흥성이 무엇보다도 강조되는 글짓기이다. 따라서 '홍길동'이라는 이름으로 짓는 3행시를 꼭 시적인 차원에서만 생각할 필요는 없다. 오히려 앞서 말한 3행시의 특성을 살려 이렇게 써도 좋다.

홍: 홍길동이라고 합니다.

길: 길동이라고 불러 주십시오.

동: 동자만 부르지 마시고요.

이렇듯 짧은 시 속에 자신이 갖고 있는 창조적 재능을 즉시 보여 주어야 하는 것이 3행시이다. 그러기에 3행시를 짓는 것은 꽤 어렵다. 생각이 잘 풀려 나가다가도 어느 순간 그만 딱 막히는 경우가 많기 때문이다. "뭐라고 이어 가야 하지……?"

바로 이 순간 유연한 발상이 절대적으로 필요하다. 기존의 벽을 깨고 새로운 세계를 개척하는 발상. 늘 무엇이든지 막힘 없이 자유스럽게 만들어 내는 발상. 유연한 발상은 바로 창조적인 사고를 가능하게 하는 중요한 요소가 된다. 자, 이제 여러분들의 유연성을 한번 살펴보자.

이냐시오 로욜라(Ignatius de Loyola: 1491∼1556). 혹시 가톨릭 신자라면 이 이름이 그리 낯설지 않을 것이다. 성인(聖人)으로 추앙받는 이냐시오 로욜라는 예수회Jesuits의 창시자로 종교 개혁으로 동요하던 가톨릭 교회에 새로운 생명의 숨결을 불어넣었다는 평가를 받고 있다.

그럼 '이냐시오 로욜라'에서 '이냐시오' 넉 자만 따서 4행시를 직접 써 보자. 신성 모독이 될지도 모르겠지만 글쓰기 공부를 위해서니 성인께서도 기뻐해 주시리라.

이: _____

냐: _____

시: _____

오: _____

　3행시보다 길기도 하거니와 중간에 끼어든 '냐'자 때문에 시 짓기가 무척 어려울 것이다. 더욱이 우리말에 '냐'자로 시작하는 낱말은 있지도 않으니까.

　"그럼 아예 쓰지 말지 뭐." 물론 하고 안 하고는 개인의 자유다. 그러나 도중에 그만둔다는 것은 아무래도 망신 아닌가. "그래, 하긴 해야 할 텐데. 근데 어떻게 하란 말이냐?" 뾰족한 방법은 없고 답답한 마음만 들 것이다. 아래 보기 글을 읽기 전에 한 번 더 시도해 보자.

　　이: 이냐시오로 4행시를 짓는 것은

　　냐: '냐'자 때문에 어려우니

　　시: 시원하게 포기합시다.

　　오: 오, 예!

　'냐'자로 시작하는 2행을 위해서 혹시 '냐옹'과 같은 의성어로 어색하게 쓰지들 않았나 모르겠다. 대개의 경우가 아마 그럴 것이다. 그러나 위의 보기는 어느 대학교 1학년 학생이 쓴 것인데, '냐'자라는 문제의 난점을 오히려 해결점으로 멋지게 활용하고 있다. 문제가 바로 해답이라는 말도 이쯤 되면 그럴듯하지 않은가.

이렇게 문제 자체를 높게 조망할 수 있는 지혜야말로 유연한 사고로서 창조적인 결과를 낳는 결정적 역할을 한다. 그럼 한 번 더 여러분의 유연성을 훈련해 보자.

여러분은 적지 않은 평시조를 배웠을 것이다. 그리고 3장으로 된 6구의 평시조를 몇 개쯤은 외우고 있을 것이다. 이제 3장 6구의 평시조를 한 수 지어 보자. 소재, 주제, 내용 모두 마음대로 정하여 써 보자.

노래 가사도 바꾸어 부르는데 시조 한 수 못 쓰겠는가. 만일 어렵다면 앞서의 예와 같이 문제의 어려움 자체를 멋지게 활용해 보기 바란다.

자, 웬만큼 써 보았으면 다음 시조들을 살펴보자.

① 시조를 쓰라 하나 생각 아니 떠올라라

그래도 쓰라 하니 어찌 아니 쓸 것인가

이만큼 쓰고 났으니 그 누가 뭐랄손가

② 무엇을 써야 할지 고민만 하노매라

　생각을 거듭해도 파지만 쌓이노라

　햇빛이 저리 밝으니 놀고만 싶으노라

시조 자체를 짓는 어려움을 활용한 시조들이다. 이러한 정도로 발상이 유연하다면 그 어떤 경우라도 힘들이지 않고 글쓰기를 할 수 있을 것이다.

2_쓸 게 없다고요?

글쓰기를 위해서는 유연한 사고, 즉 창조적 사고가 필요하다고 앞에서 말했다. 그런데 창조적 사고를 하기 위해서는 마음의 눈이 밝아야 한다. 마음의 눈은 세상의 모든 사물에 대한 깊은 관심과 사랑에서 비롯된다.

흔히 "선생님, 전 쓸 게 없는데요……."라는 말을 듣곤 한다. 그러나 우리 주변에 있는 모든 것들이 다 글감이 될 수 있다. 신문 기사나 각종 잡지, 단행본, 사전, 교과서 등의 각종 인쇄물은 글쓰기를 위해 꼭 짚어 볼 만한 자료다. 여기에는 물론 명함, 성적표, 상장, 학생증, 제품 설명서, 광고지, 안내문, 지도, 만화 등도 포함된다.

아울러 수집 대상이 되기도 하는 우표, 지폐, 동전, 엽서, 열쇠 고리, 전화 카드, 신용 카드, 유명인의 서명sign, 사진, 병 뚜껑, 복권, 성냥갑 등도 글쓰기를 위한 착상을 얻을 수 있는 자료다. 뿐만 아니라 우리의 감각을 통해 받아들이는 여러 가지 자연 현상들과 우리의 이성을 통해 경험하는 사회 현상들도 모두 글쓰기의 제재가 될 수 있다.

우리 주변에 널려 있는 모든 것들(사물, 현상, 생각)을 원소재(原素材, raw material)라고 한다면, 이러한 '날것'들을 소재로 모아들여 글쓰기 제재로 만들어 내는 일에는 유연한 발상이 반드시 필요하다.

그러므로 유형, 무형의 모든 것들을 글쓰기를 위한 잠재적 자료로 생각하는 태도가 매우 중요하다. 따라서 글쓰기에 필요한 여러 자료들을 모으는 것이야말로 창조적 사고를 하고 있다는 뜻이며, 그것은 이미 글쓰기를 위한 준비 운동이 된다.

3_글감을 찾아낼 수 있는 자료들과 실제 글쓰기 연습

글감과 연관시켜서 볼 때 '자료'는 글감을 찾아낼 수 있는 자료와 글감을 강조해 주는 자료로 나누어 보아야 명쾌해진다. 여기서는 특히 '글감 자료'라 부를 수 있는 앞엣것들을 위주로 살펴보겠다.

흔히 글감의 원천을 경험과 사색, 신문·방송·잡지·책과 같은 전달 매체, 사람들 사이의 대화, 관찰이나 실험 등으로 잡고 있다. 그러나 글감의 원천이 중요한 것이 아니라, 글감을 사방팔방에서 무한히 찾아낼 수 있는 능력, 유연한 발상이 가장 중요하다. 그럼 이제 우리 주변에서 흔히 볼 수 있는 것들을 몇 가지 글감 자료로 삼아 다양한 관점에서 글쓰기를 연습해 보자.

1) 명함

명함은 자신을 쉽게 알리기 위해서 남에게 전달하는 자기 소개, 즉 PR 쪽지이다. 여기에는 주로 자신의 이름과 근무처, 직위, 연락 가능한 전화번호 등이 담겨 있다. 서로 처음 만났을 때 명함을 건네 며 인사를 나누는 것은 성인들 사이에서는 일종의 예의다.

그런데 이러한 명함이 글쓰기에 어떤 도움을 줄까? 명함이 뭐기 에? 하지만 의문은 일단 접어 두고 아래의 명함들을 살펴보자.

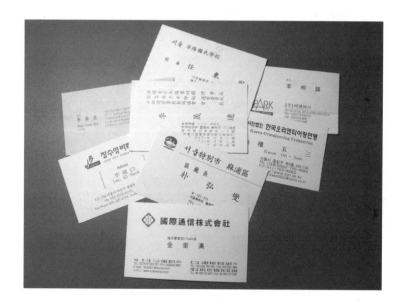

앞의 명함들을 대상으로 어떤 글을 쓸 수 있을까? 아래에 직접 간단히 적어 보자.

한글의 과학화와 기계화에 평생을 바치신 전 한글문화원장 공병우 박사님께서는 예전에 '이름 석 자만은 한글로 쓰자'는 제목으로 글을 쓰신 적이 있다. 여기서 공 박사님은 우리 나라 사람들이 이름을 한자로 표기하는 문제를 지적하고 있다. 다음은 그 가운데 일부이다.

한국 사람들조차 신문이나 명함의 한자를 완벽하게 읽는 이들을 찾아보기 힘든 실정이다. 더욱이 외국 사람들의 경우에는 자기네 말로 읽기 때문에 전혀 엉뚱한 이름으로 부르게 된다.

한 가지 예를 들어 보자. 만일 김영삼 대통령의 이름을 한자로만 써 놓는다면 중국 사람들은 '찌인 유옹 싸안'이라 읽을 것이고 일본 사람들은 '긴 에이 산'이라 읽어 쉽게 알아듣기 힘들 것이다. 그리고 서양 사람들이 이런 한자 명함을 받으면 "당신은 중국 사람이오, 일본 사람이오?" 하고 물어 오기 십상이다.

_동아일보, 1993년 4월 10일자

그러고 보면 앞에 제시한 여러 명함들 역시 한결같이 한자로 표기되어 있다. 한 개인이 갖고 있는 조그만 명함, 그것도 이름을 한글로 표기하냐 한자로 표기하냐가 뭐 그리 중요하냐 생각할 수도 있을 것이다.

그러나 우리나라 직장인들이 거의 명함을 갖고 있다고 보면 최소한 수백만, 어쩌면 1천만 명이 넘는 사람들이 갖고 있는 것이 명함이다. 대략 30여 년 이상 늘 갖고 다니며 만나는 사람마다 준다고 생각해 볼 때 한 사람이 1년에 한 장만 남에게 주어도 벌써 수백만 장의 명함들이 돌아다니는 것이다.

이렇게 따져 볼 때 명함이란 가장 사적이면서 동시에 그가 만나는 모든 사람에게 널리 퍼져 나가는 막강한 전달 매체임이 분명하다. 따라서 명함에서 한자가 사라지지 않는다면 한글 전용 운동은 머나먼 일일 수밖에 없다.

한글만으로 명함을 만드는 것은 나라를 사랑하는 일이고 과학적인 일이지만, 한자를 섞어서 명함을 만들면 알아보기도 어렵고 또한 비과학적인 일이 됩니다. 명함, 명패, 간판, 잡지, 공문, 신문 등 일상생활에서 한글 전용을 이룩하여야만 우리 나라가 선진국으로 발전할 수 있습니다. 한글을 사랑하시는 여러분의 많은 호응을 부탁드립니다.

__공병우, 「3벌체 한글 명함 보급 운동」

남들이 그냥 지나치는 명함. 바로 이 명함에서도 문제점을 날카롭게 찾아 한글 전용을 강조하신 공병우 박사님처럼 모든 사물들에 눈길을 늦추지 않고 관심을 가지는 것은 글쓰기의 기본이다. (＊공병우 박사님은 1995년 별세하셨다.)

> ◾◾ 함께 해 봅시다
>
> ·명함에 더 관심을 기울여, 현재 쓰이고 있는 명함들을 모두 모아서 명함의 글자 표기 상태를 기준으로 나누어 보자. 1) 한글만으로 된 명함, 2) 한글과 로마자 명함, 3) 한문자로만 된 명함 등으로 분류하여 명함의 주인과 연관성을 분석해 보는 글을 쓸 수 있을 것이다. 즉, 주인의 직업·학력·주소·직장 등을 명함의 표기 상황과 연관시켜 보면 사회학적인 고찰이 담긴 글이 될 것이다.
>
> ·30년 후 자신이 쓸 한글 명함을 만들어 보자. 컴퓨터와 프린터를 이용하여 인쇄까지 하면 더욱 좋겠다.

2) 복권

누군들 행운이 오는 것을 원치 않으랴. 복권에 당첨되는 꿈을 한번쯤 꾸지 않은 사람은 없을 것이다. 그래서 복권 당첨 마감일이 되면 일주일 내내 사고 싶어도 참고 있던 사람들마저 복권을 사려고 판매소 앞을 기웃거린다.

다음 복권들을 보고 아무거나 떠오르는 대로 글을 써 보자. 글의 형식은 자유다. 시간을 한정할 필요도 없으며 잘 쓰려고 노력할 필요도 없다. 그저 자유롭게 글을 써 보자.

단, 무엇을 쓸 것인가는 깊이 생각해야 한다. 자세히, 아주 자세히 복권을 '뜯어보자.' (* 이 점에서 '1분간 글쓰기'와는 약간 다르다.)

복권은 여러 사람의 돈을 모아 남에게 모두 몰아 주는 상호 부조의 형식이 결코 아니다.

물론 복권을 통해 주택이나 체육 등 일반적으로 재원(財源)을 확보하지 못한 부문에 자금을 조성한다는 의도는 그리 나쁠 것도 없다. 그러나 복권은 사회 분위기 전반에 일확천금주의 내지 한탕주의를 퍼뜨리기도 한다. 그래서 복권은 대중을 속이는 국가적인 사기라고 하는 사람까지 있다.

이러한 복권의 폐해를 강조하는 글을 꼭 써야 한다고 생각해 보자. 그냥 글로 주장하는 것도 좋겠지만 실제 복권을 예로 들어 써 나간다면 더 재미있게 읽히지 않을까. 다음 보기 글을 읽어 보자.

인생은 장애물 경기와 같이 앞에 놓인 장애물을 하나하나 넘어가는 과정이다. 가장 인간적인 삶은 바로 이러한 과정에서 느껴지는 고통과 기쁨을 때로 괴롭게, 때로 즐겁게 경험하는 일이 아닐까 한다. 그러므로 복권과 같은 존재는 바람직한 인간적인 삶을 방해하는 주범이 아닐 수 없다. 일확천금과 한탕주의에 빠지게 하는 복권은 의지가 나약한 인간으로서는 넘기 어려운 장애물이다. 그러나 이 복권의 그림을 보라. 장애물 경기가 그려져 있다. 얼마나 모순된 그림인가. 바로 이것이 복권의 본질이다. 장애물 경기를 그려 놓고서 일확천금을 꿈꾸게 하는 복권은 행복을 약속하는 듯해도 언제나 불행을 몰고 올 뿐이다. 따라서 정부는 당연히 복권 제도를 금지시켜야 한다.

_고1의 글

이 글은 앞의 복권을 보고 쓴 고 1 학생의 글로 완벽한 글은 아니다. 그러나 글다운 글의 조건과 가능성은 충분히 갖추고 있다. 복권의 그림에 나타난 장애물 경기를 예로 들며, 복권은 장애물 경기의 정신과는 전혀 관계가 없는 한탕주의의 소산일 뿐이라는 생각을 분명히 밝히고 있다. 행복을 약속하고 있지만 사실은 불행을 가져오는 복권은 사회의 장애물이므로 복권 제도를 금지하자는 주장까지 펴고 있다.

지금까지 명함과 복권을 대상으로 살펴보았다. 이제는 글쓰기를 위한 각종 글감 자료들을 여러 곳에서 얻을 수 있음을 깨달았으리라. 지금까지처럼 복권을 보고 여러 가지 글쓰기를 연습할 수도 있고, 자신의 글을 강조하는 데 복권을 활용할 수도 있다. 중요한 것은 이렇게 생각할 수 있는 유연한 발상과 창조적 사고이다.

3) 성냥갑

광고용 성냥갑 또한 글쓰기에 응용할 만한 구석이 꽤 있다. 라이터에 밀려 주인 자리를 내놓은 성냥이지만 아직도 광고용 작은 성냥은 수집 대상이 되기도 한다. 작은 미술품이라는 생각이 들 정도로 잘 꾸민 성냥갑들도 적지 않다. 대개가 사각형 모양이지만 나름대로 조금씩 그 꼴이나 색상에서 차이가 나게 마련이다.

이렇게 다양한 성냥갑들을 이리저리 살피다 보면 글을 쓸 수 있는 제재 또한 어렵지 않게 얻을 수 있다. 이를테면 모아 놓은 성냥갑들에서 상호와 위치 사이에 어떤 관계를 찾아 글을 쓰는 것도 가능하다. 어느 일본인 저술가는 성냥갑으로 업소의 상호와 위치 사이의 연관

관계를 찾아냈다. 대학교 근처로 갈수록 거리에 외래어 간판이 많아
지고 있다는 사실에서, 많이 배운다는 게 외래 지향적인 태도를 기르
는 거라는 나름대로의 주장을 펴 글로 쓰기도 했다.

　성냥갑에 쓰인 상호들은 최근 들어 부쩍 길어지며 문학적인 함축성
을 띠고 있다. 예컨대 '너에게 꽃을 던지고 싶다', '오, 자네 왔는가!',
'길 따라 바람 따라', '강물 따라', '평화 만들기', '사람과 사람 사이',
'그 섬에 가고 싶다', '비 오는 날에는 풍금 소리 들리고', '어린 왕자
와 여우', '자유인', '오렌지 향기는 바람에 날리고', '샤갈의 눈 내리
는 마을', '꿈으로 색칠한 하늘'…… 등등 많은 상호들이 문학적으로
관계가 깊으니 잘 살펴보는 것도 좋겠다. 이러한 상호들은 우리의 상
상력을 촉발시킨다는 점에서 유용하다.

　자, 성냥갑들을 모아 그 중에서 적절한 상호를 골라 아래 칸에 글을

써 보자. 모아 놓은 게 없다면, 위에서 예로 든 상호들을 골라 자유롭게 써도 좋다. 거듭 말하지만 잘 쓰려고 너무 부담 가질 것 없다. 그저 떠오르는 대로 써 나갈 것! (＊만일 글이 잘 안 풀리면 스스로 자신이 주인이라고 생각하고 적당한 이름들을 만들어 보는 것도 좋다.)

4_글감 찾는 태도와 주의 사항

지금까지 글감에는 제한이 없음을 강조하며, 실제적으로 활용한 예들을 살펴보았다. 거듭 강조하건대 이 과정에서 제일 중요한 것은 창조적 사고를 가능하게 하는 유연한 발상이다. 이러한 유연성을 갖춘 사고야말로 언제든지 글감이 될 만한 자료들을 무한히 모으고 또 글을 써 낼 수 있도록 하는 것이다.

유연한 발상은 적절한 자료를 찾아 모으고, 메모와 같은 정리를 틈틈이 해야 비로소 빛이 난다. 특히 스크랩을 하다 보면, 무엇을 선택해야 하는지 판단하고 발견하는 데 필요한 깊고 넓은 안목이 생긴다.

또 메모야말로 가장 거친 글쓰기의 초기 형태라는 점에서 늘 잠재성이 풍부한 자료가 된다. 메모는 나중에 구성과 개요 작성을 할 때 도움이 된다. 메모의 형식이 굳이 어떠해야 한다는 원칙은 없으니 자신에게 적합한 방식을 실험해 볼 필요가 있다.

그러나 중요한 것은 앞서 말했듯 글감 자료도 메모도 아니다. 글쓰기를 위한 자료로 모든 것이 널려 있다는 확신과 그에 따른 예리한 관찰력과 유연한 발상을 낳게 하는, 깊은 관심을 갖는 태도가 필요하다.

헨리 데이비드 소로Henry David Thoreau(1817~1862)는 월든Walden 호숫가의 숲에 살면서, 문명 사회를 비판하고 대자연과 함께 호흡하는 참다운 인간의 길은 무엇인가를 고민한 인물이다. 살아 있을 때는 별로 평가를 받지 못했지만 지금은 미국 문학을 대표하는 뛰어난 산문 작가로서, 심오하고 독창적인 사상가로 인정받고 있는 소로. 그는 불후의 명작 『월든』에서 이렇게 말한다.

어떠한 관찰 방법과 훈련도 항상 주의 깊게 살피는 자세의 필요성을 대신해 주지는 못한다. 볼 가치가 있는 것을 그때 그때 놓치지 않고 보는 훈련에 비하면 아무리 잘 선택된 역사나 철학이나 시의 공부도, 훌륭한 교재도, 가장 모범적인 생활 습관도 그리 대단한 것은 아니다. 당신은 단순한 독자나 학생이 되겠는가, 아니면 '제대로 보는 사람'이 되겠는가? 당신 앞에 놓인 것들을 보고 당신의 운명을 읽으라. 그리고는 미래를 향하여 발을 내디뎌라.

_소로, 『월든』, 이레

소로에게 자연은 늘 영원한 글감이었다. 그에게 자연은 늘 인생을 살피는 대상이었으며 동시에 인생 자체였다. 그의 인생관은 모두 자연을 바라보는 그의 태도와 연관되어 있다. 그러기에 소로의 『월든』을 읽으면 최소한 자연과 인생을 보는 시각이 이전보다 훨씬 깊어짐을 느낄 수 있을 것이다.

끝으로 주의 사항 하나!

글감을 찾을 때 너무 거창하고 진기한 것만 고르는 것은 좋지 않다. 지금까지 설명하고 연습해 본 것도, 지나치기 쉬운 사소하고 평범한 글감 자료로도 얼마든지 좋은 글을 쓸 수 있다는 것을 몸소 느꼈으면 하는 의도에서였다.

일제 식민지 시대의 훌륭한 소설가이자 빼어난 글쓰기 지침서 『문장강화(文章講話)』의 저자인 이태준님의 다음 지적은 매우 적절하다.

제재가 재미있어야 재미있고, 제재가 슬퍼야 슬플 수 있는 것은 신문 기사뿐이다. 신문의 문장이 아니라 사람의, 개인, 개성의 문장이란 제재가 반드시 슬퍼야 슬프고, 제재가 반드시 즐거워야 즐겁고, 제재가 반드시 굉장해야 굉장한 글이 되는 것은 아니다. 아무리 쇄소, 평범한 것이라도 얼마든지 훌륭한 글이 된다.

요점은 자기가 관찰하고 느끼기에 달린 것이다. 그러니까 더욱 요점은, 자기가 넉넉히 느껴 낼 만한, 요리해 낼 만한, 제 힘에 만만한 것으로 택하는 것이 상책이다.

_이태준, 『문장강화』, 창작과비평사

제 **5** 마당
만화(漫畫)로 만화(萬話) 쓰기

만화를 싫어하는 사람이 있을까? 만일 있다면 요즘 세상
에는 그야말로 '천연기념물' 감이다. 아니, 좀 더 심하게
말하면 이러한 '희귀동물'은 멸종되지 않게끔 정성껏 보
호해 주어야 마땅하리라. 정말이지 만화를 싫어하는 현
대인은 찾아보기 어렵다.

이제, 만화(漫畫)로 만화(萬話)를 써 보자.

1_만화? 만화라고요!

만화를 '망가'라는 일본식 발음으로 부르며 못 보게 하던 과거도 있었다. (집안 망하게 한다는 뜻의 망가[亡家]로 이해하는 사람들도 많다!) 그러나 이제는 만화를 통하지 않고서는 의사 소통에 지장이 올 정도다. 자, 눈을 들어 주위를 둘러보라. 학용품에서부터 벽의 낙서, 텔레비전과 영화, 인터넷에 이르기까지 사방팔방에서 만화를 볼 수 있지 않은가.

만화는 오랜 역사를 가진, 앞으로도 무한한 발전이 가능한 표현 양식이다. 실제로 원시 시대 동굴 벽에 그려지던 만화는 중세부터는 종이에, 최근에는 TV와 컴퓨터 화면으로 옮겨지며 놀라울 만큼 발전해 왔다. 어쩌면 만화는 「매트릭스」라는 영화에서 본 '가상현실 장치 simulation'에까지 이어지지 않을까 싶다. 언젠가는 눈을 감고도 만화를 볼 수 있을 것이다.

이와 같은 만화의 발전은 그 자체의 특성 때문에 가능했다. 문학과 미술의 중간 형태인 만화가 주는 강력한 전달 효과는 보는 사람으로 하여금 만화를 쉽고도 친숙하게 접하게 만드는 결정적 요인이 된다. 그 결과 만화는 온갖 광고와 선전, 홍보 등은 물론 교육 분야(예를 들면 학습 만화)까지 다양한 형식으로 광범위하게 활용되고 있다.

그럼 우리도 만화를 통해 글쓰기 공부를 해 보자. 단, 주의해야 할 점이 하나 있다. 만화를 열렬히, 남보다 '미친 듯이' 좋아하는 사람이라면 이 글을 채 다 읽기도 전에 만화만 후닥닥 골라 볼까 걱정이다. 이러한 태도는 글쓰기를 공부하는 데 분명히 방해가 되므로, 마음을 가라앉히고 차근차근 연습해 나가기를 바란다.

2_만화를 글로 풀어 보자

다음 만화는 어느 교실의 학급 회의(HR) 광경을 그린 것이다. 생각나는 대로 자유롭게 글을 써 보자. 참, 만화의 제목도 좀 정해 보자.

인간의 존엄성이 존중되는 민주 사회. 다양한 인간들이 모여 사는 민주 사회에서는 각기 다른 의견들을 서로 존중하며 결론을 내리는 회의가 중요하다. 그러기에 민주적인 절차로 회의를 진행하는 능력이 야말로 민주 시민의 기본 자질에 해당한다. 각급 학교의 학습 과정에 반드시 학급 회의 시간이 배정되는 것도 '회의'라는 민주적 형식을 직접 경험해 보라는 교육적인 배려 때문이다.

그러나 각급 학교의 학급 회의는 대부분 앞의 만화와 같은 풍경이 아닐까. 민주 시민으로 성장하기 위해서 꼭 배워야 할 학급 회의 시간은 어느 틈에 가장 혼란스러운 시간, 방종과 방임의 시간으로 변해 버린 것은 아닐까. 과연 학급 회의 시간을 통해 민주주의의 소중함을 깊이 깨달을 수 있을까.

앞의 만화는 우리가 흔히 지나치는 생활의 일부분을 포착하여 제시함으로써 어떤 깨우침을 주고 있다. 이처럼 만화는 무언가를 의미 있게 제시해 준다는 점에서 다른 예술적 표현 양식들과 동일하다.

이제 앞의 만화에 제목을 붙여 보자. '학급 회의 시간', '혼란스러운 민주주의 공부', '이래도 됩니까?', '민주주의의 새싹이 자란다?' 등등 여러 가지가 떠오를 수 있다. 뒤로 갈수록 훌륭한 제목 아닐까. 여러분이 더 좋은 제목을 썼는지도 모르겠다.

자, 그럼 다음 만화를 보고 글을 써 보자. 역시 부담 없이!

한 남자가 바다에 빠졌다. 죽는가 보다 싶었는데 멀리 배의 연기 같은 것이 어른거린다. '아, 살았구나!' 하고 열심히 헤엄쳐 간다. 가까이 가 보았더니 웬걸! 섬 전체가 공장으로 덮여 있다. 배의 연기라고 생각했던 것들은 모두 공장 굴뚝에서 나오는 죽음의 매연이었다. 남자는 너무 놀라 그만 섬에 올라가는 것도 잊은 채 입을 딱 벌리고 만다.

앞의 만화는 단 두 개의 그림으로 현대 문명의 어두운 측면에 대해서 강력하게 비판하고 있다. 자신을 살려 주는 신호로 생각했던 연기가 사실상 죽음의 연기였다는 것, 사람 사는 땅 전부가 죽음의 연기를 내뿜는 공장으로 뒤덮였다는 것, 그래서 결국 물에 빠진 것 이상으로 위험스러운 상황 속에서 우리들이 살고 있다는 것 등을 한 마디의 대사도 없이 전달해 주고 있다. 이렇게 만화는 가끔씩 대사마저 생략해 버린다는 점에서 자유로운 표현 양식이다.

3_글 쓰는 태도와 주제 의식

이제 좀 더 깊이 있는 공부를 위해 다음 만화를 보자. 사회 문제에 늘 날카로운 관심을 쏟고 있는 박재동 화백의 만화다.

이 만화는 무엇을 그리고자 했을까? 바꾸어 말해 무엇을 전달하고 자 만화가는 이러한 만화를 그렸을까. 만화를 다시 한번 보며 오래 생 각한 다음 글로 써 보자.

_____

_____

_____

_____

사실 앞의 만화는 글로 표현하는 것 이상의 효과를 내고 있다. 문학 평론가 김상욱님은 이렇게 쓰고 있다.

이 만화를 보는 순간 나는 숨이 막히는 느낌을 받았다. 어떠한 생각도 이 순간에는 파고들 여지가 없었다. 오직 비극적인 한 가족의 삶이 머리를, 가슴을 꽉꽉 빈틈없이 채우고 있었다. 마침내는 코끝이 시큰해왔고, 목울대가 아릿하게 메었다. 망연해 있는 나를 보며 의아해하던 아내는 책을 빼앗아서 잠시 보더니 아무 말 없이 다시 내려놓고 황황히 눈길을 어디다 둘지 몰라했다.

___김상욱, 『시의 길을 여는 새벽별 하나』, 친구

여러분도 거의 마찬가지였을 것이다. 여러분이 쓴 글의 내용 또한 거의 비슷할 것이다. 그렇다. 이 만화는 전셋값이 오르는 것을 감당할 수 없어 좌절하는 우리 이웃들의 현실을 다루고 있다. 만화가는 우리 사회의 어두운 면을 그림으로써 우리가 얼마나 무관심 속에 살고 있는가를 가슴 아프게 지적해 준다.

'만화는 재미있고 즐거워야지 뭐 이래?'라고 생각할지도 모르겠다.

그러나 만화가 꼭 명랑해야 된다는 법은 없지 않은가. "그래도 난 이런 만화가 싫어!"라고 말할지도 모른다. 그러나 이러한 만화 속의 장면이 우리 사회의 어딘가에서 일어날 수 있는 엄연한 현실이라는 점은 인정해야만 한다.

시험 치는 날 저녁 우리는 마음속으로 바란다. '내일이 안 왔으면, 내일 뭔가 일이 나서 시험을 보지 말았으면……' 그러나 여지없이 내일은 오고 시험은 예정대로 치러진다. 우리의 삶 역시 마찬가지이다. 앞의 만화와 같은 일이 없었으면 하고 아무리 바라더라도 현실을 외면할 수는 없다. 전셋값이 없어 일가족이 자살한 사건은 십여 년 전 분명히 일어났던 현실이다.

그렇다고 현실을 무조건 부정적으로 보자는 말은 아니다. 현실을 있는 그대로 보되 이웃의 아픔, 인간의 여러 가지 아픔들에 대해 깊이 있게 통찰하고 나아가 해결해 보려는 지혜를 가져야 한다는 것이다. 글을 쓰는 사람은 언제나 의로워야 한다. 이를 인정할 수 없다면 자기가 쓴 글을 남에게 절대 보이지 않는 것이 좋다. 현실을 망각하고 즐거움만 강조하는 글이라면, 폭력과 성, 왜곡된 가치관으로 얼룩진 일부 일본 만화와 무엇이 다른가.

한편 이러한 지혜는 글을 쓰는 데 방향잡이 역할을 해 준다. 보통 '주제 의식'이라고 부르는데, 이것이 글에서 발견되면 주제라고 부른다. 바꾸어 말해 만화든 글이든 무엇인가 의미 있게 표현하고 전달하려는 생각이 주제 의식이며, 그것이 실제로 표현되면 주제가 된다. 쓰는 사람은 주제 의식을 갖고 글을 써서 주제를 나타내야 하며, 읽는 사람은 주제를 통해 주제 의식을 따져 보아야 온당하다. 만일 이 과정에서 무엇인가 제대로 되지 않은 부분이 발견된다면 좋은 글, 좋은 글쓴이는 되지 못한다.

4_표현 형식의 중요성

자, 다시 앞의 박재동님의 만화로 되돌아가 꼼꼼하게 살펴보자. 그리고 원래의 만화에서 두 사람을 뺀 다음 만화를 3분 이상 자세히 살펴보자.

앞의 만화는 처음 만화에서 등장인물 둘(딸과 아들)만을 뺀 것이나. 이 둘을 뺐다고 해서 이 만화가 전달하고자 하는 바, 즉 주제가 바뀌지는 않는다. 그러나 원래의 만화와 두 사람을 뺀 만화가 똑같은 전달 효과를 주고 있을까?

아닐 것이다. 그럼 이 두 만화는 효과 면에서 어떤 차이가 있을까? 등장인물이 네 사람인 원래 만화와 등장인물이 둘로 변형된 만화를 비교/대조하여 써 보자. 깊이, 아주 깊이 생각해 보고 글을 써 보자.

다음은 고 1 학생들이 쓴 글들이다. 역시 똑같은 형식으로 썼던 글이니 차근차근 읽고 자신의 글과 비교하자. 내용상 서로 겹치는 부분들도 있으나 그대로 싣는다.

① 아이들이 없다면 비교적 불쌍해 보이지 않을 것이다. 또, 아이들에게 대사가 있으므로 뜻이 확실히 전해진다.

② 순진한 아이들이 아버지에게 말하는 내용을 통해 독자의 마음을 더

아프게 한다. 특히, 일가족 4명이 자살했다는 신문의 내용과 일치되어서 마치 이 가족도 자살할지 모른다는 상황을 긴장감 있게 나타내 준다.

③ 아이들이 없으면, 보통의 전세방에서 그냥 신문 보도를 보고 생각하는 것 같아 평범하다.

④ 애원하는 아이들의 모습이 만화의 메시지를 강조하고 있다. 없다면, 고민하는 부모의 모습이 강조력을 잃는다.

⑤ 아들과 딸이 있음으로 해서 형편이 더 어렵게 보인다. 더 살고 싶어 하는 자식들과 더 이상 어쩔 수 없는 아버지 사이의 대조가 더욱 보는 사람을 슬프게 만든다. 나아가 공포감까지 든다. 실감 난다. 혼자나 둘이라면 나가서 어딘들 못 살랴! 그러나 아이들도 있고 해서, 죽음을 택할 가능성이 높아진다.

⑥ 가족을 4명으로 했다는 것은 우리나라의 일반적인 서민 가정을 상징하는 것이다. 우리 시민들이 겪고 있는 생활 문제를 나타낸 것으로 보인다. 또한 엄마가 누워 있고, 딸이 아빠의 손을 잡고 무언가를 말하는 것으로 보아 이 만화가 강조하는 것을 한층 더 강조한다. 또한 바닥에 놓인 담배 재떨이와 바닥에 놓인 남자애의 공책들이 집안의 사정을 나타내 주는 것 같다.

⑦ 더 많은 식구가 있다면 가장이 무능하다는 말도 생길 수 있지만, 보통 가정의 식구인 4명의 식구를 이끌어 가는 가장으로서 노력은 하지만 여러 제도와 문제들로 어찌할 수 없는 상황임을 알 수 있다. 그리고 아무 것도 모르는 아이들이 자신들이 처해 있는 상

황도 모른 채 아빠에게 호소함으로써 보는 이들을 더 가슴 아프게
한다.

⑧ 부모 자식 간의 관계가 너무나 슬프다.

⑨ 만일 등장인물의 숫자를 5~6명으로 한다면, 빈곤의 원인을 가족
수의 많음에서 찾게 만들 위험이 있다. 표준 가족 수인 4명으로
잡아, 언제든지 일어날 수 있는 평범한 가정의 위험을 그려 내고
있다.

작가들은 자신의 주제 의식을 드러내기 위하여 어떤 방법을 쓸 것인
가 고민한다. 아마도 이 만화를 그린 박재동님 역시 몇 사람을 그릴까
무척 고민했을 것이다. 그러나 이 만화는 그가 단지 등장인물의 수만
고민한 것만은 아니라는 사실을 보여 준다.

만일 할아버지와 할머니를 넣어서 일가족 4명으로 만든다면 만화
내용은 어떤 느낌이 들까? 원래의 만화와 어떤 차이가 있을까? 내친
김에 한번 써 보자.

역시 원래의 만화보다는 덜 슬플 거라고 생각한다. 노년(老年)은 이미 죽음을 가까이에 두고 사는 나이이기 때문에 아무래도 덜 슬프다.

그러나 생각해 보라. 이제 막 연필에 침을 묻혀 가며 공부를 시작하는 아들, 자신을 낳아 준 부모에게 죽이지 말아 달라고 호소하는 딸의 모습을 보는 순간 단순히 남의 가정, 남의 가족에서 일어나는 일만으로 넘겨 버릴 수 없게 한다.

모름지기 자식은 부모의, 어린이는 사회의 영원한 희망이 아닌가. 그럼에도 현실을 해결해 나갈 우리들의 꿈나무들이 채 성장하기도 전에 현실 때문에 희생되며, 자식이 부모에게 죽이지 말아 줄 것을 호소하는 비극이 우리 사회에서 일어날 수 있는 현실이다. 그러므로 이는 단순히 전셋값 때문에 고민하는 일부 사람들의 문제가 아니라, 우리들의 꿈을 사정없이 묵살하는 우리 사회, 우리들의 무관심에서 비롯된 문제라는 점을 심각하게 지적하고 있는 것이다.

그러므로 이 만화는 등장인물의 수와 나이, 성별, 구도와 배경, 인물의 표현 등 여러 가지 면에서 매우 정교하게 의도된 충격을 주고 있다. 여기서 우리는 주제뿐만 아니라 그것을 어떻게 표현해 내는가 하는 표현 기법 역시 매우 중요함을 깨닫게 된다. 주제는 언제나 표현 기법, 형식을 통해 온전히 전달되는 것이다.

5_아주 자세히 늘여 쓰기

이제 책을 덮고 눈을 감자. 그리고 지금 막 본 그림을 머릿속에서 떠올려 보자. 잘 안 될 것 같으면 지금이라도 다시 한 번 자세히 살펴보고 눈을 감아 보자.

여러분들이 이 만화를 보고 너무 가슴이 아픈 나머지 아는 사람에게 말을 해 주려고 한다. 그런데 마침 만화가 보이지 않는다. 뭔가 만화에 그려진 그림에 대해 말해 주어야 할 텐데 어떻게 할까?

"오늘 참 슬픈 만화를 봤다."

"뭘 봤는데?"

"전셋값이 없어서 절망하는 어떤 가정을 그린 만화야."

"그래?"

"……."

이 정도라면 듣는 사람으로서는 말하는 사람이 무엇을 말하려는지 정확히 알 수 없다. 만일 여러분이 자신이 본 만화의 그림에 대해서 좀 더 자세히 말해 본다면 상황은 달라질 것이다. 이제 좀 더 자세히 여러분이 본 만화를 글로 풀어 써 보자. 만화를 직접 보고 써도 좋다.

여러분이 쓴 글은 대개 다음의 글과 비슷할 것이다. 고 1 학생이 쓴 글이니 자신이 쓴 글과 비교해 가면서 읽어 보자.

조그마한 방 안에 큰 활자로 '전셋값이 없어 일가족 4명 자살'이라는 글귀가 쓰여 있는 신문이 놓여 있다. 아버지가 방 안에 멍하니 벽을 바라보고 웅크리고 앉아 있다. 딸이 놀란 눈으로 아버지를 보고 있으며, 아들은 아버지의 등을 잡고 눈을 동그랗게 뜨고 있다. 아버지 옆에는 아버지에게 몸이 거의 가려진 채 어머니께서 팔을 머리 위로 놓고 누워 계신다. 방 안에는 초라한 장롱이 하나 있고 장롱 위에는 이삿짐을 꾸려 놓은 보따리가 놓여 있다. 벽에는 초라하게 겉옷이 두 벌 걸려 있다. 옷의 바로 오른쪽에 달력이 달려 있고, 전등이 하나 달려 있다. 아들의 왼쪽에는 아들이 공부하고 있었던 듯이 공책과 연필이 있고, 아버지 앞에는 담배꽁초 하나에 재떨이가 놓여 있다.

자, 그럼 여러분들의 관찰력을 점검해 보기로 하자. 이 글은 원래의 만화와는 다르게 서술된 곳이 몇 군데 있다. 아주 자세하게 살펴본다는 차원에서 일단 기억에 의지해서 틀린 곳을 고쳐 보자.

우선 신문에 난 머리 기사는 '전셋값이 없어 일가족 4명 자살, 연탄불 피워 놓고'이다. 장롱 위에는 '보따리'가 아니라 '보따리들'이 있으며, 옷의 바로 '오른쪽'이 아니라 '왼쪽'에 달력이 달려 있다. '전등이 달려' 있다기보다는 '형광등이 매달려' 있다고 해야 더 정확하다.

앞의 글은 200자 원고지로 약 2매 분량이다. 이 글을 다시 원고지 4매 정도로 늘여 쓰는 연습을 해 보자. 한 줄의 문장을 한 권의 책으로 의미 있게 늘여 쓰는 것도 글쓰기 능력이다. 따라서 글쓰기를 연습하려면 자세히 늘여 쓰는 연습을 하는 것이 중요하다. 글을 제대로 늘여 쓰려면, 사물이나 현상, 관념과 인상에 대해 늘 자세히 관찰, 분석할 뿐만 아니라 창조적으로 상상해 보는 것이 필수적이다.

이제 다음 네 칸 만화를 놓고 어떤 방법을 써서라도 주어진 밑줄을 모두 글로 채워 보자. 끝까지 채워 보는 것이 가장 중요하다.

첫 번째 칸:

두 번째 칸:

세 번째 칸:

네 번째 칸:

　지금까지 만화를 통해 ① 자유롭게 글쓰기, ② 글 쓰는 태도와 주제 의식, 주제, ③ 표현 형식의 중요성, ④ 자세히 늘여 쓰기 등에 대해서 공부해 보았다. 여기에서 그치지 말고 앞으로는 적절한 만화를 골라 서 똑같은 식으로 글쓰기 연습을 혼자 해 보기 바란다. 특히 신문의

네 컷짜리 시사 만화를 찾아 그 때마다 함축적 의미를 꼼꼼히 따져 보면, 사회 문제를 바라보는 시각도 넓어질 뿐 아니라 글쓰기에도 많은 도움이 될 것이다.

그러므로 이제는 '망가(亡家)' 아닌 만화(漫畵)로 만화(萬話), 즉 만 가지 이야기를 써 보자.

제 **6** 마당
사전 없이 글을 쓴다고?

새벽녘, 자꾸만 감기는 눈꺼풀. 교과서와 참고서, 공책과 필기도구들이 들어간 책가방. 마침내 두툼한 사전을 손에 들고 망설인다. 요게 빠지면 한결 가벼울 텐데. 뺄까? 말까? 이내 책가방 속에 넣고 마는 사전. 눈꺼풀이 더 무거워진다.

지금 자신의 책가방 속을 한번 살펴보자. 그 속에 들어가 있는 사전은 영어 사전인가, 국어 사전인가. 거의 대부분 영어 사전일 게다.

그렇다면 눈을 감고 돌이켜 보자. 지금까지 여러분의 책가방 속에 단 한 번이라도 국어 사전을 넣어 본 적이 있었는가. 그리고 다시 스스로에게 물어 보자. 국어 사전을 진지하게 뒤적여 본 적이 과연 몇 번 정도였는가. 오, 어쩌면 국어 사전이 아예 없는 '어린 백성' 들도 있으리라.

분명히 강조한다. 이제부터 여러분은 국어 사전을 가까이하는 습관을 들여야 한다. 덧붙여 다른 많은 종류의 사전들을 자유롭게 활용할 수 있어야 한다. 사전은 글쓰기의 영원한 동반자이다.

1_여러분의 낱말 실력은?

왜 많은 학생들이 국어 사전을 갖고 다니지 않을까? 단순히 책가방이 무겁다는 이유 때문만일까? 오히려 우리말이기 때문에 굳이 사전까지 갖고 다닐 필요가 없다고 잘못 생각한 것은 아닌지. 다음 보기 글을 읽어 보자.

어느 아파트에 강도가 들었다. 그 집 주인은 큰 소리로 도움을 청했다. 문이 열려 있었고 사람들이 지나다녔음에도 불구하고, 아무도 달려오지 않았다. 그는 살해당하고 말았다. 위 사건은 현대인들의 타인에 대한 무관심을 드러내 주는 단적인 사건이다. 그들은 ㉮ 요청을 들었으나 그것이 자신에 관한 것이 아니었고, 또 타인의 일로 인하여 피해받기 싫었기 때문에 간접적으로 살인을 ㉯한 것이다. 현대의 도시일수록 우리들은 서로 ㉰하면서 살아가야 할 것이다.

_김열규, 『어떻게 읽고 쓸 것인가』(기린원)에서 뽑아 약간 고침

앞 글에서 ㉮, ㉯, ㉰에 들어갈 낱말을 아래에 차례대로 써 보자. "큰 소리로 도움을 청했"으니, 도움과 연관된 낱말들이리라.

㉮ _____   ㉯ _____   ㉰ _____

앞부분을 채워 넣었으면 답 맞히기는 잠깐 미루고, 다음 단어들의
뜻을 직접 써 보자. 생각나는 대로 써 보자.

    ① 구조: _____

    ② 원조: _____

    ③ 협조: _____

    ④ 방조: _____

    ⑤ 공조: _____

위의 낱말들은 '남에게 도움을 주는 일'이라는 점에서는 같으나, 각
각 약간씩 의미가 다르다. 다음은 국어 사전에서 찾아본 낱말 뜻이다.

    ① 구조(救助): 목숨이 위태로운 사람을 살려 냄.

    ② 원조(援助): 도와 줌. ('식량 원조를 받다'와 같이, 대체로 물질

       적으로 우월한 쪽에서 열등한 쪽을 도와주는 것)

    ③ 협조(協助): 힘을 모아 서로 도움.

    ④ 방조(幇助): (어떤 일을) 거들어서 도와 줌. 타인의 범죄를 돕는

       유형, 무형의 행위. (방조[傍助]: 옆에서 거들어 주다. 대체로 좋

       지 않은 어감으로 많이 쓰인다.)

    ⑤ 공조(共助): 공동으로 도움. 공조 체제. 협조와 비슷하다.

앞의 ㉠, ㉡, ㉢에는 '구조', '방조', '협조'가 차례로 들어가야 한

다. 이와 같이 비록 아는 단어들이라도 정확히 가려 쓰려면 쉽지 않은 법이다.

아, 물론 "이 정도쯤이야!" 하는 사람들도 있을 것이다. 책을 많이 읽은 사람들은 특히 더 그러할 것이다. 이제 다음 보기 글을 읽어 보자. 괄호 안에 공통적으로 들어가는 낱말은 무엇일까?

( ) 확인 및 이전의 절차

우선 ( )부터 뒤져 봐야 한다. ( )에는 건물의 구조와 용도, 면적, 소유주는 물론 압류나 근저당 설정 여부까지 적혀 있다. ( ) 내용을 확인할 때는 반드시 대지와 건물 등본을 동시에 떼어 땅 주인과 건물 주인이 같은지도 살펴봐야 한다. 그런 다음 사고자 하는 집을 직접 찾아가 세 들어 살고 있는 사람이 없는지를 눈으로 확인하는 게 좋다.

매매 계약을 맺는 현장에서는 ( )상의 소유자와 파는 사람이 동일인인지를 주민등록증을 달라고 해 확인해야 한다. 매매 계약 때 주민등록증 제시를 요구하는 것은 결코 결례가 되지 않으므로 상대방의 눈치를 볼 필요가 없다.

__한겨레신문, 1992년 8월 16일자

이상은 집을 살 때의 절차와 유의점들에 대해 쓴 기사이다. 우리가 살다 보면 반드시 부딪히게 될 실제적인 상황에 대해 쓴 실용문으로, 괄호 안에 공통적으로 들어갈 낱말은 '등기부'이다. 등기부(登記簿)

는 해당 지역의 등기소에 보관된 공문서인데, 권리나 재산, 신분, 기타의 어떤 사실이나 관계, 즉 등기 사항을 적어 두는 장부를 뜻한다.

아니, 등기부라고? 그런 낱말을 내가 꼭 알아야 하나? 의문스럽겠지만 '등기부'란 일상생활에서 매우 중요한 낱말이다. 이렇게 중요한 낱말들을 정확히 알지 못한 채, 집 사러 가서 등기부가 뭐냐고 물어 보는 어리석음을 범할 것인가.

따라서 낱말 자체의 뜻을 다른 낱말과 비교하여 정확히 알아 두고, 글의 구체적인 문맥을 통해 많은 수의 낱말들을 익혀 두는 자세는 글쓰기의 매우 중요한 태도이다.

2_글쓰기에 도움이 되는 몇 가지 사전들

"리, 리, 리 자(字)로 끝나는 말은 병아리, 오리, 너구리, 개구리, 모두 네 마리……."

어린 시절, 끝 자가 같은 낱말을 누가 더 많이 찾아내는가 하는 놀이를 해 본 기억이 날 것이다. 이번에는 '비'자로 끝나는 말을 가능한 한 많이 써 보자.

이 가운데서 하늘에서 내리는 비에 해당하는 낱말들만 따로 생각해 보자. 가랑비, 이슬비, 보슬비, 장맛비, 소낙비, 단비, 봄비, 장대비…… 이렇게 떠오르는 낱말들을 국어 사전에서 확인하려면 꽤나 시간이 걸릴 것이다. '비'자로 끝나는 낱말들을 빨리, 남김없이 찾을 수 있는 방법은 없을까?

'역순(逆順) 사전'은 일반 사전과는 달리 맨 끝 자부터 역(逆)의 순서로 낱말들이 올라 있다는 점에서 재미있다. '가랑비, 이슬비, 보슬비'가 '비랑가, 비슬이, 비슬보' 식으로 사전에 올라 있는 것이다. '비'로 끝나는 모든 낱말들이 '비'로 시작하는 한 항목에 가지런히 정리되어 있는 역순 사전만 있으면 끝 자가 같은 낱말들을 누구보다도 빨리, 많이 찾아낼 수 있다.

한편 이런 역순 사전에도 약간은 미흡한 점이 있다. 실제 하늘에서 내리는 비와 연관된 낱말들을 찾으려면, '비'로 끝나는 말 가운데서 '싸리비, 대비, 죽비, 마비' 등의 낱말들은 일일이 빼 버려야 한다. 또한 '비'로 끝나지 않았으면서도 의미상 '비'에 속하는 낱말들은 결코 찾을 수 없기도 하다.

잠깐!

먼저 다음 낱말의 뜻을 사전에서 찾아 써 보자.

는개: _____

'는개'는, 뜻으로 볼 때 '비'에 속하는데도 꼴로 볼 때는 '비'란 말이 안 붙는 낱말이다. 그렇다면 '하늘에서 내리는 비'에 관한 낱말들을 모두 모아 하나의 항목으로 정리해 놓으면 '는개'와 같은 낱말들을 놓치게 되는 일은 없을 것이다.

이렇게 어떤 특정 분야의 낱말들을 모아 놓은 사전을 '분류(分類) 사전'이라 한다. 모르는 낱말을 쉽게 익히고, 낱말을 정확히 확인할 수 있다는 점에서 글쓰기에 매우 유용한 사전이다.

분류 사전을 사용하기 위해서는 자신이 찾고자 하는 낱말이 과연 어떤 주제 분야에 쓰이는지를 살펴 사전에 분류된 항목 중 적절한 항목을 찾으면 된다. 항목 찾기가 쉽지 않으면 크게 생각한 항목에서 다시 찾아 내려간다.

사전은 다루어진 내용에 따라 헤아릴 수 없이 많은 종류가 나와 있다. 이 가운데는 읽기만 해도 재미있는 사전들 또한 많이 있다. 자질구레하면서도 흥미진진한 생활의 잡학들을 모아 놓은 『잡학 사전』이 있는가 하면, 20세기 초 미국 언론인 비어스Bierce가 약 1천여 개의 낱말들을 냉소적이고 풍자적인 시각으로 익살스럽게 정의한 『악마의 사전 *The Devil's Dictionary*』이 있다.

여기서 잠깐 『악마의 사전』을 들추어 '평화'라는 항목을 보면, "평화 peace【명사】국제 관계에 있어서 전쟁과 전쟁 사이에 존재하는 속임수의 기간'이라고 풀이되어 있다. 인간의 세계란 전쟁만 있을 뿐, 평화는 단지 전쟁을 준비하는 속임수의 기간이라는 뜻이다. 인류 이성의 야만성과 불합리성을 역설적으로 꼬집고 있다. 그는 또 '의논'을 "상대방의 잘못된 생각을 더욱더 굳어 버리게 하는 방법"이라고 정의한다. 그러고 보면 우리는 의논을 한답시고 자신의 주장만을 끝없이 상대에게 강요하는 경향이 있다. 그래서 상대로 하여금 잘못된 생각이건 아니건 깊이 생각해 볼 겨를도 주지 않고 자신의 주장을 따르게 만들기도 한다.

삶에 대한 나름대로의 시각과 통찰을 바탕으로 한 비어스의 낱말 정의는 현실의 어두운 이면을 정확히 찌른다. 그의 냉소적 풍자는 '짐승'에 대한 풀이에서 압권을 이룬다.

"짐승brute【명사】남편을 보라."

3_토박이말 찾아 글쓰기

이제부터는 국어 사전을 옆에 두자. 국어 사전은 반드시 개정된 한글 맞춤법/표준어 규정(1988)을 반영한 최신판을 준비하는 것이 좋다.

그럼 우선 'ㄱ' 항부터 'ㅎ' 항까지 각 항목마다 자기의 마음에 드는 순 우리말, 즉 토박이 낱말을 하나씩만 찾아 써 보자. 이 때 골라내는 낱말은 자기가 알지 못했던 토박이말, 살려 쓰면 좋은 토박이말을 대

상으로 찾는다. 단, 이때 'ㄹ' 항목은 두음법칙 때문에 토박이말 찾기
가 적당하지 않으므로 뺀다. 그리고 자신이 찾은 낱말이 순 우리말인
지 아닌지를 알기 위해서는 사전 앞머리의 일러두기를 읽어 보아야만
한다.

자, 사전의 책갈피를 하나씩 넘기며 숨어 있는 토박이말을 찾아 써
보자. (＊만일 근처에 국어 사전이 없다면 이 대목을 뛰어넘어 계속 읽어간다.)

항목	단어	뜻
ㄱ		
ㄴ		
ㄷ		
(ㄹ)		
ㅁ		
ㅂ		
ㅅ		
ㅇ		
ㅈ		
ㅊ		
ㅋ		
ㅌ		
ㅍ		
ㅎ		

이번에는 앞에서 골라 놓은 토박이말을 한 번 이상씩 골고루 활용하여 글을 써 보자. 글의 내용이나 주제는 자유롭게 정하되 너무 부담을 가질 필요는 없다. 조사해 놓은 낱말들의 뜻을 계속 읽다 보면 그들 사이의 연관성이 서서히 떠오르면서 어떤 종류의 글을 쓸 수 있게 될 것이다.

자, 이제 어느 정도 정해졌으면 과감히 글을 써 보자. 다 쓴 후 자신이 활용한 낱말에 빨간 동그라미를 쳐 표시해 놓자.

그럼 고 1 학생이 조사해 놓은 활용 단어들을 몇 개 살펴보자. (＊국어 사전이 없어 여기까지 건너뛰어 읽어 왔다면 다음에 제시된 낱말들을 토대로 이제까지 해 온 연습을 직접 해 보자.)

- 강다짐: 밥을 국이나 물에 말지 않고 맨밥으로 먹음
- 등메: 헝겊으로 가선을 두르고 뒤에 부들자리를 대서 만든 돗자리
- 무럭이: 수두룩하게
- 복가심: 아주 적은 음식으로 시장기를 면하는 일
- 수무지개: 쌍무지개가 떴을 때에 빛이 더욱 곱고 맑게 보이는 무지개
- 아주먹이: 더 손댈 필요가 없을 만큼 깨끗하게 쓿은 쌀
- 제겨차다: 발등으로 올려 차다
- 타래박: 대나무로 된 긴 자루 끝에 바가지를 달아 물을 푸는 기구
- 푼푼하게: 모자람이 없이 넉넉하게
- 해거리: 한 해를 거름
- 호드기: 봄철 물오른 버드나무 가지를 비틀어 뽑은 통 껍질이나 밀짚 토막으로 만든 피리

다음은 이상의 토박이 낱말들을 거의 활용해 쓴 고 1 학생의 글이다. 몇 가지 자질구레한 흠은 있으나 썩 훌륭한 글이다. 글에서 표현된 생활은 아름다운 추억이 되어 힘들 때마다 자기를 지탱해 줄 것이 틀림없다.

매해 할머님 댁에 다녀오곤 했는데 작년은 <u>해거리</u>를 했다. 봄쯤에 놀러 가면 할머님은 냉이 햇것을 캐서는 저녁상에 <u>푼푼하게</u> 올리시곤 하셨다. 집 옆 버드나무 가지를 비틀어 <u>호드기</u>도 만들어 주시고…… 여름엔 물가에서 뛰어놀다 땀으로 범벅된 내 옷을 벗기시고는 긴 <u>타래박</u>으로 이 시리게 찬 우물물을 퍼내어 등물을 해 주셨다. 그리고 저물녘엔 모깃불을 피워 놓으시고 <u>등메</u>를 펴 나를 무릎에 놓으시고는 수박을 썰어 주시고, 잠재워 주시곤 했는데……. 연일 계속되는 비 가운데 맑은 날이면 할아버지가 계시는 곳이라며 <u>수무지개</u> 긴 언덕을 가리키곤 하셨다. 좀 한가하실 때 내가 조르면 냄비에 <u>아주먹이</u>를 담아 뒷산으로 놀러 가서 쌀을 불리고 주위에 <u>무럭이</u> 있는 소나무에서 송진을 내어 마른 나뭇가지와 섞어 불을 지펴 밥을 하신 후 소금을 쳐 주먹밥을 만드셔서 <u>강다짐</u>으로 먹여 주시고, 할머니는 맛있다고 철없이 먹는 나를 주시느라 얼마 남지 않은 주먹밥으로 <u>복가심</u>하시면서도 이내 더 먹으라 하셨다. 오늘같이 한가한 날 방 안에 갇혀 있으면, 컬컬할 때의 목처럼 각진 이런 도시 생활을 <u>제겨차고</u> 할머니가 계신 시골로 돌아가 내 마음의 갈증을 달래고 싶은 생각이 치받친다.

_고 1의 글

■■■ **잠깐!**

다음 토박이말을 바탕으로 앞의 방식과 똑같이 자유로운 글쓰기를 해 보자. 낱말의 뜻을 사전에서 먼저 찾은 후 써 보자.

· 건밤, 알심, 넌출, 날탕, 어리보기

4_글쓰기와 우리말 사랑의 뜻

다음 글을 읽고 그 뜻을 짐작해 보자.

吾等은 玆에 我 朝鮮의 獨立國임과 朝鮮人의 自主民임을 宣言하
노라. 此로써 世界萬邦에 告하야 人類平等의 大義를 克明하며, 此
로써 子孫萬代에 誥하야 民族自尊의 正權을 永有케 하노라.

이 글은 1919년 발표된 기미독립선언서의 첫머리이다. 고등학교
『국어』교과서에 매년 실리는 관계로 고등학교 졸업 이상의 대한민국
국민이면 모르는 사람이 없을 정도로 널리 알려진 글이다. 그러나 이
글에 대해 아동문학가이자 원로 교육자인 고(故) 이오덕님이 지적하

는 말은 귀담아들을 만하다.

　이게 어찌 우리말이고 우리글이라 하겠는가? 순수한 우리말은 겨우 토박에 없다. 우리말이 중국 글의 토로 떨어져 버린 글…… 이게 독립 선언서라니!

　3·1 독립 싸움은 민중이 한 것이다. 그런데 이 독립선언서를 읽고 민중들이 일어난 것은 결코 아니다. 민중들이 일어나도록 한 말은 아주 다른 그야말로 살아 있는 우리말이었을 것이다. 여기에 독립선언서를 만들었던 그 당시 이른바 지도자란 사람들이 얼마나 답답한 노릇을 하였던가…… 만약 그때 누구든지 알 수 있는 쉬운 우리말로 선언문을 써서 온 나라에 뿌렸더라면 그 싸움은 얼마나 더 뜨겁게 방방곡곡으로 불탔을 것인가?

__이오덕, 『우리 글 바로쓰기 · 2』, 한길사

실제로 기미독립선언서를 글로 써 붙였거나 말로 읽어 보았댔자 우리 겨레 대다수는 그 뜻이 독립 만세를 부르자는 내용인지 알 수 없었다. 당시 한문을 읽을 수 있었던 사람의 숫자를 비율로 따져 보지 않더라도 이는 너무나 당연한 말이다. 당장 누군가가 여러분에게 대한민국 만세를 부르자는 내용의 한문을 보여 주거나 읽어 준다고 하자. 알 게 뭔가!

대개 어렵다고 하는 글들을 읽어 보면 하나같이 한자어가 넘쳐난다. 이런 글을 쓰는 사람들은 토박이 낱말로 쉽게 바꿀 수 있는 문장마저 한자어 범벅으로 만들곤 한다. 여기에는 한자어를 애호하는 뿌리 깊은 고정관념이 박혀 있다. 그런데 일단 한자어를 쓰기 시작하면 단순히 토박이 낱말을 안 썼다는 정도에 머무는 것이 아니라 자꾸만 어렵고 복잡한 문장으로 바뀌어 간다는 점이 심각한 문제이다.

앞에서 예로 든, "吾等(오등)은 玆(자)에 我(아) 朝鮮(조선)의 獨立國(독립국)임과 朝鮮人(조선인)의 自主民(자주인)임을 宣言(선언)하노라"라는 문장만 보아도 그렇다. 맨 앞에 주어가 "吾等(오등)"으로 나오니까 "朝鮮(조선)의 獨立國(독립국)임과 朝鮮人(조선인)의 自主民(자주민)임"으로 자연스럽게 이어지게 되는 것이다.

"우리가"로 시작했다면 "우리 조선의 독립국임과 조선인의 자주민임"으로 나왔을 리 없다. 대신 자연스럽게 "우리 조선이 독립국임과 조선인이 자주민임"으로 바뀌었을 것이 분명하다. 그러므로 토박이 낱말을 쓰자는 것은 단지 낱말 몇 개 더 우리 것을 쓰자는 뜻이 아니다. 쉽게 이해되는 글, 좀더 우리 말글살이에 알맞은 글을 쓸 수 있어서이다.

잠깐! 지금쯤 여러분들은 "에고, 기성세대는 안 돼. 도대체 한자만 좋아하니, 원……" 하면서 혀를 찰지도 모른다. 그러나 여러분의 글은 한자 대신 영문자에, 한문투 대신 번역문투(주로 영어)에 물들어 있다는 점을 아프게 인정해야 한다. 또한 세대간 소통을 어렵게 만드는 인터넷 상에서의 말투에도 신경을 써야 할 필요가 있다.

이 글을 읽고 난 뒤 신문이나 방송에서 쓰고 있는 말들을 유심히 관찰해 보라. 스포츠 중계를 듣고 모두 이해가 될 사람은 스포츠에 미친 사람뿐이 아닌가 생각한다. 도대체 잘 모르는 외국어는 왜 그리도 많이 쓰는지……. 아무리 중국, 일본, 미국과 소련 등 주변 강국의 영향에 휘청거려 왔다고는 해도 큰 문제가 아닐 수 없다.

요컨대 한자와 영문자, 인터넷 등에 각각 친숙한 각 세대들이 우리 문자, 우리 글자, 한글을 무시한 채 마구 우리말을 오염시키고 있는 것이다. 그 결과 함께 기미독립선언서를 보아도 의사 소통이 잘 안 되었던 과거보다도 심각하게 지금 우리 사회는 서로 이해할 수 없는 말들로 더욱 산산조각이 나고 있다.

우리는 토박이 낱말을 가능한 한 골라 쓰고, 어색한 한문투나 번역문투의 글을 멀리해야 한다. 우리말 사랑의 근본 뜻은 우리의 삶을 진정 바람직한 삶으로 가꿔 가자는 데 있다.

글을 쓸 때 사전은 많을수록 좋다. 국어 사전은 물론 앞서 설명한 역순 사전, 분류 사전, 그리고 쓸모에 따라 적절한 사전을 끊임없이 살펴보고 갖추어 놓아야 한다. 이를테면 어떤 사항에 대해서 자세히 설명해 주는 백과사전, 훌륭한 문장들을 뽑아놓은 문장 사전, 갖가지 상징들의 의미에 대한 설명을 해 놓은 상징 사전, 민족문화에 대한 모든 것을 담은 민족문화 사전 등 여러 분야의 사전들을 두루 살펴보면 글을 쓰는 데 많은 도움을 얻을 수 있기 때문이다.

그러나 무엇보다도 글을 쓰는 사람은 사전에 담긴 말들을 사랑해야 한다. 우리말은 민족의 숨결이 담겨 있는 살아 있는 역사이자 전통이다. 또한 내가 살아갈 바로 이 곳, 우리 삶의 잊혀지지 않는 기억이다. 그러므로 우리말을 사랑하고 살려 쓰는 일이야말로 글쓰기의 가장 기본적 자세라 할 수 있다. 그리고 이러한 자세가 갖추어졌을 때만이 우리는 삶의 궁극적인 의의를 찾아낼 준비가 된 셈이다.

제 7 마당
일기! ㅇㅇㅇ······

밤을 새워 일기를 쓴다. 손가락이 아파 오고 글씨도 점점 흐트러진다. 한 달 치 일기를 하루에 몰아 쓰려니 여간 힘들지 않다. 그러나 방학 숙제를 내지 않으면 선생님께 몹시 혼날 테니까 힘들어도 쓰는 수밖에. 벌써 창밖이 희붐하게 밝아 온다. 개학날 새벽녘에야 끝나는 일기 숙제. ㅇㅇㅇ······ 일기 쓰기는 정말 너무 싫다!

일기⋯⋯

'일기' 하면 여러분 머리 속에 떠오르는 것들이 많이 있을 게다. 그
것들이 무엇이든지 간에 지금 당장 써 보자. 이 글을 읽어 가는 데 꼭
필요하므로 자신의 경험, 기억들을 모두 떠올리며 빠른 속도로 부담
없이 쓴다.

1_일기 쓰기가 부담스러운 까닭은 무엇일까

한 개인의 내밀한 감정과 생각이 고스란히 담긴 글, 남의 일기를 보는 것만큼 재미있는 일이 있을까. 아무것도 숨기지 않은 솔직한 일기일수록 읽는 재미는 더욱 짜릿해진다. 누가 뭐래도 일기는 그 어느 글들보다 재미있는 읽을거리이다.

반면에 '읽기'가 아닌 '쓰기'의 차원에서 보자면 일기 쓰기만큼 사람들이 싫어하는 글쓰기도 없을 듯싶다. 실제로 많은 사람들이 일기를 쓰고 있지 않으며, 심지어 말만 들어도 고개를 절레절레 젓는 경우 또한 적지 않다. 일기는 읽기와 쓰기의 차원에서 전혀 상반되는 감정을 갖게 만드는 특별한 종류의 글인 셈이다.

그렇다면 왜 사람들은 대부분 일기 쓰기를 부담스러워하는 것일까? 여기서 잠깐 생각을 깊이 한 후 앞에 쓴 글을 보며 다음 주제로 차분히 써 보자.

나는 왜 일기를 못(안) 쓸까?

_____

_____

_____

_____

이제 다음 글을 읽어 보자.

　　일기를 쓴다는 것에는 대단한 인내력이 필요하다고 생각한다. 일기를 쓰게 된 지 얼마 안 된 사람, 특히 일기를 강제로 써야 하는 사람들에게는 일기란 매일매일이 아니라도 꾸준하게 써야만이 일기다운 일기라고 생각한다. 그러나 나에게는 그러한 인내력이 있다고는 생각되지 않는다. 그래서 일기를 쓰게 되도 매일 꼬박꼬박 쓴다는 것은 나에게는 쉬운 일이 아니다.

　　또 하나는 초등학교 때부터 썼던 일기의 역효과이다. 초등학교 때에는 일기를 선생님께서 검사를 하셨는데 그것을 나는 무척 안 좋게 생각한다. 일기란 자신이 말하기 어려운 이야기도 쓸 수 있어야 한다. 그러나 그것을 할 수 없었던 것이 일기를 쓰게 하는 것을 방해하고 있다고 생각한다.

＿고 1의 글, 고치지 않음

앞의 글은 어느 학생(고 1)이 단숨에 쭉 써 내려간 글이다. 물론 퇴고(推敲)를 아직 안 했기에 고쳐야 할 자잘한 점들이 눈에 띈다. 그러나 조금만 손을 보면 자신이 왜 일기 쓰기를 어렵게 생각하는지 충분히 표현한, 읽을 만한 글이 될 것이다. 여기서 내용의 핵심은, 인내력을 갖고 꾸준히 솔직하게 써야 일기다운 일기라 할 수 있는데 자신은 그렇지 못해 일기 쓰기가 어렵다는 것이다. 아마 여러분들 또한 비슷한 글들을 썼을 것이다.

그러나 여기에는 일기에 대한 오해가 일부 섞여 있다. 일기란 꾸준히 인내력을 갖고 써야 한다는 그릇된 오해. 이는 분명 일기에 대한 편견이자 고정관념으로서 일기 쓰기를 부담스럽게 하는 요인이다.

물론 일기란 솔직하게 써야 한다는 것은 백 번 옳은 말이다. 그러나 일기가 갖추어야 할 '내용의 솔직성'은 종종 부모님이나 선생님의 검사나 지도로 인해 공개됨으로써 일기 쓰기를 망설이게 만든 결정적 원인이라 할 수 있다. 뿐만 아니라 남의 일기를 훔쳐보기 좋아하는 '도둑'들 때문에도 솔직하게 일기다운 일기를 쓰기란 힘들다.

1913년 11월 18일

다시 글을 쓸 것이다. 그러나 그동안 글을 쓴다는 것에 대해 얼마나 많은 의혹을 품어 왔는가. 솔직히 말해서 나는 무능력하고 무지한 사람이다. 강제로 학교에 다니지 못했다면—자신의 노력은 전혀 없고 강요도 거의 의식하지 못한 채—개집 안에 웅크리고 앉아 누가 먹을 것을 주면 껑충 뛰어나오고 다 먹은 후엔 다시 뛰어들어가거나 했을 것이다.

_카프카 F. Kafka의 일기에서

프란츠 카프카(1883~1924). 현대인의 절대 고독과 소외, 그리고 불안과 공포에 대하여 성실한 자세로 탐구한 작가. 20세기 실존주의 문학에 커다란 영향을 끼친 위대한 작가. 그에게 따라붙는 문학사적인 평가들은 우리를 압도한다.

그러나 이렇게 훌륭한 작가의 일기에 뜻밖에도 자신이 너무도 무능력하다는 고민들이 가득 차 있다. 카프카는 자신의 절친한 친구에게 자기가 죽은 후 자기 작품들을 모두 불태워 달라고 유언했을 정도였는데, 이와 같이 솔직한 일기가 현대인들에게 읽힌다는 것을 안다면 어떤 표정을 지을까.

솔직함이 공개될지 모른다는 불안감이야말로 일기 쓰기를 저해하는 가장 큰 원인인 셈이다. 잠겼다고 꼭 안심할 수도 없는 자물쇠를 붙여 놓은 고급 일기장을 생각해 보라.

덧붙여 일기 쓰기를 강제나 다름없는 방학 숙제로 내주어 자발적인 일기를 쓰게 하지 못했다는 점도 일기 쓰기를 피하게 만드는 원인이다. 글의 맨 앞에서도 말했듯, 개학 전날 밤을 꼬박 새우며 일기를 써 본 경험이 여러분 대부분에게 있을 것이다. 어쩌면 방학이 시작하자마자 한 달 치 일기를 미리 써 놓은 경우도 있으리라. 한 달 동안 할 일들을 미리 앞서 알 수 있는 '예언자(?)'들이 주로 애용하는 수법인데, 희한하게도 이들은 날씨만큼은 도저히 맞추질 못해 앞질러 써 놓은 '창작' 일기에 날씨만 하루하루 꾸준히 써넣거나 베껴 거뜬히 숙제로 제출하곤 한다. 검사 받는 일기, 생각만 해도 '끔찍하다!'

2_일기를 쓰면 어떤 점이 좋을까

일기를 쓰지 말라는 말은 한 번도 들어 보지 못했을 것이다. 그만큼 일기 쓰기의 장점은 모든 사람들에게 두루 인정되고 있는 셈이다. 그렇다면 이제 한번 따져 보자. 일기를 쓰면 뭐가 어떻게 달라진다는 것인지.

젊지만 유능한 소설가 김남일님과 문학평론가 한기님이 나눈 다음 대담을 보면 일기 쓰기가 작가가 되기 위한 습작 수업이 될 만큼 중요했다는 점을 보여 준다.

한기: 그럼 처음부터 작가 지망생이 아니었습니까? 『배리』를 보면서 신진 작가임에도 상당히 능숙하게 쓴다는 인상을 받았는데요.

김남일: 그것이 처음 소설은 아니었지만, 거의 소설 쓰는 초기 단계에 해당했던 것입니다. 시를 써 볼까 하는 생각을 조금 했었고, 그러나 그것도 대학에 들어오고 난 후의 일이었지요. 다만 일기를 열심히 썼고, 지금도 세상에 중요한 사건이 벌어지는 날이면 일기를 씁니다.

한기: 일기 쓰기가 작가를 만들었군요. (후략)

_김남일/한기 대담, 『오늘의 소설』, 1992년 상반기

이제 다음의 사항들을 읽어 가면서 일기(쓰기)의 장점이라고 생각하면 그 위에 동그라미를 쳐 보자. 읽다가 아니면 가새표를, 어휘가

생소해 이해가 어렵다면 물음표를 해 보자.

· 건전한 긴장 해소와 감정상의 위안을 가져다 준다.

· 자신에 대해 곰곰이 생각해 볼 수 있는 기회를 주고 목표를 명확히 해 주고 결단을 내릴 수 있게 해 주는 공간.

· 자신을 따뜻하게 대하고 받아들이는 자세를 통해 자아를 풍요롭게 하는 한 방법.

· 마음 편하게 타인들과의 관계를 점검하고 타인들과 친밀하게 지낼 수 있는 능력을 발전시켜 나가는 공간.

· 자각과 자기 인식으로 이르는 길.

· 미래의 행위를 미리 연습해 보는 공간.

· 현재 당신에게 가장 중요한 문제들에 당신의 모든 에너지를 집중시키게 할 수 있는 한 방법.

· 문제들에 창조적인 해결책을 발견하는 공간.

· 기억하는 것을 도와주는 기능.

· 자기 주체성을 확보하는 수단.

· 고독을 즐기고 고독으로부터 유익함을 얻는 길.

· 위기나 변화의 순간에 분명한 길을 찾는 한 방법.

· 당신이 나아갈 길을 찾게 해 주고 또 당신이 선택한 삶의 방향에 대해 책임질 수 있게 해 주는 장치.

· 심리 요법을 촉진시키거나 이것의 결실을 맺게 해 주는 수단.

· 자기를 표현하는 기술을 발전시켜 주는 공간.

· 만사를 부정적인 쪽으로만 생각하는 정신적인 습관을 긍정적인 쪽으로 돌려 주는 한 방법.

· 당신의 감정들을 넓은 시야에서 바라보고 응어리진 과거의 기억들을 해소시키는 한 방법.

· 당신의 삶의 지속성 및 리듬과 긴밀한 관계를 유지하는 한 수단.

· 중요한 통찰력을 기록해 주는 공간.

· 가족사와 개인사를 보존하는 한 방법.

· 고요히 휴식을 취하면서 자신을 재충전하는 공간.

· 당신의 직관과 상상력을 해방시키는 장치.

· 삶에 대한 신뢰를 배우는 방법.

· 모든 인간들을 상호 연결해 주는 본질적인 인간성을 체험하는 한 수단.

· 꿈을 이해하고 기록하기 위한 도구.

· 당신이 자신의 구루(스승에 해당하는 인도 말)가 되어 자신을 지도하는 한 방법.

· 삶의 과정 그 자체를 찬양하는 공간.

· 정신적인 평화로 이르는 길.

· 창조적인 글쓰기와 그림 그리기를 위한 연습장.

· 지적이고 창조적인 모험을 안전하게 할 수 있는 공간.

· 하려고 계획하고 있는 일을 위한 자료집.

· 당신의 삶의 맥락 속에서 기쁨을 발견하는 수단.

　　__트리스틴 레이너, 『창조적인 삶을 위한 명상의 일기 언어』, 고려원미디어

자신의 삶을 돌이켜 보고 성찰하는 일은 일기의 장점이다. 일기를 쓰다 보면 자신의 사고력과 상상력을 깊게 할 수 있으며 '진정한 자기'를 만나는 귀중한 기회를 갖게 되기 때문이다. 물론 이 경우의 일기란 누가 볼지도 모른다는 생각으로 자신을 숨긴 글, 의도적으로 꾸민 글, 억지로 강제로 쓴 글이 아니다.

3_일기에 대한 오해와 이해

일기 쓰기의 장점만을 단순히 강조하는 태도는 일기를 날마다 꼭 써야 한다는 말로 이어진다. 그 결과 날짜까지 고급스럽게 인쇄된 일기장이 아니면 일기를 쓸 수 없으며, 반드시 잠자기 전에 하루를 반성하며 써야만 하며, 글씨도 깨끗하게 써야 한다고 소리 높인다.

그러나 일기는 가장 자유로운 글이다. 언제 어느 곳에서 어떤 형태의 사회 체제이건 일기라는 글처럼 글쓰기의 자유가 확실하게 보장되는 장르는 없다. 개인의 사생활과 연관된 가장 사적(私的)인 내용의 글로서 절대적인 비밀이 중시되기 때문이다. 가장 비밀스럽기에 가장 자유를 누릴 수 있는 글이 바로 일기라 할 수 있다. 그러므로 이제 일기에 대한 기존의 권위적인 목소리는 머리 속에서 지워 버리자. 그리고 일기 쓰기에 대해 새롭게 생각을 바꾸어 보자.

우선 일기 쓰기 자체에 특정한 격식이나 방법이 있다는 고정관념을 갖지 말자. 그러므로 생생한 느낌과 생각으로 쓰는 일기는 꼭 일기장에만 쓸 필요는 없다. 아무 종이 조각에나 쓴 다음에 날짜를 매기고 일기함에 보관해도 좋고, 녹음기를 활용하여 테이프에 일기를 담아 놓는 것도 일기 쓰기의 유용한 방법으로 생각해 볼 만하다.

일기란 글의 형식이나 종류와 상관 없이 자신이 느꼈던 감정과 사고를 시간의 말뚝에 비끄러맨 글이다. 그러므로 일기는 간단한 메모에서 각종 목록 작성, 몇 장씩 길게 이어지는 일기까지 매우 다양하게 펼쳐지면서 전개된다. 즉, 일기는 재미있게 끼적거린 낙서, 또는 작품 구상을 재빨리 적어 놓는 요긴한 형태의 메모가 될 수도 있다. 나아가 그림이나 스케치를 이용한 일기, 그날마다 기억할 만한 물건이나 사건들을 사소한 것이라도 느낄 수 있게 해 주는 내용의 일기 등이 모두 가능하다. 뿐만 아니라 독후감, 시 등의 문학 작품, 영화/연극평 등 어떤 형식으로건 써 나갈 수 있는 무한한 표현의 자유가 보장된 글이 바로 일기이다.

4_일기 쓰는 법

뛰어난 일기 연구가인 트리스틴 레이너Tristine Rainer는 새롭게 일기를 쓰자면서 다음과 같이 말한다.

'일기 쓰기'는 관례나 규칙들에서 자유롭다. 여기서는 모든 것이 허용된다. 일기를 잘못 쓴다는 것은 있을 수 없는 일이다. 당신은 언제라도 당신의 관점, 문체, 일기장의 종류, 필기도구, 종이 위에 써 나가는 방향, 사용 언어, 일기를 쓰는 대상 등을 자유로이 바꿀 수 있다. 맞춤법이나 문법에 어긋나게 써도 상관없으며, 날짜를 잘못 기입해도, 과장해도, 저주해도, 기도해도, 자랑해도, 시적으로 써도, 거창하게 써도, 거칠게 써도, 아름답게 써도 무방하다. 사진, 신문에서 오려낸 기사, 영수증, 편지, 인용문, 그림, 낙서, 마른 꽃, 명함, 상표 등을 마음대로 붙여도 괜찮다. 당신은 줄이 쳐진 종이나 백지, 보라색이나 노란색 종이, 그리고 값비싼 종이나 싸구려 갱지 위 어디에건 쓸 수 있다.

일기는 오로지 당신만의 책이다. 그것은 산뜻한 것이 될 수도 있고 너덜너덜한 것이 될 수도 있으며, 큰 것이 될 수도 있고 작은 것이 될 수도 있다. 또한 그것은 정연한 체계를 가진 것이 될 수도 있고 샤갈의 하늘 풍경처럼 중력으로부터 벗어나 자유롭게 비상하는 것이 될 수도 있다. 일기 쓰기의 핵심을 요약하는 말은 유연함, 자연스러움, 직관이다. 당신은 무엇을 할 것인지를 미리 계획할 필요가 없다. 일단 기록하고 난 뒤에야 자신이 무엇을 했는가를 깨닫게 될 것이다.

_트리스틴 레이너, 『창조적 삶을 위한 명상의 일기 언어』

자, 이제 편안한 마음으로 일기를 써 보자. 일기를 쓰는 요령은 '유연함, 자연스러움, 직관'과 연관된다. 그러므로 어쩌다 한 번이라도 좋고 하루에도 몇 번이라도 좋다. 쓰고 싶은 것들에 대해 마음에 드는 필기용품들을 갖고 써 보자. 그리고 자신의 정서가 해방될 수 있도록 자연스럽게, 정직하고 자세히 집중해서 풀어 쓰자. 이때 어느 수준에 이르렀다고 생각하기 전까지는 우선 빨리 쓰는 훈련이 중요하다.

그리고 잊지 말 것 하나. 꼭 쓴 날짜를 기입하자. 시간의 흐름에 따른 자신의 변화를 짚어 보고 그 의미를 돌이켜 볼 수 있다.

5_글쓰기를 위한 연습: 새로운 일기 쓰기

먼저 눈을 감고 어떤 장면, 기왕이면 가장 인상 깊었던 장면을 떠올려 보자. 또는 가장 자신을 편안하게 만들어 주는 장면을. 마음 속에 선명히 떠오르면 눈을 뜨고 그림을 그려 본다.

그림 그리기는 여러분들에게 가장 기본적인 일기 쓰기의 능력을 길러 준다. 무엇인가를 돌이켜 본다는 것, 떠올려 본다는 것은 일기 쓰기의 중요한 필수 요소이다.

1) 목록 만들기

이제 여러분 개인의 삶을 곰곰이 돌이켜 보자. 그리고 자기 삶의 가장 중요했던 사건들을 번호를 붙여 가며 차례대로 배열하여 목록으로 만들어 보자. 금맥(金脈)을 파 들어가는 광부처럼 기억의 깊숙한 곳을 깊게 파 보자!

그럼 다른 소감문들을 몇 개만 읽어 보자.

· 막상 내가 여태까지 살아온 과거를 생각하려고 하니 생각이 잘 안
난다. 참 아쉽다는 생각이 든다. 추억은 언제까지 남아 있는 게 아니
다. 그걸 깨달을 때, 나 자신이 얼마나 허무해지고 지금까지 살아온 나
의 생을 반성해 본다.

· 정말 재미있었다. 내 짝은 솔직한(?) 이야기를 담백하게 썼다. 나는
주로 '원한'이나 아픔, 고통을 위주로 썼는데 이런 것 말고 좋아하던
일이나 즐거웠던 일을 넣었어야 했다는 것을 후회했다. 옛 생각을 해
보아서 좋았다. 앞으로 열심히 살겠다.

· 대부분이 비슷한 것 같다. 우리 모두의 인생이 참 단순하다는 느낌
이 든다. 개성 있게 생활을 살아가는 친구들이 아주 드문 것 같다. 어
린 시절의 기억은 없지만 그 시절보다는 지금 이 시간이 나한테는 더
욱더 소중하다는 생각이 든다.

_고 1의 글, 고치지 않음

삶의 목록 만들기는 자신의 과거를 쉽게 돌이켜 보게 만들어 준다는 점에서, 그리고 다른 사람의 목록과 비교해 보는 과정을 거칠 경우 서로 가치관과 관점이 다르다는 점에서 배우는 바가 많다. 가장 간단하면서도 효과가 높은 일기 쓰기 연습이 될 터이니 각자 연습해 보자.

함께 해 봅시다

· 꼭 시간의 흐름에 따라 목록으로 정리할 것!

1. 내 삶을 가장 의미 깊게 해 주었던 존재들
2. 오늘 경험했던 것 가운데 기억하고 싶은 것들
3. 앞으로 해야 할 일들
4. (직접 더 만들어 볼 것)

---

2) 난 너무 화가 난다: 카타르시스

다음에 주어진 문장에 이어서 계속 글을 써 보자. 이번에는 빨리, 앞에서 1분간 글쓰기를 한 것처럼 무조건 떠오르는 대로 빨리 쓴다.

난 너무 화가 난다.

제 8 마당
노래, 노랫말, 우리들의 삶

시린 겨울날 너무도 우울했지. 낙엽은 모두 지고 야윈 바람만 가슴 속 깊은 뼈들 사이로 돌아다녔지. 낮게 깔린 구름처럼 마음은 너무 외로워 나는 노래 불렀지. 메마른 입술 밖으로 낮게 낮게 노래 불렀지. 봄은 언제 올까, 부푼 흙내음이 삼켜지며 생각의 갈피갈피마다 내가 부르는 노래의 화음들은 부드럽게 쌓였지. 어느새 따스해진 나의 가슴, 나의 겨울 노래여…….

고 불렀다.)

3) 삶과 노래

삶과 노래는 필연적으로 연관된다. 실제로 일(삶)을 하면서 불렀던 노동요는 삶과 노래가 얼마나 깊은 관련을 갖고 있는가를 잘 보여 주는 증거가 된다. 일반 백성들이 불렀던 그 많은 민요들의 대부분이 노동요가 아니던가.

특히 모였다 하면 노래 한 곡씩은 불러야 만족하는 민족, 지구상 어느 민족보다도 노래를 좋아하는 민족인 우리 민족의 삶에서 노래를 빼놓는다는 것이 과연 가능할까. 보라! 예부터 주변 나라 사람들에 의해 '음주가무(飲酒歌舞)'를 즐기는 민족이라고 일컬어지더니, 21세기인 지금도 '전국 노래 자랑', '주부 가요 열창' 등 온갖 노래 잔치는 물론, 거리의 수많은 노래방들이 노래하는 한국인들로 꽉 차 있지 않은가. 우리 민족의 삶에서 '노래(歌)'는 결코 빼놓을 수 없는 삶의 한 부분이다.

지금까지 간략하게나마 말과 삶, 말과 노래, 삶과 노래의 관계를 차례로 살펴보았다. 이제 말과 삶, 노래는 서로 떼려야 뗄 수 없는 필연적 관계에 있음을 알았을 것이다.

2_요즘 노랫말들의 문제점

자, 잠깐 쉬어 가자. 어려우면 물론이고 어렵지 않더라도 쉬어 가는 것은 필요하다. 글쓰기 공부는 게을러서도 안 되지만 서둘러서는 더더욱 안 된다.

이제 자신이 좋아하는 노래 제목들을 적어 보자. 생각이 떠오르지 않으면 노래책을 들추면서 찾으면 된다. 인터넷에서 찾으면 안 되냐고? 안 되긴! 인터넷 음악 사이트에 접속하여 찾으면 금상첨화다. 음악은 들으면 안 되냐고? 당연히 실컷 들어야지. 쉬는 것도 공부이니 음악을 들으면서 자신이 좋아하는 노래 제목들을 많이 정리해 보자.

내가 좋아하는 노래 제목들

① _____

② _____

③ _____

④ _____

⑤ _____

그럼 여러분이 좋아하는 노래는 물론 요즘 '뜨는 노래'들의 노랫말들을 다시 찾아보자. 역시 인터넷 음악 사이트에서 가사 제공 서비스

성의 사회적 지위가 향상된다는데 이 노래의 내용은 전혀 뜻밖이다. 뭐 내가 여성들을 위해 소리높일 정도로 이해심 많은 사람은 아니지만 그 래도 이런 노래가 계속 불리워진다는 것은 사회적으로도 문제가 많다 고 생각한다. 왜냐면, 이 '여자이니까' 라는 말은 다른 곳에도 붙으면서 온갖 부당한 일을 얼렁뚱땅 넘기는 데 악용될 것 같기 때문이다.

　　　　　　　　　　　　　　　　　　　　　　__고 1의 글, 고치지 않음

다음은 김준선의 「아라비안 나이트」에 대해 고 1 학생이 쓴 글이다.

이토록 뛰는 가슴 그때는 몰랐었네/내 마음에 꿈을 심은 환상의 아 라비안나이트/〔……〕 Arabian night was more than a story/when we were young it was truth, reality/beautiful places, horses, thieves and heroes Oh/We fell asleep clinching on to our dreams/I was flying through air through Arabian night/watching Alibaba in his magnificient fight Oh……

영어로 노랫말을 쓰다니 해도 너무 했다. 영어를 얼마나 잘 한다고 가사까지 영어로 쓸까. 반쯤이나 우리말로 노랫말을 쓴 것이 이상스럽 다. 왜 우리말을 놔 두고 영어로 부르는지 모를 일이다. 노래만 들었을 때는 좋았는데 이렇게 노랫말만 따로 보니까 문제가 많다. 반드시 영 어로 써야 할 이유가 없다면 아름다운 우리말을 사용하는 것이 올바른 자세일 텐데 말이다. 그것도 많은 대중들 앞에서 공적인 자격으로 부르는 노래가 영어라니 이 노래는 우리 노래인가 외국 노래인가.

_고 1의 글

그런가 하면 아예 영어로 시작하며 퇴폐적인 노랫말로 일관하는 경우도 있다. 그룹 N. R. G의 「히트송」 노랫말에 대해 소감을 지적한 글이다. 이 글은 중 3 학생이 썼다.

Get down with the dancing/Let's get it on follow me/I want you come on baby/[……]/기쁨이 두 배 작업은 네가 선배/술술 잘도 들어간다 모두 건배/눈빛을 잘 주고받는 것이 관건/엮었다 아싸 야한 밤의 사건/녀의 숨결 미끄러져 가는 너의 살결/투철한 개척 정신만이 모두 해결/아니면 뒤집어 힘을 모아서 모두 단결 단결

이 노래는 한때 유행하던 노래이다. 처음에는 그런대로 잘 시작하지만 조금 있으면 선정적이고 퇴폐적인 가사들이 쏟아져 나온다. 이 노래가 과연 사랑을 고백하는 노래인가 아니면 그저 하룻밤만 즐기는 노래인가. 이 노랫말은 '마치 어떻게 하면 여자를 잘 꼬실 수 있는가'에 관한 지침서 같다. 정말로 사랑하지도 않으면서 그저 '즐기기만 하는' 관계를 부추기는 노랫말을 좋지 않다고 생각한다.

_중 3의 글, 고치지 않음

다음 글은 정수라의 「아 대한민국」의 노랫말이 가진 문제점을 지적

3_요즘 노래들의 문제점

요즘 유행가들 상당수가 우리들 삶과 밀착된 노래, 우리들 영혼의 깊은 곳에서 길어 올린 노래라고 보기 힘들다. 왜냐하면 그저 음표로 나타나는 음악적인 차원에만 치중할 뿐 구체적인 우리네 삶과 점점 동떨어지며 노랫말을 지나치게 무시하고 있기 때문이다.

그 결과 대부분의 요즘 노래들은 앞서 살펴보았듯 몇 가지의 그릇된 유형들로 나눌 수 있다. ① 여성에 대해 그릇된 시각이 그대로 노출되는 노래, ② 소극적이고 수동적인 태도의 값싼 사랑 타령 노래, ③ 영어로 된 가사를 마구 써서 공연히 멋을 내며 쉽게 이해할 수 없게 만드는 노래, ④ 욕설은 물론 퇴폐적인 내용들로 가득하여 함께 부르기 어려운 노래, ⑤ 현실을 왜곡하거나 망각하게 하는 노래 등.

그렇다면 바람직한 노랫말은 어떠해야 하는지에 대해서 글을 써 보자. 역시 부담 없이 쓸 것. 너무 부담감이 클 경우 글쓰기 자체가 싫어질 수 있으므로 간단히 메모나 낙서를 한다고 생각하며 써도 무방하다.

바람직한 노랫말은

4_진정한 글, 가장 좋은 글

이제 다음 노래들을 들어 보기로 하자. 아차, 함께 들을 수 없을 수도 있겠다. 그럼 노랫말만 우선 살펴보자. 그리고 앞에서 문제를 제기한 노래들의 노랫말과 어떻게 다른지 깊이 생각해 보자.

행복은 그 잘난 성적순이 아니잖아요

매일같이 공부 또 공부 지옥 같은 입시 전쟁터

어른들의 그 뻔한 얘기 이젠 정말 싫어요

행복과 성적이 정비례하면 우리들의 꿈은 반비례잖아요

행복은 그 잘난 성적순이 아니잖아요

자율 학습 또 보충 수업 시험 시험 시험 입시 전쟁터

세상은 경쟁 공부 대학 출세 명예 돈

서로서로 사랑하고 나눠 주는 세상은 어디

행복은 그 잘난 성적순이 아니잖아요 〔……〕

__『노래 하나 햇볕 한 줌』

이 노래는 입시 위주의 주입식 교육 속에서 서로를 경쟁 상대로만 규정짓는 비인간적인 부한 경쟁과 함께, 창의력은 무시된 채 무작정 교과서를 외우기만 하는 공부, 그리고 그 결과로 대학 진학과 출세, 명예와 돈이 뒤따르는 그릇된 우리 교육 현실을 예리하게 꼬집는다. "세상은 경쟁 공부 대학 출세 명예 돈"이라면서 우리가 필요로 하는 세상, 그러니까 "서로서로 사랑하고 나눠 주는 세상"은 어디 있느냐고 묻는다.

최소한 이 노래는 퇴폐적인 대신 건강하고, 수동적인 대신 적극적이다. 또한 현실에 매몰되어 그대로 끌려다니는 대신 현실에 대한 적극적인 자세가 들어가 있다. 이러한 태도가 장차 현실을 개선할 수 있는 군센 힘이 됨은 물론이다. 좋은 노래는 현실을 왜곡하거나 망각하게 하는 대신, 삶을 있는 그대로 보여 주며 바람직한 방향을 제시한다.

글쓰기 역시 마찬가지이다. 좋은 글을 쓰기 위해서는 현실을 있는 그대로 정확하게 보여 주는 진실함과 냉철함이 반드시 필요하다. 그러므로 우리들 삶의 어둡고 밝은 면을 구체적으로 정확히 파악한 후, 어두운 곳을 어둡게, 밝은 곳을 밝게 보여 주는 글을 써야 한다. 나아가 어두운 곳을 밝게, 밝은 곳을 더욱 밝게 만들려고 노력하는 글을 써야 한다. 그리하여 다른 사람들의 진실과 만날 수 있는 글, 다른 사람들의 양심과 만날 수 있는 글, 다른 사람들의 영혼과 만날 수 있는 글, 그러한 글을 쓰도록 끊임없이 노력해야 한다.

따라서 글을 쓰는 사람은 늘 자신의 글이 진실한가 고민해야 한다. 왜 쓰는가에 대한 자기 반성이 없는 글은 진정한 글이라 할 수 없다.

그러한 글에는 진실과 양심, 영혼이 깃들지 않기 때문이다. 비록 문장이 어색하더라도 자기 반성이 치열한 글, 진실과 양심, 영혼을 지닌 글이야말로 진정한 글, 가장 좋은 글이다.

흔히들 글쓰기를 하나의 기술 정도로 오해한 나머지 '어떻게 쓸 것인가'에만 집착하는 경우가 많다. 그러나 글을 쓸 때는 '왜 쓰는가'가 가장 중요하며, '무엇을 쓸 것인가'가 그 다음이다. '어떻게 쓸 것인가'는 맨 나중 문제이다.

지금까지 많은 사람들이 글쓰기를 무슨 대단히 어려운 고난도의 기술처럼 여겨 왔다. 또는 언어 예술이라 할 수 있는 문학 작품이야말로 가장 좋은 글이라고 오해해 왔다. 이는 분명 잘못이다. 우리는 모든 문학 작품을 가장 좋은 글이라고 말하지 않는다. 가장 좋은 글은 그것이 평범한 사람들의 일기든 편지든 사소한 글이든 본격적인 문학 작품이든 가림 없이 가장 진정한 글이다.

진실한 글은 언제나 맑게 뜬 눈과 따스한 가슴에서 나온다. 냉철한 이성과 따스한 감성, 인간과 세계, 대상에 대한 탁월한 안목과 뜨거운 사랑에서 나오는 것이다. 그러므로 여러분들은 좋은 글을 쓸 수 있는 기본 조건을 충분히 갖고 있다. 아직 때묻지 않은 순수함, 미숙하지만 지적 호기심과 따스한 사랑의 마음으로 가득 차 있는 젊음이 있기 때문이다. 젊음은 늘 인간의 세계를 밝게 비추는 열정의 빛이기 때문이다. 여러분이 갖고 있는 글쓰기에 대한 열등감, 자신 없음은 이제 몽땅 버려야 한다!

말과 삶이 하나이듯, 글과 삶도 하나이다. 글쓰기와 글읽기를 통한

자기 삶의 성숙, 그리고 공동체적 선의 나눔, 이것이야말로 우리가 글을 쓰고 읽는 궁극적인 목적이다. 따라서 늘 그러한 글을 쓰려고 노력해야 하며, 그러한 글을 골라 읽을 수 있도록 맑고 예리한 눈을 키워야 한다.

다음 '노래마을'이 부른 「나이 서른에 우린」의 노랫말을 마음 깊이 읽어 보자. 서른은 멀지 않은 나이이다. 어느 시인은 "지루하게 십대를 넘기니 곧바로 서른이 되었다"라고 탄식했다. 또 어느 소설가는 앞날에 대해 두려움과 불안을 갖던 나이에서 어느새 지나가 버린 세월에 대해 부끄러움을 갖는 나이가 되었다는 의미심장한 말을 하기도 했다.

나이 서른에 우린

나이 서른에 우린 어디에 있을까

어느 곳에 어떤 얼굴로 서 있을까

나이 서른에 우린 무엇을 사랑하게 될까

젊은 날의 높은 꿈이 부끄럽지 않을까

우리들의 노래와 우리들의 숨결이

나이 서른엔 어떤 뜻을 지닐까

저 거친 들녘에 피어난 고운 나리꽃의 향기를

나이 서른에 우린 기억할 수 있을까

〔……〕

어느 곳에 어떤 얼굴로 서 있을까

5_나의 노래, 나의 노랫말

시시한 연속극에도 주제가가 있는데, 한평생 삶에 '나의 노래'라 부를 수 있는 노래도 하나쯤은 있어야 하지 않을까. 이제 나의 노래에 녹아 들어갈 노랫말을 직접 써 보자. 작사, 즉 노랫말 만들기쯤이야 뭐가 어렵겠는가. 앞으로 제발 '어렵다'는 말 좀 하지 말자! 무조건 어렵다는 것은 도피 심리일 뿐이다.

곡은 앞으로 훌륭한 작곡가를 만나면 붙여 달라면 될 테니, 편안한 마음으로 노랫말을 써 보자. 작곡가들은 노랫말을 잘 살려 곡을 만드는 데 '귀신'들이니까 말이다. 여러분이 들어 왔던 수많은 노래들을 떠올려 보라. 얼마나 노랫말들이 다양하고, 심지어 곡을 붙이기 힘들 정도였는지를! 그래도 다 노래로 만들어지지 않았던가.

자, 그래도 노랫말 쓰기가 막연하면 다음 도움글을 읽고 써 보자.

① 형식에 구애받지 말고, 쓰고 싶은 것을 쓴다.

② 요즘 노랫말들의 문제점들은 가능한 한 피한다.

③ 생각이 잘 떠오르지 않으면 '변형 브레인스토밍' 방법을 활용한다. 즉 원을 하나 작게 그린 다음, 쓰고 싶은 주제나 내용의 낱말을 그 안에 하나 써 넣는다. 그리고 떠오르는 생각을 낱말이든 문장이든 가림 없이 원을 돌아가며 쓴다.

④ 변형 브레인스토밍 한 결과를 보면서 몇 개의 낱말들을 선택한다.

그런 다음 선택한 낱말들을 잘 엮어서 짧은 글을 짓는다고 생각
한다.

⑤ 웬만큼 쓴 뒤에는 노래로 부를 것을 생각하면서 노랫말의 형태를
균형 있게 다듬는다. 제목도 붙여 본다.

예

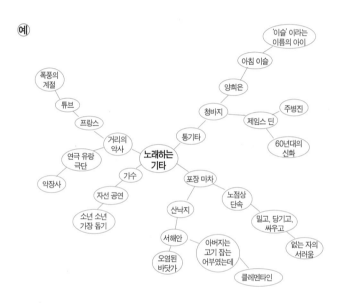

제목:

＿＿＿＿＿＿＿＿＿＿＿＿＿＿＿＿＿＿＿＿＿＿＿＿＿＿＿＿＿＿＿＿

＿＿＿＿＿＿＿＿＿＿＿＿＿＿＿＿＿＿＿＿＿＿＿＿＿＿＿＿＿＿＿＿

＿＿＿＿＿＿＿＿＿＿＿＿＿＿＿＿＿＿＿＿＿＿＿＿＿＿＿＿＿＿＿＿

다음은 같은 방식으로 고 1 학생이 쓴 노랫말을 아주 약간만 고친 것이다. 참고하기 바란다.

> 별을 보기 힘든 하늘, 그것이 우리의 하늘인가요
>
> 고기를 볼 수 없는 냇물, 그것이 우리의 냇물인가요
>
> 우리의 미래가 저 하늘처럼 어두워지네요
>
> 소중한 꿈들이 저 냇물처럼 흐려지네요
>
> 그러나 아직 늦지 않았어요 우리는 해낼 수가 있어요
>
> 밝게 빛나는 우리의 미래 우리 손으로 만들어 가요
>
> 더 이상, 이제 더 이상 바라볼 수만은 없어요
>
> ＿＿고 1의 글

(*물론 노랫말은 실제 노래와 어울리면 의미가 다르게 해석될 수 있다. 리듬과 멜로디를 통해 반어와 역설의 의미로 나타날 수도 있다. 노래(음)와 노랫말(글)의 관계는 좀더 자세하게 살필 거리로 남겨 두자. 여기서는 바람직한 노랫말이란 과연 무엇일까 깊이 생각해 보며, 쓸거리들이 널려 있다는 정도로 정리하자.)

제 9 마당
짜임새 있는 글쓰기

쉼표를 준비한 발자국마다 마침표가 따라온다.
바람결에 날려 문장이 되고 어느 틈에 단락으로 뭉쳐 우
리들의 이야기가 된다.
원시 시대 처음 벽에 그려진 점 하나가
머언 우주의 시간을 뚫고…….

1_문장을 쓰기 위한 준비 운동

낱말이 모여 문장이, 문장이 모여서 단락이 된다. 다시 단락이 모여 읽는 이의 가슴과 머리 깊숙이 파고드는 글이 된다. 그러나 의사 전달의 기본이 되는 문장을 자유롭게 잘 부려 쓰는 경우는 대개 드물다. 흔히 말은 잘 되는데 글로는 영 안 된다는 탄식 또한 문장 쓰기를 어려워하기 때문이다. 그러므로 여기서는 문장과 단락을 직접 쓰면서 부풀려 나가는 연습을 하기로 하자. 물론 틈틈이 이론도 소개할 터이니 잘 읽어 두기 바란다.

일단 가볍게 시작하자. 우선 자유롭게 머릿속에서 낱말들을 떠올린 다음에 써 보자. 이왕이면 명사로 한정하는 것이 더 좋겠다.

그럼 다음 보기에 쓰인 낱말들을 주어로 브레인스토밍을 하며 아무 문장이나 자유롭게 써 보자. 브레인스토밍은 별 게 아니다. 그저 자유롭게 머릿속에서 떠오르는 대로 쭉 써 보는 것이다.

혹시 브레인스토밍이란 것에 대하여 아직 익숙해 있지 못하다면, 아래 보기를 읽고 지시하는 대로 따라 해 보자.

보기 여우, 전화, 위성 방송, 별, 오누이, 수수깡, 그림자

자, 이제 이 낱말들을 주어로 하여 아무 문장이나 만들어 보자. 역시 머릿속에서 떠오르는 대로 빨리 써 본다. 낙서하듯 부담 없이 말이다.

① 여우는 슬쩍 웃으면서 토끼에게 말했다.

② 전화가 온 것은 바로 이때였습니다.

③ 위성 방송＿＿＿＿＿＿＿＿＿＿＿＿＿＿＿＿＿＿＿

④ 별＿＿＿＿＿＿＿＿＿＿＿＿＿＿＿＿＿＿＿＿＿＿＿

⑤ 오누이＿＿＿＿＿＿＿＿＿＿＿＿＿＿＿＿＿＿＿＿

⑥ 수수깡＿＿＿＿＿＿＿＿＿＿＿＿＿＿＿＿＿＿＿＿

⑦ 그림자＿＿＿＿＿＿＿＿＿＿＿＿＿＿＿＿＿＿＿＿

글을 잘 쓰려면 무엇보다도 '일단 쓴다'는 것이 중요하다.

정답? 글쓰기에서 정답은 없다. 그러므로 여러분이 지금 막 쓴 문장들도 그 자체로 중요한 연습일 뿐, 마치 수학 문제를 풀 때처럼 두려운 마음으로 정답을 찾을 필요는 없다. 그 대신 낙서하듯 가능한 한 많은 문장들을 꾸준히 만들어 보는 것이 중요하다. 이번에는 머릿속에 언뜻 떠오르는 동사와 형용사들을 아래에 써 보자.

＿＿＿＿＿＿＿＿＿＿＿＿＿＿＿＿＿＿＿

＿＿＿＿＿＿＿＿＿＿＿＿＿＿＿＿＿＿＿

＿＿＿＿＿＿＿＿＿＿＿＿＿＿＿＿＿＿＿

그럼 이제 막 떠오른 동사와 형용사들을 서술어로 삼아 아무 문장이나 많이 만들어 보자. 아니 또 '브레인스토밍'이라고? 아직도 이 말이 낯설어 당혹스럽다면, 아래의 서술어들로 문장을 만들어 보자.

① 흐린 하늘 아래 하얀 목련꽃이 피다.

② 풍선은 자꾸만 남산처럼 부풀다.

③ ＿＿＿＿＿＿＿＿＿＿＿＿＿ 차다.

④ ＿＿＿＿＿＿＿＿＿＿＿＿＿ 기울다.

⑤ ＿＿＿＿＿＿＿＿＿＿＿＿＿ 아름답다.

⑥ ＿＿＿＿＿＿＿＿＿＿＿＿＿ 괴롭다.

⑦ ＿＿＿＿＿＿＿＿＿＿＿＿＿ 배부르다.

이번에도 정답을 찾으려 할 필요는 없다. 그저 앞의 칸들을 즐겁게 메우면 된다. 그러나 이 방법을 조금 더 발전시키면 여러분들의 문장 실력은 대단히 높아질 것이다. 좀더 구체적으로 말해 보자.

작은 카드를 여러 장 만들자. 그리고 카드 한 장마다 떠오르는 낱말을 하나씩 적는다. 브레인스토밍을 하다가 잘 안 되면 아예 사전을 놓고 하나씩 읽어 가며 마음에 드는 낱말들을 찾아 적는다. 이왕이면 토박이 낱말이 좋겠다. 외래어나 한자어 등 다른 낱말들은 이미 우리 주변에서 너무 흔하게 볼 수 있으니까.

이제 모은 낱말 카드들을 마구 섞은 다음(또는 시간이 어느 정도 흐른 다음) 아무거나 하나 집어 든다. 그리고 그 카드 안에 쓰인 낱말들을 활용해서 문장(들)을 쓴다. 짧게도 쓰고 길게도 쓰며 자유롭게 문장(들)을 만들어 본다. 문법적인 사항들은 접어 두고 일단 열심히 써 보자.

2_문장 쓰기의 실제

1) 바꾸어 쓰기

이제 문장을 바꾸어 써 보자. 하나의 문장을 대상으로 그 뜻이 똑같거나 비슷한 범위에서 다른 문장들을 생각해 보자. 다음의 보기 문장과 또 다른 문장들을 먼저 살펴본다. 꽤 많으니 심호흡을 한 번 하고 읽어야 할 것이다.

보기 나는 너를 믿는다.

· 너는 나에게 늘 믿음을 준다.
· 너는 정말 믿을 만한 사람이야.
· 나는 너를 의심한 적이 한 번도 없다.

· 아무도 너에 대한 나의 믿음을 부정할 수 없다.

· 너만큼 믿을 만한 사람은 이 세상에 다시없을 거야.

· 어떤 일이 있어도 너를 믿는 내 마음은 변하지 않을 거야.

· 내가 너를 믿는 것 알지?

· 내가 너를 안 믿는 것 같니?

· 너를 믿지 않는 사람도 있을까?

· 누가 너에 대한 나의 신뢰를 부정하든?

· 내가 너를 믿지 않으면(못하면) 누구를 믿겠니?

외국인이 이 문장들을 읽다 보면 정신이 혼미해지리라. 그러나 한국어를 모국어로 하는 여러분은 곰곰이 읽는 동안 무엇인가를 느꼈을 것이다. 즉, 각 문장의 의미가 약간씩 다르지만, 전체적으로는 '보기' 문장의 뜻과 같다는 사실이다. 그리고 이 문장들 말고도 '넌 나를 안 믿니?'나 '실망시키지 마라', '넌 참 믿음직해', '네 말은 믿을 수 있어', '네 뜻이 바로 내 뜻이야', '세상 사람이 다 너와 같으면 좋겠다' 등등 '나는 너를 믿는다'라는 문장의 뜻과 유사한 문장들을 더 생각할 수 있다.

이와 같이 세상에는 뜻은 같지만(정확히 말한다면 '비슷하지만') 참으로 많은 문장 표현들이 있다. 그러기에 '문장 바꾸어 쓰기' 연습을 하다 보면 다양한 표현과 함께, 어떤 문장이 어느 상황에서 가장 적절할까에 대한 감각까지도 익힐 수 있다. 또한 '말투(어조, 語調)'에 대해서도 깊이 깨달을 수 있는 기회가 된다.

자, 이제 다시 연습을 해 보자. 최소한 세 개, 최대한 많이 써 보자. 그리고 비슷한 문장들을 더 만들어 가까운 친구나 형제자매끼리 서로 연습해 보자.

보기 저 문을 닫아 주세요.

① 저 문 좀 닫아 주시지 않겠어요.
② 문을 닫아 주시는 것이 좋겠군요.
③ _____
④ _____
⑤ _____

참고로 다음과 같은 문장들을 생각할 수 있다. 자신이 ③에서 ⑤까지 쓴 문장이 아래에 들어 있는가 확인해 보자.

① 문을 닫아 주십사 부탁드려도 되겠습니까?
② 지금 문을 안 닫아 주시면 곤란하겠군요.
③ 너무 바쁘셔서 신경을 못 쓰시나 본데 문을 좀 닫아 주셨으면 고맙겠습니다.
④ 지금 즉시 문을 닫아 주세요.
⑤ 선생님은 문을 항상 저렇게 열어 두시나요.
⑥ 이런 말씀을 드려 죄송합니다만…… 오해하지 마시고 부탁 하나

드리려는데요…… 문을 좀 닫아 주시면 어떨까요.

⑦ 문을 닫아 주실 줄 알았는데요.

⑧ 문을 너무 열어 놓은 것 같습니다.

⑨ 저 문을 아마 닫아야 될 거요.

⑩ 문은 항상 닫아 두는 것이 좋겠군요.

⑪ 바람이 꽤 들어오는군요.

＿패트릭 하트웰, 『글을 어떻게 쓸 것인가』

2) 이어 쓰기

필요에 따라서는 문장을 길게 이어 써야 할 때가 있다. 흔히 종속어미와 연결어미라고 부르는 어미들을 활용하면 문장을 무한대로 길게 이어 쓸 수 있다. 다음 문장들의 빈칸을 채워 보자.

① 크리스마스가 끝나서, 우리는 매우 쓸쓸해졌다.

② 성적표가 집으로 발송되었으므로, 나는 밖에도 못 나가고 하루 종일 불안했다.

③ 교복이 다시 없어지고,

④ 만화 『슬램 덩크』가 재미있다고 하지만,

⑤ 아파치족 인디언 '하늘로 두 발 차다'가 죽었음에도,

평소 책에서 보게 되는 문장들의 끝을 이런 방식으로 이어 쓰는 연습을 꾸준히 해 보면 문장 실력이 늘 것이다.

다음으로는 접속어를 활용하여 이어 써 보자. 요령은 비슷하다. 문장이 끝난 다음 그저 떠오르는 접속어들로 계속 이어서 써 나가면 되기 때문이다. 이번에도 직접 써 보자.

① 이런 방식의 글쓰기 공부는 내게 처음이다. 그래서 처음에는 적

　　지 않게 당황했다.

② 외딴 산장에 나 홀로 있다. 그리고 아무도 찾아오지 않았다.

③ 나체로 사는 것은 건강에 좋다. 그러므로

④ 공휴일과 일요일이 겹쳤다. 그러나

⑤ 나는 여자(남자)다. 그럼에도

이 밖에도 논리적인 순서로 이어 쓰는 방법이 있다. 어미나 접속어를 사용하지 않고 논리적인 순서에 따라 자연스럽게 써 가는 이런 표현 방식은 처음에는 조금 어렵다. 여기서는 그저 보기만 간단히 설명한다.

보기　노래를 불렀다. 목이 아팠다. 병원에 갔다 오니 오후

　　　2시이다.

3) 섞어 쓰기

문장은 원칙적으로 주어와 서술어를 갖춘 형식을 뜻한다. 자, 이제 재미있는 연습을 해 보자. 맨 앞에서 우리가 만들었던 문장들을 다시 읽어 보자. 그리고 그 문장들의 주어와 서술어를 서로 아무렇게나 뒤바꾸어 보자. 우연의 결과가 여러분을 놀라게 할 것이다. 자, 다음은 많은 경우의 수 가운데 한 예이니 제시된 주어와 서술어를 바탕으로 문장을 만들어 보자.

① 위성 방송   피다.

② 별   부풀다.

③ 수수깡   차다.

④ 여우   기울다.

⑤ 그림자   아름답다.

⑥ 전화   배부르다.

다음은 직접 만들어 본 문장들이다. 그러나 다시 한 번 여러분들이 직접 빈칸을 메워 글을 써 보기 바란다. 조금 어렵다면 다음 예문을 참고로 먼저 보고 문장을 다시 만들어 보자.

① 위성 방송은 지구촌 곳곳에서 해바라기처럼 피다.

② 별은 밤새 부풀다.

③ 수수깡의 속 안에는 바람 한 줌이 꽉 차다.

④ 여우의 노쇠한 몸이 담장 너머 서서히 기울다.

⑤ 그림자를 따라 걷는 길은 아름답다.

⑥ 전화는 오늘도 배부르다.

평소에는 서로 관련될 수 없는 낱말들끼리 주어와 서술어가 되는 문장을 만들어 보는 연습. 이와 같은 '문장 섞어 쓰기'는 지적인 오락으로도 적당하다. 정말이지 우연의 결과는 얼마나 짜릿한 재미를 주는가.

더욱이 이러한 연습은 서술 대상에 대한 새로운 관심(발상)과 낱말에 대한 여러 가지 특성(의미 차이)을 쉽게 이해, 응용할 수 있다는 점에서 효과적이다. 앞으로 열심히 연습해 보기 바란다.

3_단락 쓰기의 실제

1) 쓰다가 막히면?

잘 알려진 이야기 한 토막. 유명한 어느 작가가 출판사 사장에게 "?"라는 편지를 보냈다. 그랬더니 이내 출판사 사장에게서 "!"라는 답장이 왔다고 한다. 요즘 자신의 책이 어떤 반응을 얻고 있느냐는 편지에 대해 좋은 반응이라는 답장이었다. 자신의 편지를 물음표 하나로 압축한 작가도 작가려니와 좋은 반응이라는 뜻을 느낌표 하나로 대신한 출판사 사장 역시 대단하다.

그러나 이런 예외적인 경우를 빼놓고는 문장을 의미 있게 모아 자신의 뜻을 표현하고 전달하기 마련이다. 그러므로 문장을 의미 있게 전개하는 일은 매우 중요하다. 따라서 본격적인 글을 쓰기 위해서는 문장을 어떻게 쓰는가는 물론, 단락을 어떻게 펼쳐 나가는가도 대단히 중요하다.

오랫동안 글쓰기 교육에 매달린 서정수 교수는 글의 주제를 펼치는 방법을 크게 세 가지로 나눈다. 그에 따르면 모든 글의 주제는 기본적으로 '풀이', '합리화' 그리고 '예시'라는 이 세 가지 방식을 써서 구체적으로 펼칠 수 있다는 것이다. 이는 쉽게 말해서 어떤 주제로 글을 쓰다가 막히면 이내 '풀이'하고, '합리화'하고, '예시'하면 잘 풀려 나간다는 뜻이다.

· 풀이: 주제를 알기 쉽게 설명하고 구체화하는 것이다. 즉, 좀더 자세히 무엇인가를 설명하는 것을 말한다. '다시 말하면', '풀어 말하면', '또한', '특히', '구체적으로 말하면' 등으로 시작한다.

· 합리화: 주장이나 결과에 대해 그 근거를 밝히는 것이다. 즉, 내용을 자세히 풀이하는 데 그치지 않고, 근거를 적극적으로 밝힌다. '왜냐하면', '그 까닭은', '그러므로', '그 결과', '그래서' 등으로 시작한다.

· 예시: 실제로 일어난 그 무엇인가를 예로 보여 주는 것이다. 즉, 관련된 사실이나 상황 등을 객관적으로 보여 준다. '예를 들어', '이를테면' 등으로 시작한다.

실제 글에서는 이 세 가지 방식들이 두루 활용되면서 전개된다. 그러므로 단락을 전개할 때 이들 세 가지 방식들을 머릿속에서 떠올리며 글을 써 나가면 쉽게 글이 풀려 나가 좋다. 다음 문장을 뭘 써야 할지 생각이 안 나면, '다시 말하면'이나 '왜냐하면'(또는 '그러므로'), '예를 들어'와 같은 낱말들을 중얼거려 보자. 대개의 경우 희한하게도 글이 다시 잘 풀려 나갈 것이다. 이제 직접 연습해 보자.

· 풀이: 감기에는 약이 없다. 다시 말해서 감기약이란 애당초 없다. 그저 물을 많이 마시고 푹 쉬는 것이 가장 좋은 치료법이다.

① 높이 오른 새가 멀리 본다.

　다시 말해서 ＿＿＿＿＿＿＿＿＿＿＿＿＿＿＿＿＿＿

② 흔히 사랑에는 국경이 없다고 한다.

　다시 말해서 ＿＿＿＿＿＿＿＿＿＿＿＿＿＿＿＿＿＿

③ 시험 과목이 너무나 많다.

　다시 말해서 ＿＿＿＿＿＿＿＿＿＿＿＿＿＿＿＿＿＿

· 합리화: 정부는 빠른 시일 안에 우리 국악을 진흥하기 위하여 획기적인 정책을 펴 나가겠다고 발표했다. 왜냐하면 올해가 '국악의 해'로 제정되었기 때문이다.

① 국산품을 애용해야 한다.

　왜냐하면 ＿＿＿＿＿＿＿＿＿＿＿＿＿＿＿＿＿＿＿

② 절벽 밑에 천막을 쳐서는 안 된다.

　왜냐하면 _____

③ 인간에게 외모는 그리 중요하지 않다.

　왜냐하면 _____

· 예시: 고구려인은 실로 용맹스러웠다. 예를 들어 광개토대왕은 짧은 생애 동안 실로 엄청나게 영토를 넓혀 고구려를 동북아시아 최강의 세력으로 키웠다.

① 무인도에서 필요한 것들은 꽤 많다.

　예를 들어 _____

② 나는 동물들을 아주 좋아한다.

　예를 들어 _____

③ 우리 민족은 장점이 매우 많다.

　예를 들어 _____

2) 단락을 펼쳐 나갈 때

기본적으로 단락은 핵심 문장인 소주제문과 그것을 받쳐 주는 뒷받침 문장들로 이루어진다. 소주제문이란 물론 그 단락의 가장 중요한 내용이 담긴 문장이다. 이때 단락의 소주제를 펼쳐 내기 위해, 즉 받쳐 주기 위해 앞서의 세 가지 방식을 활용하면 매우 큰 도움이 된다.

그러나 무조건 세 가지 방식으로 문장을 써 나간다고 단락이 완성되는 것은 아니다. 대개 글의 전개 순서가 정해지는데 소주제문이 어디에 오느냐에 따라서 구성 방식을 몇 가지로 나눈다. 지금 소개하려는 구성 방식의 여러 유형들은 보편적으로 널리 쓰이는 것들이므로 글쓰기를 처음 공부하는 입장이라면 꼭 이해하고 연습해 보자.

먼저 두괄식 단락 구성을 살펴보자.

지금 우리의 교실은 거대 도시의 지하철과 같은 공간이 되어 버렸다. 빨리 목적지로 가기 위해 각기 서두르는 음울한 도시의 지하철, 용케 목적지에 도달해 뿔뿔이 지상으로 나와도 더 이상 가야 할 삶의 목적지를 찾지 못해 두리번거리는 불안한 얼굴의 납빛 현대인. 꼭 그렇게 우리의 아이들 역시 이기적 경쟁으로 가득 찬 어두운 교실에 던져진 채 '남을 밟아야 산다'는 그릇된 생각으로, 행여 자신만이 낙오될까 서두르며 초조해한다.

_허병두, 『열린 교육과 학교 도서관』, 고려원미디어

앞의 글에서 가장 중심 문장, 즉 소주제문은 첫 문장이다. 나머지는 소주제문을 좀더 풀이해 주는 문장들이다. 이렇게 맨 앞부분에 소주제문을 제시하고 이를 뒷받침해 주는 문장으로 이어지는 구성 방식을 두괄식이라 한다. 대개의 경우 가장 많이 쓰이는 방식이다. 자, 그렇다면 '김치'로 시작하는 두괄식 단락을 써 보자.

한국 음식의 최고는 역시 김치다.

한국 음식의 최고는 역시 김치다. 김치가 없다면 한국 사람들 가운데 많은 사람들이 밥을 먹지를 못할 것이다. 거기다가 우리들 청소년들이 가장 좋아하는 라면에 같이 먹는 김치. '이 세상에 김치 없으면 무슨 재미로'라는 말이 딱 맞는 말 같다.

_고 1의 글, 고치지 않음

다음으로는 미괄식 단락 구성을 살펴보자.

　　행복할 때는 타인들의 호의를 쉽게 살 수 있고 우정도 도처에 넘친다. 이는 불행할 때를 위해 저장하는 것이 좋다. 그때를 위해 지금 친구를 만들고 사람들에게 은혜를 베풀어라. 지금은 높이 평가되지 않는 것이 언젠가는 귀하게 여겨지리라. 미련한 사람은 행복할 때 친구를 두지 않는다. 지금 행복할 때 친구를 모르면 불행할 때 친구가 그대를 알지 못할 것이다. 행복할 때 불행을 생각하라.

_발타자르 그라시안, 『세상을 보는 지혜』에서 뽑아 약간 고침

앞의 글은 맨 마지막 문장이 소주제문이다. 앞에 나온 모든 말들은 한마디로 '행복할 때 불행을 생각하라'는 문장에 모두 집중된다. 이처

럼 뒷받침 문장들을 앞에 쭉 제시해 놓고 맨 마지막에 소주제문을 놓는 구성 방식을 미괄식이라 한다. 역시 직접 미괄식 단락을 써 보자.

그러므로 나는 아주 소중한 존재이다.

나는 남을 잘 도와주는 성격을 가졌다. 그래서 어렸을 때부터 많은 칭찬을 받기도 했다. 또 축구를 잘한다. 축구하면 나 빼놓고는 경기가 재미없다는 애들도 많다. 공부를 잘 못하는 것만 빼놓으면 나는 내 자신에 대해서 큰 불만은 없다. 그러므로 나는 아주 소중한 존재이다.

＿고 1의 글, 고치지 않음

이 밖에 양괄식 단락 구성과 중괄식 단락 구성이 있다. 양괄식 단락 구성은 두괄식 단락 구성의 마지막에 다시 한 번 소주제문을 갖다 놓는 형식이다. 특히 강조할 때 많이 쓰인다. 또한 중괄식 구성 방식은 단락의 중간쯤에 소주제문을 갖다 놓는 방식이다.

쉽게 이해/기억되는 정도를 기준으로 볼 때 두괄식 전개가 가장 좋다고 하며 실제로도 많이 쓰인다. 나머지는 상대적으로 좀 드물며 특히 중괄식의 경우는 거의 안 쓰인다. 쓰더라도 단락 가운데의 소주제문을 굵은 활자 등으로 표시해서 두드러지게 만든다.

4_짜임새 있는 글이란

좋은 글이 되기 위해서는 먼저 짜임새를 갖추어야 한다. 왜냐하면 잘못된 짜임새를 갖는 경우 글쓴이의 뜻이 제대로 드러나기 힘들고 독자들 역시 제대로 이해하기 어렵기 때문이다. 짜임새를 갖추기 위한 조건으로서는 크게 세 가지를 든다. 첫째 통일성unity, 둘째 연결성coherence, 셋째 강조성emphasis의 조건을 갖추어야 짜임새 있는 글이 될 수 있다. 이들을 하나씩 살펴봄으로써 좋은 글을 쓰기 위한 형식적 조건인 짜임새 있는 글의 3대 조건들에 대해 알아보자.

1) 통일성

울릉도에서 다시 동쪽으로 외롭게 떨어진 섬이 바로 독도이다. 독도는 봄에 특히 매스컴에 잘 나온다. 새들과 함께 불과 몇 사람만이 살고 있을 뿐 특별할 곳도 없는 섬이다. 그러나 이 독도야말로 국토의 동쪽을 지키고 있는 가장 중요한 섬이다. 많은 사람들이 독도를 작은 섬이라고 우습게 여기고 있지만 독도야말로 넓은 동해 바다를 지키는 외롭지만 당당한 장군이 아닐까. 독도를 사랑하자.

기승전결의 짜임새를 갖춘 이 짧은 글에서 결론은 물론 '독도를 사랑하자.'는 마지막 문장이다. 그런데 중간에 껄끄러운 그 무엇인가가 끼어들어가 있다. 그것이 무엇일까? 어쩐지 다른 문장들과 영 어울리지 않는 부분은 어디인가?

그렇다. 바로 "독도는 봄에 특히 매스컴에 잘 나온다."라는 두 번째 문장이다. 독도가 봄이라는 특정 계절에 매스컴에 잘 나온다는 사실은 독도를 사랑하자는 결론과 아무런 관련도 없다. 결국 이 문장은 없어야 될 문장이다.

이렇게 있으나마나한 경우를 넘어서 꼭 없어야 할 부분이 있을 경우 통일성을 해친다고 말한다. 이를 바꾸어 말하면 모든 문장이 주제를 잘 뒷받침하고 있을 때 그 단락은 통일성이 있다고 할 수 있다.

2) 연결성

앞의 글을 약간 변형시킨 다음 보기 글을 읽어 보자.

새들과 함께 불과 몇 사람만이 살고 있을 뿐 특별할 곳도 없는 섬이다. 많은 사람들이 독도를 작은 섬이라고 우습게 여기고 있지만 독도야말로 넓은 동해 바다를 지키는 외롭지만 당당한 장군이 아닐까. 울릉도에서 다시 동쪽으로 외롭게 떨어진 섬이 바로 독도이다. 독도를 사랑하자. 그러나 이 독도야말로 국토의 동쪽을 지키고 있는 가장 중요한 섬이다.

쓸데없는 부분인 "독도는 봄에 특히 매스컴에 잘 나온다."라는 문장을 뺐으니 통일성은 있는 단락이다. 그러나 도대체 무슨 글인지 이해가 쉽게 되지 않는다. 이는 분명히 문장들의 위치를 잘못 배열했기 때문이다. 여기서 우리는 주제와 직접 관련이 되는 문장들이라 할지라도 제대로 적당한 자리에 배열되지 않으면 글의 짜임새가 깨져 제대로 표현과 전달이 안 된다는 점을 알 수 있다.

이렇게 통일성의 원리에 따라 선택된 문장들이 적절한 곳에 자리잡고 있는 체계성을 연결성이라 말한다. 쉽게 말해서 앞뒤가 들어맞게 짜 맞춘 체계가 있어야 글은 쉽게 이해된다. (＊글의 구성 방식과 개요 짜기가 여기에 관련되므로 같이 공부하는 것이 좋다.)

3) 강조성

역시 원래의 글을 약간 변형시킨 다음 보기 글을 잘 읽어 보자.

울릉도에서 다시 동쪽으로 외롭게 떨어진 섬이 바로 독도이다. 새들과 함께 불과 몇 사람만이 살고 있을 뿐 특별할 곳도 없는 섬이다. 그러나 이 독도야말로 국토의 동쪽을 지키고 있는 가장 중요한 섬이다. 많은 사람들이 독도를 작은 섬이라고 우습게 여기지만 독도야말로 넓은 동해 바다를 지키는 외롭지만 당당한 장군이 아닐까. 독도를 사랑하자.

여기서 강조하는 것은 소주제인 독도 사랑이다. 따라서 더욱 강조하려면 '독도는 우리 영토의 수호신이다'라든지 '독도의 운명은 민족의 운명이다'와 같은 문장을 마지막에 넣으면 좋다. 자, 지금 읽어 보자. 독도를 사랑하자는 말이 확실히 강조될 것이다.

강조를 하는 방법에는 ① 위치, ② 분량, ③ 표현 기교에 의한 방식이 있다. 다시 말하면 주제문을 앞뒤로 되풀이하거나 눈에 잘 띄는 위치에 놓는 방식, 분량을 늘려 비중을 크게 하는 방식, 표현 기교 등을 다양하고 적극적으로 사용하는 방식 등이 있다.

제 10 마당
글의 짜임새와 틀 짜기

곱디고운 실로 날줄과 씨줄 삼아
밤새도록 엮어 보는 우리들의 고운 꿈.
별들은 하늘 높이 푸른빛을 드리우고
흐뭇한 보름달 잠기는 물소리.
사랑하는 이여,
이 밤 다하기 전에 살짝 오소서.
아름다운 비단실로 곱게 부푼
우리들의 꿈속으로 살짝살짝 오소서.

모든 문장들은 글 속에서 날줄과 씨줄처럼 서로 의미 있게 엮이며 말하고자 하는 주제를 선명히 드러낸다. 그러므로 그저 떠오르는 대로만 쓰는 글은 한 편의 완결된 글이라 보기 힘들다. 글쓰기는 머릿속에서 떠오른 생각과 느낌들을 잘 아울러서 가장 정확하고 아름답게 표현하고 전달하는 활동이기 때문이다. 이제 한 편의 완결된 글을 쓸 때 꼭 필요한 구성과 개요에 대해서 차례로 익혀 두자.

1_구성이란 무엇일까

먼저 다음 만화를 자세히 살펴보자.

이 만화는 네 장면으로 이루어진 네 칸 만화이다. 하지만 무엇을 말하는 만화인지 언뜻 보아서는 쉽게 알 수가 없다.

그런데…… 가만있어 보자. 아무래도 이상하다. 자세히 보니 뭔가 주제가 있기는 있는 듯싶다. 그렇다면……그렇다면…… 아하, 이 만화는 장면들의 순서가 바뀌었구나. 이제 만화를 원래 순서대로 바꾸어 보도록 하자.

군사 정권이 끝나고 문민 정부가 들어서면서 우리 사회 전반에 걸쳐 큰 변화가 시작되었다. 그리고 이러한 변화의 핵심은 현재 21세기에 이르기까지 무엇보다도 '개혁'이라는 두 글자로 요약된다. 실제로 각종 비리 감사, 공직자 재산 공개, 금융실명제 실시 등, 그간의 부조리를 없애려는 강력한 시도는 분명히 개혁이라 부를 만하다.

그럼 만화의 첫 번째 장면을 자세히 살펴보자. '부정 척결'이라 쓴 액자를 가리키는 인물은 아무래도 대통령인 듯싶다. 개혁을 총괄하는 국정의 최고 책임자로서 대통령이 고위 공직자에게 부정 척결을 강조하는 것이다. 지시를 받은 고위 공직자는 즉시 부하 공직자들에게 다시 같은 내용의 지시를 한다.

그런데 이게 웬일인가! 하위 공직자는 일도 안 하고 부정도 안 하겠다며 쿨쿨 잠을 자고 만다. 이 만화의 주제는 개혁의 흐름에도 아랑곳하지 않고 그저 제 한 몸 편하면 그만이라는 일부 하위 공무원들에 대한 비판인 셈이다. 이 만화는 좀더 자세히 볼 필요가 있다. 왜냐하면 이 만화는 하위 공직자들의 무사 안일한 자세를 낳는 상급자들의 일방적인 지시 위주의 자세까지 비판하고 있기 때문이다. 무사 안일을 일삼는 하위 공직자들이나 일방적으로 지시만 해 놓고 모든 일을 다 했다고 생각하는 상급 공직자들의 무책임한 자세 모두 바뀌어야 진정한 개혁이 있을 것이라는 만화가의 예리한 시각이 담겨 있는 만화라 할 수 있다.

이렇듯 앞의 만화는 순서를 제대로 놓고 보면 거의 누구나 쉽게 이해할 수 있다. 그러나 순서를 바꾸어 놓은 상태, 즉 처음 제시된 상태로 신문에 만화가 실린다고 가정해 보자. 이 만화의 뜻을 쉽게 이해할 수 있는 독자가 과연 몇이나 될까.

여기서 분명한 것은, 똑같은 장면들로 된 만화라고 할지라도 그 배열 순서가 틀리면 주제가 전달되기 어렵거나 불가능하다는 사실이다. 이 점은 글쓰기에 있어서도 마찬가지이다.

다음 글을 보라. 『어린 왕자』의 한 대목이다. 번호는 편의상 붙였다.

① "사막은 아름다워." 어린 왕자가 덧붙여 말했다.

② 그것은 사실이었다. 나는 언제나 사막을 사랑해 왔다. 모래 언덕에

앉아 있으면 아무것도 안 보이고 아무런 소리도 들리지 않는다. 그러나 침묵을 뚫고 무엇인가 빛나는 것이, 움직이는 것이 있다…….

③ "사막이 아름다운 것은 그것이 어딘가에 우물을 감추고 있기 때문이야……." 어린 왕자가 말했다.

④ 나는 모래 속의 그 신비로운 빛남이 무엇인지를 갑자기 깨달은 데 대해 놀랐다.

                                        ─생텍쥐페리, 『어린 왕자』

삭막하기만 한 사막을 사랑하는 아름다운 마음. 모래밖에 보이지 않는 사막을 보면서도 그 속에 숨어 빛나는 우물을 깨닫는 지혜로운 마음. '중요한 것은 눈에 보이지 않는다'는 생텍쥐페리의 따뜻한 가슴과 투명한 예지가 돋보이는 대목이다.

그러나 앞의 글을 ② - ③ - ① - ④ 순서로 바꾸어 읽어 보자.

② 그것은 사실이었다. 나는 언제나 사막을 사랑해 왔다. 모래 언덕에 앉아 있으면 아무것도 안 보이고 아무런 소리도 들리지 않는다. 그러나 침묵을 뚫고 무엇인가 빛나는 것이, 움직이는 것이 있다…….

③ "사막이 아름다운 것은 그것이 어딘가에 우물을 감추고 있기 때문이야……." 어린 왕자가 말했다.

① "사막은 아름다워." 어린 왕자가 덧붙여 말했다.

④ 나는 모래 속의 그 신비로운 빛남이 무엇인지를 갑자기 깨달은 데 대해 놀랐다.

도대체 무슨 뜻인지 이해하기 힘들 것이다. 더욱 범위를 넓혀 『어린 왕자』 전체가 배열 순서가 뒤죽박죽되었다고 생각해 보자. 이쯤 되면 『어린 왕자』란 작품을 끝까지 읽기란 지독한 고역일 것이다.

이처럼 아무리 좋은 내용을 담고 있어도 그것이 제대로 '짜여' 있지 못하면 주제는 전달되기 힘들다. 그러므로 글쓰기는 물론, 만화와 회화, 음악 등의 여러 가지 표현물에 있어서 뜻한 바 주제를 드러내기 위해 의미 있게 부분들을 엮어야 한다.

이렇게 주제를 드러내기 위해 의미 있게 엮여 있는 짜임새를 구성(構成)이라 한다. 다시 말해 있어야 할 것들이 주제를 드러내기 위해 있어야 할 자리에 제대로 있는 상태가 구성이다. 구성은 단순히 부분(문장/단락)들의 자리 배열이나 전개 순서만을 뜻하진 않는다.

2_구성의 실제

지금까지의 설명에 대해 잘 이해했는지 점검해 보자. 자, 앞의 만화의 구성 방식을 잘 살핀 뒤, 다음 만화의 마지막 칸을 직접 그려 보자. 어렵게 생각 말고 빈칸을 채워 보자.

앞의 만화를 조금 자세히 풀어 보자. TV 화면에 화환(花環, 꽃다발)이나 청첩장(請牒狀, 결혼을 친지에게 알리는 인사문)을 금지한다는 뉴스가 나온다. 일부 몰상식한 사람들의 과소비와 허례허식, 여기에 관련된 여러 가지 폐해는 어제오늘 일이 아니다. 등장인물들은 이러한 금지 조치가 제대로 정착되기를 즐겁게 기대한다.

그러나 이 순간도 잠시뿐 팩시밀리로 무언가 전송되어 온다. 등장인물이 팩시밀리 용지를 향해서 손을 뻗친다. 물음표가 머리 근처에 그려진 걸 보면 뭔가 궁금해서 보려는 자세이다. 그러므로 당연히 계속 이어져야 할 장면은, 팩시밀리 용지의 내용일 것이다.

여기서 잠깐, 참고하라고 했던 처음 만화의 구성을 곰곰이 따져 보자. 첫 장면은 제시라 할 수 있다. 이를 이어서 전개시킨 것이 두 번째 장면이다. 그런데 세 번째 장면은 지금까지와는 달리 어떤 일이 일어난다. 그리고 마지막 장면으로 하위 공직자들의 바람직스럽지 못한 자세가 제시되었다. 유감스럽게도 그 결론은 처음 제시된 '개혁하라'는 내용과는 정반대다.

자, 이러한 내용 전개를 참고할 때, 팩시밀리에 쓰인 내용은 구체적으로 무엇일까? 다음 그림을 보자.

이 만화 역시 첫 번째 장면은 제시이며, 두 번째 장면은 같은 내용의 심화 전개이다. 그러나 세 번째 장면에서는 이들 두 장면들의 내용과 어긋나는 전환이 제시된다. 마지막 장면은 등장인물들의 소망과 정반대이다. 역시 이 만화도 진정한 변화는 제도보다 사람들의 의식에 좌우된다는 것을 보여 준다. 이는 결국 의식의 변화를 동반하지 않는 제도의 변화는 헛수고일 따름이라는 주제를 드러낸다.

이와 같은 전개 방식을 특히 '기승전결(起承轉結)'의 구성이라 한다. 여기서 '기(起)'는 화제의 도입이며, '승(承)'은 화제의 전개이다. '전(轉)'은 화제의 발전이나 전환이며, '결(結)'은 마무리라 할 수 있다.

그런데 이 방식은 '전(轉)'에 특별한 묘미가 있다. 즉, '기(起)-승(承)'으로 이어지는 평면적 제시에 반대 또는 다른 시각의 '전환(轉換)'을 더함으로써 좀더 입체적인 변화감을 얻을 수 있기 때문이다.

따라서 어떤 문제에 대한 독창적인 시각을 제시하는 글(논문, 문학 작품, 신문 만화 등)에 널리 쓰인다.

이제 조선 시대(1745년)에 그려진 우리 만화 「의우도(義牛圖)」를 살펴보자. 네 칸 만화의 완전한 양식을 갖추고 있는 만화로서는 세계에서 제일 오래된 작품이다.

이 만화를 잘 살핀 다음 차례대로 이야기를 상상하여 써 보자. 자세히 보면 그림에 한자로 순서가 표시되어 있으니 참고하라.

① _____

② _____

③

④

다음 보기 글을 읽고 자신이 쓴 글과 비교해 보기 바란다.

> 화창한 봄이다. 논을 가는데 호랑이가 산에서 내려왔다. 농부는 아무것도 모르고 논을 간다. 호랑이는 소를 노리다가 마침내 달려들었다. 피가 흐르고 곧 죽을 것 같다. 농부는 막대기를 들고 호랑이를 팼다. 호랑이는 소를 물어뜯다 말고 농부에게 달려들었다. 농부가 곧 죽을 것 같다. 소는 주인을 살리려고 호랑이를 뿔로 받았다. 다른 소라면 도망갔을 텐데 의로운 소다.
>
> ＿고 1의 글, 고치지 않음

이 만화에서 세부 장면들의 전개 순서를 바꾸어 보자. 어떻게 이야기가 바뀔까. 바꾼 구성 방식에 따라 이야기를 새롭게 써 보자.

①

②

③

④
_____

_____

가능한 한 다양하게 상상해 보자. 아래 보기 글은 다듬어지지는 않았지만 이야기로서 충분하다. 여러분이 쓴 글 또한 마찬가지리라고 믿는다.

> 호랑이가 밭 가는 농부를 노리고 있다. 기회를 보던 호랑이는 드디어 농부에게 덤벼든다. 주인 농부가 죽을 것 같자 소가 호랑이를 들이받았다. 호랑이는 예상치 못했던 소의 공격에 주춤거리다가 이번에는 소에게 덤벼들었다. 기운을 차린 농부가 아이구 내 소 아이구 내 소 하면서 작대기로 호랑이를 치려고 하고 있다. (①-③-②-④로 바꾼 경우.)
>
> ＿고 1의 글, 고치지 않음

3단 구성은 '서론—본론—결론'으로 짜인 구성 방식이다. 이 경우 본론에 해당하는 부분을 필요에 따라서 '승(承)—화제의 전개, 전(轉)—화제의 발전/전환'으로 발전시키면 4단 구성이 된다. '기(起)—서(敍)—결(結)'이라고도 하는데, 가장 많은 글에서 보이는 일반적인 구성 방식이다.

5단 구성은 '화제 도입—문제 제기—전개—발전—마무리'로 짜인 구성 방식이다. 즉, 기승전결의 4단 구성에서 '기(起)—화제 도입'에 해당하는 부분을 다시 '화제 도입과 문제 제기'로 세분하여 발전시켰다고 볼 수 있다. 그러나 필요에 따라서는 '화제 도입—화제 전개—화제 발전—문제 제기—결론'의 순서로 나타나기도 한다. 또한 문학 작품의 경우 사건이나 갈등을 중심으로 하는 '발단—전개—위기—절정—결말'의 구성이 자주 사용된다.

이들 3단 구성과 4단 구성, 그리고 5단 구성을 함께 묶어 단계식 구성이라고 부른다. 논리적인 짜임새를 중시하는 단계식 구성은 글 전체의 구성에 많이 쓰인다.

▞▖ 알아 두면 좋지요!

글의 구성 종류는 일반적으로 ① 종합적 구성 방식 ② 전개적 구성 방식으로 크게 나눌 수 있다.

논리적 구성이라고도 부르는 종합적 구성 방식에는 ① 단계식 ② 포괄식 ③ 열거식 ④ 점층식 ⑤ 인과식 구성 등이 있다. 전개적 구성은 논리적인 관계를 별로 중시하지 않고 자연스럽게 글을 펼쳐 나가는 방식이다. 자연적 구성이라고도 부르는데 시간적 구성과 공간적 구성 등이 있다.

그러나 실제의 글쓰기에서는 이러한 구성 방식들이 단독으로 쓰이지는 않는다. 이를테면 글 전체적으로는 단계식 구성을 취하면서도 단락 차원에서는 포괄식 구성을 택하는 식으로 섞이게 마련이다. 한 편의 글은 여러 가지 구성 방식이 서로 어울려 완성된다.

3_개요란 무엇일까

세 사람이 집을 짓는다고 생각해 보자. 아무 생각 없이 마구잡이로 짓는 사람, 머릿속으로 생각하며 짓는 사람, 머릿속에서 생각한 것을 치밀한 설계도로 만든 다음 짓는 사람. 어떤 사람이 짓는 집이 가장 집답게 지어질까. 여러분이라면 어떤 사람이 지은 집에서 살고 싶은가.

모든 글은 글쓴이의 창조적인 구상을 토대로 매번 적절히 구성하는 것이 가장 좋다. 그러므로 머릿속에서 충분히 글에 대해 구상한 다음 개요를 작성하는 것이 필요하다. 개요란 모아 놓은 소재나 자료들을 적절히 선택하고 연결하여 배열해 놓은 틀이다. 다음은 구상과 개요, 구성의 관계이다.

구상   →   개요   →   구성
(머릿속)   (설계도)   (실제 글)

개요란 집을 지을 때 쓰는 설계도와 같다. 건축가가 머릿속의 구상을 설계도로 치밀하게 정리하고, 다시 그 설계도를 바탕으로 집을 지어 나가듯, 글을 쓸 때도 개요를 작성하면 한결 구성이 알찬 글을 효율적으로 쓸 수 있다. 개요는 글의 통일성과 연결성, 강조성 등을 갖춘 짜임새 있는 글을 만드는 데 절대적인 도움이 되기 때문이다.

이쯤 되면 여러분 가운데 혹시 이렇게 말하는 사람도 있을지 모른다. "나도 개요가 중요하다는 것쯤은 안다. 그러나 글쓰기도 귀찮은데 어떻게 개요까지 일일이 작성한단 말인가?"

그러나 건축용 설계도를 직접 본 적이 있는가. 푸른색이 감도는 종이에 그려진 설계도는 한 장이 아니다. 조그만 집 하나 짓는 데도 필요한 설계도가 적게는 수백 장에서 많게는 수천 장을 훨씬 넘는다. 설계도가 치밀할수록 집이 정확하고 효율적으로 지어질 수 있기 때문에 그렇게 하는 것이다.

더구나 대개의 글을 쓰는 데 필요한 개요는 대개 한 장 정도에 불과하다. 물론 자세할수록 더 좋지만 이 한 장의 개요가 많은 시간을 절약해 주고 글의 구성을 알차게 해 주는 큰 역할을 한다. 그러기에 개요를 짜는 습관이야말로 글쓰기에 자신을 붙이는 결정적인 힘이 된다. 그러면 개요에 대해 좀더 구체적으로 알아보자.

'개요란 무엇인가'를 이해하기 위해서는 먼저 '체계'에 대해 뚜렷하게 아는 것이 중요하다. 예를 들어 여러분이 문학의 갈래에 대해서 누군가에게 설명을 한다고 하자. 다음 설명은 바람직하지 못하다.

"문학에는 시, 소설, 수필, 희곡, 성악 등이 있거든."

여기서 성악을 나머지 예들과 같이 문학으로 볼 수는 없다. 그러므로 문학을 설명할 때 성악은 꼭 있어야 할 요소는 아니다. 이 설명이 체계적이려면 성악을 빼고 '문학에는 시, 소설, 수필, 희곡 등이 있다'로 바꾸어야 한다. 체계적이라 함은 꼭 있어야 할 요소들이 있어야 한다는 것과 연관된다. 그러면 다음 설명은 어떠한가.

"문학에는 서정시, 소설, 수필, 희곡 등이 있거든."

서정시는 시의 한 갈래이다. 그런데 소설과 같은 차원에서 설명된다면 서로 층위hierarchy가 안 맞는다. 이는 '가회동, 계동, 화동, 와룡동, 3통'으로 설명하는 것과 같이 '동(洞: 동네)'이라는 같은 차원의 갈래에서 갑자기 하위 개념을 설명하는 것이므로 체계적이지 않다. 예컨대 "너는 어느 과목이 재미있니?"라는 질문에 "저는 국어, 음악, 수채화가 재미있어요."라고 대답한다면 어떻겠는가. 체계적이라 함은 각각의 층위를 구별하여 조화시키는 것이다. 자, 그럼 다음과 같은 설명은 또 어떤가.

"문학에는 시, 서정시, 극시, 소설, 수필, 희곡 등이 있거든."

비교적 있어야 할 요소들이라 할 만하나 '서정시', '극시' 등은 여기서 설명되지 않는 것이 더욱 체계적이다. '서정시'와 '극시'는 '시'라는 갈래를 좀더 나눈 세부적인 차원이므로 여기서 함께 다루면 너무시 위주로 치우치기 때문이다. "왜 소설과 수필, 희곡 등은 이 정도로 세분화시켜서 설명하지 않았는가?"라는 반문에 합리적으로 대답하기가 어렵지 않은가. 체계적이라 함은 꼭 있어야 할 요소들이 적절히 균형(비중) 있게 배열되어야 한다는 것이다.

자, 이제 두 가지 설명을 종합적으로 서로 비교해 보자.

① 문학의 갈래에는 시, 소설, 수필, 희곡 등이 있다. 시에는 다시 서정시, 서사시, 극시 등이 있다.

② 문학의 갈래에는 시, 서정시, 서사시, 소설이 있다. 참, 극시도 시에 들어간다. 아차, 하나 더 빠졌다. 희곡과 수필도 있다. 그러니까 문학의 갈래에는 시, 서정시, 서사시, 극시, 소설, 희곡, 수필 등이 있다. 문학의 갈래는 대개 이렇다.

①과 ② 가운데 어떤 설명을 읽는 것이 훨씬 이해하기 쉬울까? 굳이 더 설명할 필요도 없으리라. 이는 ①의 설명이 상/하 개념의 관계를 통해 도표를 보는 듯한 체계성을 살려 주기 때문이다.

반면에 ②의 경우는 생각나는 대로 설명해 주는 것에 불과하다. 이러한 설명은 문학의 갈래에 대한 명확한 인식을 갖고 있는 사람에게나 겨우 이해될 뿐, 대부분의 사람들에게 잘 받아들여지기 힘들다. 다음 도표를 잠깐 보자.

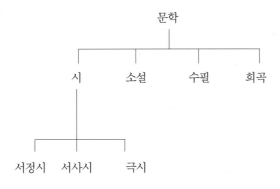

이 도표를 보면 문학의 갈래가 한결 쉽게 이해된다. 왜냐하면 각 갈래들 사이의 관계가 상위와 하위, 동위 관계 등으로 명확하게 눈에 보이기 때문이다. 글에서도 이러한 도표처럼 미리 체계적인 틀을 짜 놓은 것이 바로 개요이다.

4_개요를 어떻게 짤까

전문 지식 없이 아무나 건축용 설계도를 짤 수는 없다. 그러나 대부분의 글쓰기에 필요한 개요 작성은 건축용 설계도를 작성하는 것보다 훨씬 손쉽고 시간도 덜 든다.

그런데 개요를 짜기 전에 반드시 점검해 보아야 할 사항이 하나 있다. 그것은 자기가 쓰려고 하는 주제에 대해 적절한 소재나 자료들을 충분히 마련했는가의 여부이다. 애초에 쓸거리도 없으면서 그저 개요만 짜겠다고 나서는 것은 어리석은 일이다.

따라서 개요를 작성하기 위해서는 먼저 내용이 확실하며 관심을 끌 수 있는 다양하고 풍부한 소재, 주제를 뒷받침할 수 있는 적절한 소재나 자료 등 쓸거리들을 가능한 한 많이 모아 놓는 것이 중요하다. 그리고 지금까지 계속 연습해 온 브레인스토밍 방법도 충분히 활용하는 것이 좋다.

그 다음으로는 일단 모아 놓은 자료나 소재들 사이의 관계를 체계적으로 따져 보는 것이 중요하다. 서로 관련 있는 것들끼리 우선 가까이 놓고, 그것들 사이의 상/하 개념 관계를 따져서 체계를 세워 틀을 놓는 것이 반드시 필요하다.

그렇다면 이제 개요 짜기의 실제를 살펴보자.

제목을 '정보화 사회와 개인'이라고 잡고, 주제문을 '정부가 개인의 사생활을 침해할 수도 있는 정보 조사와 행정 전산화를 강행하는 것은 위험천만하다'고 정한 경우를 가정하자. 최근 교육행정정보시스템(NEIS) 논란도 같은 맥락에 있다.

먼저 구상을 한다.

우선 정보화 사회와 개인의 사생활에 대해 관심을 제기하는 일이 무엇보다 중요하다. 관심이 없는 주제, 쓰나마나한 주제를 뭐 하러 공들여 쓰고 읽는단 말인가. 그러니 어떤 면이 문제가 있는지, 왜 중요한지에 대해서 살펴보고 서론으로 잡자.

이제 그 가운데에서도 특히 주민등록이 전산화되는 데서 오는 문제점들을 집중적으로 써야 되겠다. 모든 걸 다 쓸 수는 없으니 말이다. 마침 모아 놓은 소재나 자료도 주민등록이 전산화되었을 때 일어날 수 있는 문제점들과 관련된 것들이 많으니 잘 됐다.

주민등록 전산화가 되면 국가 행정 업무는 훨씬 편해지겠지만, 개인의 신상이 너무나 노출되어 자칫 사생활의 자유가 침해되지나 않을까? 만일 컴퓨터 속에 있는 개인 정보들이 모두 상인들에게 공개된다면 어느 날 갑자기 내 속옷이 입는 치수 그대로 배달되어 올지도 모른다. 또한 양말이 떨어질 때가 다 되었으니 갈아 신을 새 양말을 주문하라고 계속 선전물이 올지도 모른다.

사생활의 자유와 권리가 침해당하는 것에 그치면 그나마 다행이다. 개인의 이익 또한 침해받을 가능성도 높다. 내 신상 자료가 뭐든지 노출되어 나는 특정 집단에 협박받을 수도 있다. 좀 우습기도 한 상상이지만, 내가 이혼을 여러 번 한 경력이 노출된다면 여성의 권익을 부르짖는 단체들에서 나를 요주의 인물로 찍어 놓을지도 모른다. 아 참, 보신탕을 좋아한다고 동물보호협회에서 협박 편지가 올지도 모른다. 그건 정말 괴로울 거다.

아무래도 여러 가지 문제점들이 있는 현실에서 행정 전산망을 강화하는 것은 위험하다. 그 위험성에 대해서 결론에 써야겠다.

그런데 개인의 권리와 이익을 침해받는 사례를 좀 더 찾아보아야 하겠다. 구체적인 최근 사례들을 도서관에 가서 찾아보자.

이러한 구상을 체계적으로 정리하여 개요를 짜 보자. 처음 마음먹은 대로 서론/본론/결론이라는 3단 구성 방식을 택한다. 그 다음엔 개인 사생활과 연관된 권리와 이익이라는 두 가지 측면에서 침해 우려를 다룬다. 각각 좀더 세부적으로 살펴본다. 이때 균형을 적절히 맞추는 것이 좋다. 이상의 순서대로 개요를 짜면 일단 '선택하고 배열하고 비중을 정하는' 기본 틀을 짠 셈이다. 결국 구상 없는 개요 짜기는 불가능하다. 다음은 개요의 실제이다.

서론: 문제 제기, 사생활 문제

본론: 주민등록 전산화의 문제점

　가. 개인 생활권의 침해 우려

　　① 국가 행정 편의의 의도

　　② 개인 자유와 권리의 속박

　나. 개인 이익의 침해 우려

　　① 개인 정보 망라에 대한 의구심

　　② 오용·악용으로 인한 개인 이익의 침해

결론: 문제의 소지가 있는 현실에서 행정 전산화의 강화는 위험

_『문장 작법』, 서강대학교 출판부

　실제 글은 앞의 구상을 토대로 짠 개요에다 점점 살을 붙여 나가면 된다. 이미 글의 주제와 방향, 쓸거리와 뼈대가 정해졌으므로 알차고 짜임새 있는 글이 될 것이다.

　자, 앞의 구상과 개요를 참조로 직접 글을 써 보자.

끝으로 주의해야 할 점이 있다. 앞에서 제시된 개요는 하나의 형식일 뿐이다. 즉, 글의 주제나 방향이 달라질 경우 다른 형식의 개요도 얼마든지 제시될 수 있다. 많은 사람들이 자신이 본 개요를 무슨 절대적인 기준이나 되는 것처럼 생각한다. 그리고 예로 든 보기와 똑같이 개요를 작성할 수 있을까 두려워하지만 이것은 하나의 가능한 예에 불과하다.

덧붙여 개요 짜기는 글을 잘 쓰기 위한 하나의 수단일 뿐이다. 따라서 구성과 개요의 중요성을 인식한 다음 자기에게 알맞은 방법으로 개요를 짜는 습관을 들이는 것이 좋다. 간단한 메모라도 좋고 글보다 더 긴 개요라도 나쁘지는 않다.

제 11 마당
주제와 소재, 글쓰기 연습

어둡게 가라앉은 도시의 하늘, 거품 진 폐수로 멈칫거리
는 강, 쿨럭거리며 여기저기 도망치는 바람, 목조 책상
위로 아련히 밀려오는 선생님의 목소리, 고개를 점점 파
묻는 친구들의 모습……. 아, 글을 쓰고 싶다. 우리들의
아픔을 좀 더 밝게 비추어 줄, 여기 우리들의 삶을 좀더
뜨겁게 달구어 줄 글을 쓰고 싶다!

애써 준비한 시험 결과가 안 좋았을 때, 그래서 부모님께서 잔뜩 실망하신 눈빛으로 바라보셨을 때, 친한 친구와 사소한 일로 다투고 돌아왔을 때, 왠지 밤늦게 잠이 안 올 때, 누군가의 얼굴이 자꾸만 떠오를 때……. 글을 쓰고 싶은 충동을 느꼈으리라. 부드러운 불빛 아래 투명한 정신으로 한 자 한 자에 또박또박 마음을 담고 싶었으리라.

사실 따지고 보면 헤아릴 수 없이 많은 경우, 진정으로 우리는 글을 쓰고 싶어한다. 글쓰기는 인간의 창조적 표현 본능이기 때문이다. 하지만 막상 글을 쓰려고 하면 새하얀 종이는 사막처럼 넓게 퍼진다. 머릿속에서 솟구쳐 오르던 그 많은 생각들도 어디론가 묻히더니 아예 메말라 버린다. 무엇인가 써야 하겠는데, 마음을 태우다가 그만 짜증이 난다. 글쓰기가 왜 이리 어렵지! 버티며 노력해 보아도 결과는 더 악화될 뿐이다. 글쓰기가 왜 이리 지겹나! 그만 내팽개치고 싶다.

흔히 볼 수 있는 이러한 최악의 장면은 거의 대부분 글의 주제와 소재를 제대로 다루지 못하기 때문에 빚어진다. 바꾸어 말해 쓰는 이가 무엇을 어떤 글감으로 써야 할지 풍부하고 명확하게 알고 있다면 결코 글을 중도에 내팽개치는 일은 없을 것이다. 이제 다음 만화를 살펴보자. 아니, 다음 만화를 꼼꼼히 '읽어' 보자.

선과 색, 구도 등을 자세히 살펴보자. 이 만화는 그저 단순한 그림일까? 무엇을 그려야 하겠다는 뚜렷한 생각도 없이 그저 아무렇게나 그리다 보니 우연히 이런 만화가 된 것일까?

분명 아니다. 이 만화는 분명히 '그 무엇인가를 표현'하고 있다. 그린 이가 말하고 싶어하는 그 무엇인가가 만화라는 형태로 제시된

김충원, 「평화 만들기」, 『만화로 보는 평화』

것이다. 따라서 이 만화의 표현하고 전달하려는 중심 뜻이 무엇인지 알아채기란 비교적 쉽다. 자, 다음에 간단히, 그리고 부담 없이 글을 직접 써 보자.

내가 생각하기에 이 만화는

설명을 읽기 전, 고 1 학생이 쓴 다음 글을 참고하자.

내가 생각하기에 이 만화는 평화를 사랑하자는 만화다. 평화를 사랑하는 것은 말만 아무리 많이 해도 소용없다. 여기 만화에 그려진 것처럼 직접 무기에 색칠을 하듯 평화를 지키려고 노력해야 한다. 어쨌건 이 만화는 평화를 사랑하고 지키자는 내용이다. 분명하다.

_고 1의 글, 고치지 않음

그렇다. 적어도 이 만화는 평화를 사랑하는 마음 없이는 그리기 힘들었을 터, 이 만화는 작가의 머리 속에서 계속 맴돌던 생각들이 만화로 표현된 것이다. 즉, 앞의 만화는 수많은 폭탄에 예쁜 모양의 꽃들을 그리는 화가를 보여 줌으로써 모든 파괴적인 행동 대신 평화를 사랑하자는 주제를 놀랍도록 간결하게 보여 준다.

이때 '폭탄=파괴, 꽃=생명'이라는 생각이 담겨 있음은 물론이다. (진정한 예술은 생명을 사랑하고 평화를 만드는 것이다!) 조금 딱딱하게 말하면, 이 만화는 평화에 대한 주제 의식을 갖고 '평화를 이룩하자'는 주제를 구체화한 것이다.

1_주제란 무엇일까

만화든 글이든 의미 있는 무엇인가를 표현하고 전달한다는 점은 마찬가지이다. 거듭 강조하건대, 이때 '가장 의미 있는 무엇인가'가 바로 주제라 할 수 있다. 가장 핵심 내용인 셈이다.

그럼 다음 글을 읽어 보고 그 주제가 무엇인지 살펴보자. 대부분 글의 주제 파악이라면 어렵게 생각하고 있으나 꼭 그렇지만도 않다.

예컨대 내가 말을 달려서 마을을 빠져나간다고 하자. 아마 빨리 가기는 할 것이다. 하지만 만약에 내가 어슬렁어슬렁 걸어서 간다면, 여러 가지를 구경할 수도 있고, 친구가 내게 말을 걸어서 집 안으로 불러들일 수도 있을 것이다. 목적지에 빨리 도착하는 것이 대단한 이득이 되는 것도 아니다. 이득이란 그런 것이 아니다. 빠빠라기는 언제나 빨리 도달하는 것만을 목표로 하고 있다. 빨리 도착하면 또 다른 새 목적이 빠빠라기를 부른다. 이리하여 빠빠라기는 한평생 쉬지 않고 계속해서 달린다. 어슬렁어슬렁 걸으면서 헤매는 즐거움을, 또 우리들을 맞아 주는 예기치 않았던 목표와 상봉하게 되는 기쁨을 그들은 완전히 잊고 말았다.

—에리히 쇼일만, 『빠빠라기』, 정신세계사

『빠빠라기』는 사모아Samoa 원주민 추장이 유럽에 가서 보고 느낀 것들을 바탕으로 쓴 글이다. 우선 간단하게 앞 글의 주제에 대해 써 보자.

이 글의 주제는

여기서 하나 물어 보자. 이 글을 쓴 사모아 추장은 이 빠빠라기들의 태도에 공감하는가, 하지 않는가?

대답은 분명하다. 그에게 빠빠라기들, 그러니까 문명 사회를 자부하는 현대 유럽의 인간들은 삶의 다양하고 내밀한 기쁨을 잊고 사는 겉똑똑이들일 따름이다. 겉보기에는 똑똑하지만 실제로는 바보인 겉똑똑이 말이다. 그러므로 이 짧은 글의 주제는 현대 문명인들의 삶에 대한 비판이라 할 수 있겠다.

자, 이번에는 다음 주제를 완전한 문장, 즉 주제문의 형태로 바꾸어 써 보자. 주제문을 작성하는 것은 글쓰기를 좀더 본격적으로 공부하거나 직접 글을 쓸 때 도움이 된다. 분량을 초과하지 않도록 짧게 써 보자.

보기 취미 생활은 삶에서 매우 소중하다

다음은 고 1 학생의 글이다. 고치지 않고 그대로 소개하니 참고로 하자. 비록 다듬어지지 않았지만, '취미 생활은 삶에서 매우 소중하다'는 견해가 뚜렷이 제시되어 있다.

취미 생활은 우리들의 삶을 풍부하게 해 준다. 먹고 사는 일만 계속하면서 평생을 산다면 사람이나 동물이나 다를 것이 없기 때문이다. 사람이 사람답게 사는 것은 취미 생활을 통해 새로운 것들, 자기 가슴에 쉽게 와 닿는 것들을 자유롭게 접할 수 있기 때문이다. 취미 생활은 우리들의 삶에 있어서 매우 소중하다.

_고 1의 글, 고치지 않음

다음은 같은 주제로 쓴 원로 철학자인 김태길 교수님의 글이다. 역시 참고로 읽어 보자.

무엇엔가 열중한다는 것은 일반적으로 좋은 일이다. 모든 일이 시들하게 느껴지고 생활이 지루하게 여겨지는 것은 가장 좋지 못한 상태이다. 생활에는 중심이 필요하며, 무엇엔가 열중할 수 있는 대상을 가질 때 그 대상이 생활의 중심으로서의 구실을 할 경우가 많다. 취미로 삼는 것은 자기가 자연적으로 좋아하는 무엇인 까닭에 특별히 노력하지 않더라도 열중할 수 있는 대상이다. 그러므로 다른 곳에서 생활의 중심을 발견하지 못한 사람들이 가장 손쉽게 그것을 얻을 수 있는 영역이 바로 취미 생활이다. 그런 뜻에서, 취미 생활은 삶에 있어서 매우 소중한 자리를 차지한다.

_김태길 외, 『삶과 일』, 고려원

주제가 없거나 불분명한 글은 무엇을 쓴 글인지 쉽게 알 수 없으므로 좋지 않다. 그러므로 글을 쓸 때는 가장 먼저 무엇을 쓸까 주제를 설정한 다음 차근차근 내용을 전개해야 한다.

참고로 글의 주제는 논설문 등에서와 같이 명확하게 겉으로 드러나는 경우와 문학 작품에서처럼 함축적이고 암시적으로 제시되는 경우가 있다.

2_주제, 무엇을 어떻게 정할까

주제다운 주제를 잘 잡아 써야 모두에게 가치 있는 글이 된다. 무엇보다도 다양하고 풍부한 상상력, 깊고 올바른 사고 능력에서 길어 올린 좋은 주제는 글 읽는 기쁨을 주기 때문이다. 그렇다면 무엇을, 어떻게 주제로 정할까? 이제 주제의 요건을 설명하면서 주제를 잡을 때 유의해야 할 점들을 설명한다.

1) 읽을 만한 가치가 있는 주제

무엇보다도 주제는 진실해야 한다. 아무리 구성이 알차고 표현이 잘된 글이라도 내용이 진실하지 못하면 좋은 주제라 할 수 없다.

> 나는 돈 많은 사람이 부럽다. 내 희망은 돈을 많이 벌어 부자가 되는 거다. 이 세상에 태어나서 사람답게 살기 위해서는 돈을 많이 벌어야 하기 때문이다. 돈을 많이 벌어 내 하고 싶은 대로 좋은 집에서 예쁜 여자와 함께 산다면 얼마나 좋을까. 까짓 인생 한 번 살지 두 번 사나. 돈 많이 번 사람들을 욕하는 사람들도 많이 보지만 웃기는 소리다. 돈 많으면 싫은 사람 누가 있어?
>
> ＿고 1의 글, 고치지 않음

이런 글은 진실한 글이라고 결코 말할 수 없다. 향락적인 자세로 오직 돈만 추구하는 그릇된 생각이 바탕에 깔려 있기 때문이다. 그러므로 쓰는 사람뿐만 아니라 읽는 사람에게까지 해로운 내용을 주제로 잡아서는 안 된다.

진실한 글은 우리들 삶의 보편적인 가치 기준과 일치하는 글이다. 또한 우리가 일반적으로 존중하는 행동 규범들을 담고 있는 글이다. 다음은 평생을 한글 과학화와 기계화에 열정을 불태운 공병우 박사님의 글이다. 아흔이 넘도록 시간을 아끼며 연구를 하다 세상을 떠나신 그분의 진실한 목소리를 느낄 수 있을 것이다.

나는 사치를 싫어한다. 분수에 맞지 않게 허세만 부리며 사는 사람의 꼴은 정말 눈 뜨고 보아 넘길 수 없다. 돈을 무턱대고 물 쓰듯 하는 사람을 몹시 경멸하고 탐탁하게 생각지 않는다. 옷차림이나 구두 같은 겉치레에는 무관심에 가까울 정도로 신경을 안 쓴다. 내 일상생활에서 넥타이를 매는 일은 거의 없다. 구멍 난 양말을 예사롭게 신기도 한다. 일할 때는 작업하기 좋게 간편하고 헐렁한 옷을 입으면 그만이다. 한글 기계화를 위해 열을 띠고 있는 가난한 연구가를 만나게 되면 연구비로 수천 달러의 돈을 희사해도 아깝지가 않다. 그래서 수천 달러씩 하는 컴퓨터를 선뜻 내주기도 하는 습벽만을 본다면 그야말로 손이 무척 큰 사람처럼 보일지 모른다. 그러나 나는 입 한 번 닦고 내버려야 하는 냅킨 종이 하나를 갖고도 휴지통에 곧바로 내버리지 못하는 지독한 검약주의자다.

　　　　　　　　　　　　　　　　　＿공병우, 『나는 내 식대로 살아왔다』, 대원사

2) 관심과 흥미가 있는 주제

그러나 진실한 주제라고 해서 모두 좋다고는 할 수 없다. 말할 수 없이 진실하지만 너무 뻔한 주제라면 그 글을 끝까지 읽을 '성인(聖人)'은 요즘 그리 흔치 않다. 아니, 없다고 보아야 맞을 것이다. 좋은 말도 자꾸 하면 욕이 된다는 속담까지 있지 않은가. 다음 보기 글을 읽어 보자.

　　착하게 살아야 한다. 착하게 살지 않으면 사람다운 삶이라 할 수 없다. 착하게 살아야만 커서 좋은 사람이 될 수 있다. 남에게 거짓말을 안 하고 늘 성실하게 다른 사람을 돕는 착한 생활은 사람다운 삶을 위해 꼭 필요한 것이다. 착하게 사는 것은 부자로 사는 것보다 더 중요하다. 태어나서 착하게 사는 것은 매우 중요하다.

_고 1의 글, 고치지 않음

앞의 글의 주제는 물론 '착하게 살아야 한다' 즉 '선한 삶의 강조'이다. 처음부터 끝까지 구구절절 옳은 글이다. 하지만 이런 주제의 글들은 웬만한 나이가 되면 한없이 지루할 뿐이다. 여러분들도 역시 예외는 아닐 것이다. 더구나 인생의 종말을 바라보는 노인들에게 착하게 살라는 주제의 글은 도대체 어떻게 읽힐까.

따라서 노인 잡지에 산아 제한의 중요성을 주제로 글을 쓰는 것은 우스꽝스러우며, 개미가 하루에 숨을 몇 번 쉬나 같은 극히 일부 사람에게만 관심 있는 주제는 아무래도 피하는 것이 좋다. 또한 유치원 학생들에게 노후 설계의 중요성을 주제로 하는 글은 적합하지 않으며, 소말리아의 난민에게 너무 많이 먹는 것은 죄악이라고 설교하는 주제는 피해야 한다.

요컨대 좋은 주제란 진실하면서도 독자들의 관심과 흥미를 불러일으킬 수 있어야 한다. 그런 주제여야 깊고 넓게 생각하며 쓸 수 있고 의미 있고 기쁘게 읽을 수 있는 글이 된다.

자, 그럼 여러분 친구들에게 관심과 흥미를 불러일으키는 주제들을 한번 생각해 보자. 그리고 그것들을 생각이 막힐 때까지 쭉 나열하든지, 그 가운데 하나를 주제로 정해 부담 없이 글을 써 보자. 글쓰기에는 모범 답안이 없으므로 자신 있게 '지금 당장!' 써 보자.

3) 자신이 다룰 수 있게 주제를 좁히라

진실하고 흥미 있는 주제라도 자신이 다루기에 너무 어렵거나 방대하면 주제로 적합하지 않다. 그러므로 어디까지나 자신이 잘 알고 있는 주제, 읽는 이에게도 관심거리인 주제를 선택하여 자신의 능력 수준과 글의 분량에 알맞게 좁혀 나가는 것이 중요하다.

이때 범위를 넓게 잡은 주제를 가주제, 범위를 한정시킨 주제를 참주제라 한다. 가주제는 가짜 주제, 참주제는 진짜 주제라고 생각하기 쉽지만 이는 잘못이다. 무엇에 대해 글을 쓰고 싶다는 충동이 들 때의 어렴풋한 상태가 바로 가주제요, 그것을 자신의 능력과 글의 분량 등을 고려하여 좀더 범위를 좁혀 놓은 것이 바로 참주제이다. 결국 주제 선정은 가주제에서 참주제를 뽑아내는 일이다.

다음의 글을 읽어 보자.

한국은 놀랄 만한 경제 성장을 하는 나라이다. 한국은 지구에서 유일하게 분단된 나라로 휴전선을 갖고 있다. 한국에는 곳곳에 아름다운 산이 있다. 한국의 하늘은 맑고 푸르며 바다는 삼면에서 국토를 에워싸고 있다. 한국의 건축물은 대단히 우아하고 힘차다.

'한국'이 주제라 할 이 글을 제대로 썼다고 하기는 힘들다. 이 정도 제한된 분량의 글로 쓰기에는 '한국'이라는 주제가 너무 광범위하기 때문이다. '한국'은 한 편의 글이 아니라 한 권의 책으로 쓰기도 벅찬 주제이지 않은가.

따라서 한국의 무엇에 대해 쓸 것인지 범위를 좁히는 것이 필수적이다. 그리고 지금껏 강조했듯 기왕이면 쓰는 자신이나 읽는 독자들의 관심과 흥미를 불러일으킬 수 있는 주제로 써야 한다. 다음은 고 1 학생이 자신을 한국에 처음 온 외국인이라고 가정하고 쓴 글이다.

처음 맛본 한국 음식

한국에 와서 처음 맛본 음식은 떡뽁이였다. 빨갛게 부글거리며 끓는 떡뽁이가 처음에는 너무도 낯설었다. 실제 먹어 보니 입안이 얼얼하게 매웠다. 떡이라고 하는 것도 처음 먹어 보니 마치 고무를 씹고 있는 듯해서 좀체 목구멍 속으로 넘길 수가 없었다. 화끈거리게 매운데 막상 씹은 것도 넘기지 못하니 너무도 괴로웠다.

그런데 이게 웬일인가. 그 매운 맛 속에서 어딘지 모르게 달콤한 맛이 스며 오는 것 아닌가. 침이 감돌며 떡이 삼켜졌다. 그리고 나도 모르게 다시 떡뽁이를 향해서 손이 뻗쳐졌다. 한국 사람도 마치 떡뽁이같지 않을까 생각하니 앞으로의 한국 생활이 기대되기까지 하였다.

_고 1의 글, 고치지 않음

한국 음식과 한국인을 연결하는 발상도 참신하고 주제로서 충분히 다룰 만하게 좁혀져(한정되어) 있다는 점도 좋다. '한국'은 한국인들도 글을 쓰기에는 너무 벅찬 주제이다. 그러므로 쓰기 적절하게 주제를 좁히는 것이 늘 중요하다.

이제 여러분 역시 스스로를 외국인이라고 생각하고 '처음 만난 한국 사람', '처음 본 한국 풍경', '처음 본 한국의 꽃' 등등, '처음……' 꼴의 주제를 잡아 짧은 글을 써 보자.

처음~

3_소재*의 수집과 선택

소재란 주제를 살리기 위한 글감이자 이야깃거리이다. 그러므로 소
재는 주제를 정확하고 효율적으로, 쉽고 재미있게 전달해 줄 수 있어
야 한다. 좋은 소재를 다양하게 얻기 위해서는 평소 예리한 관찰력이
나 풍부한 상상력을 기르는 것이 좋다. 또 책과 같은 활자 매체, TV나
인터넷 등, 중요한 정보의 원천들을 잘 활용하며 다양하고 깊이 있는
경험을 하는 것 역시 필요하다.

이때 염두에 두어야 할 것은 주제와 조금이라도 연관되는 소재들

---

* 소재란 제재와 같은 뜻으로 쓰이기도 한다. 그런가 하면 대표 소재를 제재라고 부르기
도 하고, 소재는 '주제를 논술하거나 형상화하기 위한 모든 재료'이며 제재는 '주제가
되기 위한 재료'라고 까다롭게 구별하는 경우도 있다. 그러나 실제로 글을 쓸 때 이렇게
자잘한 용어 구분은 별로 의미가 없다. 이 글에서는 소재라는 말로 용어를 통일한다.

을 가능한 한 많이 모아 놓는 태도이다. 아무리 달인의 경지에 들어선 도공도 무수히 많은 도자기들을 가마 속에 넣는다. 그리고 구워져 나온 그 많은 도자기들을 하나씩 부수며 진정한 명작을 찾는다.

소재는 풍부하고 다양하며 내용이 확실해야 좋다. 또한 독자들의 관심과 흥미를 끌 수 있어야 한다. 그러나 역시 가장 중요한 것은 주제를 뒷받침해 주는 소재이어야 한다는 점이다. 따라서 아무리 좋은 소재라도 주제와 상관없다면 과감히 버려야 한다. 주제를 부각시키지 못하는 소재는 쓰레기나 마찬가지이다. 다음 주제문과 소재들을 자세히 읽어 보자.

주제: 학교 도서관 살리기

소재: ① 학교 도서관에 대한 그릇된 오해가 있다.

② 현재의 입시 교육은 진정한 교육이 아니다.

③ 정보화 교육의 토대로서 학교 도서관은 중요하다.

④ 각자의 개성과 수준 차를 인정하는 교육이 필요하다.

⑤ 능력 있는 학생들을 위해 월반제가 시행되어야 한다.

⑥ 너무나 교실 중심으로만 교육을 생각하고 있다.

⑦ 현재 학교 도서관이 잘 갖추어진 학교는 매우 드물다.

……

여기서 주제를 직접적으로 뒷받침하지 못하는 소재는 무엇일까. 두 말할 필요도 없이 ⑤ '능력 있는 학생들을 위해 월반제가 시행되어야 한다'일 것이다. 왜냐하면 ⑤는 소수의 영재들을 위해 진급을 빨리 시키자는 교실 차원의 제도 문제일 뿐이기 때문이다.

그러나 학교 도서관을 살리자는 주제는 교실 중심의 교육 과정에서 벗어나 민주적이고 미래 지향적인 교육을 실시하자는 교육 과정 시행 전반의 차원이다. 따라서 ⑤는 주제를 뒷받침해 주는 소재라고 보기 어렵다. 당연히 글을 쓸 때는 빼야만 한다.

4_글쓰기의 실제 과정과 연습

이제 글쓰기의 실제로 들어가 보자.

한 편의 글은 '착상 → 주제 선정 → 소재 수집 → 소재 선택 → 구상 → 개요 → 직접 쓰기 → 퇴고'의 과정을 통해 완성된다. 언뜻 복잡해 보이나 글의 종류와 내용, 쓰는 이의 능숙함에 따라서 간략해질 수 있다.

1) 주제 설정

자, 편의상 주제를 하나 정해 보자. 일단 주제문을 '공부다운 공부를 하자'로 잡는다. 그저 단순히 '공부를 하자'면 너무 진부한 주제라 부적절하나, '공부다운 공부를 하자'는 것이니 무난하다.

2) 소재의 수집

그럼 소재들로는 무엇이 좋을까. 바꾸어 말해 주제를 살리기 위해 어떤 글감들을 모아야 할까. 이를 위해 공부다운 공부란 어떤 것일까에 대해 깊이 생각해 보는 자세가 우선 중요하다. 관련되는 책들을 찾아 읽고 학식과 인격을 겸비한 분들과 대화를 나누어 보는 것도 좋은 방법이다. 그런 다음 소재로 적합한 사항들을 대강 써 보자.

주제문: 공부다운 공부를 하자.

소재: ① _____

② _____

③ _____

④ _____

⑤ _____

⑥ _____

자, 뭘 어떻게 해야 '공부다운 공부를 하자'는 주제문을 돋보이게 할 수 있을까? 쓰지 않고 그냥 넘어왔다면 지금이라도 다시 ①~⑥을 채워 보자.

3) 소재의 선택

소재 ①~⑥까지 다 썼다면 여기서 몇 가지를 골라내야 한다. 이때 선택의 기준은 앞서 말했듯 주제를 얼마나 잘 뒷받침해 주고, 자신의 능력으로 얼마나 활용할 수 있는 소재인가에 달려 있다.

쉽게 설명하기 위해 대강 다음과 같은 소재들을 골라냈다고 가정하자.

① 소중한 우리 것들을 찾아보는 여행도 진정한 공부다.

② 암기 위주의 공부는 진정한 공부가 아니다.

③ 마음을 터놓는 대화도 진정한 공부다.

④ 진정한 공부는 뭔가 오랫동안 기억에 남아야 한다.

⑤ 좋은 시집을 읽는 것도 진정한 공부다.

⑥ 우리는 앞으로 공부다운 공부를 하자.

4) 소재의 정리와 간단한 개요 짜기

다음으로는 골라낸 소재들을 아주 간단한 개요의 형태로 정리해 두는 것이 좋다. 즉, 모아 놓은 소재들을 관련되는 것끼리 다시 묶어 놓고, 중요도에 따라 비중을 정하고, 선택한 소재들을 전체적인 구상에 따라 대강의 순서를 정해 놓는 것이다. 이는 앞서 개요의 작성에서 살펴본 바도 있다.

일단 ①, ③, ⑤는 진정한 공부란 이런 것이라는 공통 속성으로 볼 때 함께 묶일 수 있다. 그런가 하면 ②와 ④는 공부다운 공부가 아닌 경우와 연관되며 문제를 제기하는 성격이 같다. 그렇다면 ①, ③, ⑤는 중간에, ⑥은 끝에 배열하면 될 것이다.

결국 다음과 같이 소재들을 정리하면 좋겠다.

② 암기 위주의 공부는 진정한 공부가 아니다.

④ 진정한 공부는 뭔가 오랫동안 기억에 남아야 한다.

① 소중한 우리 것들을 찾아보는 여행도 진정한 공부다.

③ 마음을 터놓는 대화도 진정한 공부다.

⑤ 좋은 시집을 읽는 것도 진정한 공부다.

⑥ 우리는 앞으로 공부다운 공부를 하자.

5) 실제 글쓰기

이제 정리된 결과들을 토대로 짧은 글을 써 보자. 앞의 말들을 좀더
긴 문장들로 풀어낸다고 생각하고 부담 없이 써 보자.

다음 글을 자신의 글과 비교하며 참고로 읽어 보자.

무엇인가를 새까맣게 쓰고 외우는, 그래서 대학에 들어가면 하나도 남김없이 잊어 버리는 그런 쓸데없는 공부 말고, 진정 공부다운 공부를 하자. 교과서 속에 있는 지식들에 열심히 줄만 치지 말고 우리들의 삶을 살찌게 하는 공부를 하자. 마음을 터놓고 나누는 대화도, 소중한 우리 것들을 따스하게 바라볼 수 있는 여행도 좋다. 한 권의 시집을 들고 교정에 홀로 남아 읽자. 무엇인가 우리들의 삶을 살찌울 수 있는 공부를 하자.

＿고 1의 글, 고치지 않음

이 글에는 '공부다운 공부를 하자'는 자신의 생각(주제)이 잘 표현되어 있다. 문법적으로 어색한 곳이 약간 눈에 띄지만 그런 자잘한 흠들은 고치면 된다. (＊물론 이 글은 좀더 늘려 쓸 수도 있다. 앞의 소재들을 모두 단락의 소주제문 정도로 바꾸어 쓰고 더욱 확대해 나가면 좀더 긴 글을 쓰는 일은 너무나 쉽다.)

6) 제목 붙이기

마지막으로 글에 제목을 붙이는 과정이 남았다. 글에 제목을 붙이는 것은 마치 상품에 마지막 포장을 하는 것과 같다. 마지막 포장이 잘못되어 있으면 안에 든 게 무엇인지 살펴보기도 전에 눈길이 거두어진다. 그러므로 글에 제목을 다는 것은 매우 중요하다. 다음 글을 읽어보자.

교과서를 찢어라

교과서를 찢어라. 처음 듣는 사람은 매우 놀랐을 것이다. 그러나 영화 「죽은 시인의 사회」를 본 사람은 별로 놀라지도 않았을 것이다. 첫 시간 수업에서 교과서를 찢는 장면은 그들 학생들이 앞으로 받게 될 수업이 얼마나 자유롭고 진정한 공부인가를 가르쳐 주는 암시였기 때문이다. 학교에서 배우는 교과서는 답답하고 형식적인 책이다. 교과서를 벗어난 공부, 딱딱하지 않은 공부, 인간다운 공부, 인간답게 키워 주는 공부를 하자.

_고 1의 글, 고치지 않음

앞의 글은 공부다운 공부를 하자는 내용으로 이루어져 있다. 주제는 앞의 보기 글과 같지만, '교과서를 찢어라'와 같은 충격적인 제목으로 관심을 끌며 주제를 효과적으로 전달해 주고 있다. 만일 이 글 제목을 '공부다운 공부를 하자' 정도로 달았다면 별로 잘 읽히지 않을 것이다.

자, 그럼 다음 만화에 제목을 붙여 보자. 만일 어려우면 끝에 '알아 두면 좋지요!'를 덧붙였으니 참고 바란다.

제목: _____

이 만화는 제2회 서울만화전에서 대학·일반부 동상을 받은 작품이다. 여기서 철조망은 서로의 단절과 위험을 뜻한다. 그런데 놀랍게도 평화를 사랑하는 대학생 만화가의 눈에는 철조망은 서로의 즐거운 게임을 위한 도구일 뿐이다. 위험하고 부정적인 모든 것들을 평화스럽고 긍정적인 것들로 바꾸어 사용하는 자세가 평화의 전제가 아니냐는 주제가 담겨 있다.

이 만화의 제목은 '평화의 깃털'이다(노진영,『만화로 보는 평화』, 을지서적). 물론 '철조망과 평화'라고 해도 좋을 것이다. 또 다른 좋은 제목도 있을 것이다. 또한 맨 앞에 제시된 만화처럼 '평화 만들기'라고 붙여도 좋다. 관련되는 만화들을 계속 연작 형식으로 그리면, '평화 만들기 2' 식으로 제목을 이어 나갈 수도 있다.

이제 친구들과 함께 글이나 만화를 보며 제목을 붙이는 연습을 해 보자. 이를 위해 먼저 기존의 제목들을 눈여겨보는 것이 필요하다.

◢◤◢◤ **알아 두면 좋지요!**

제목은 글의 주제를 명확하고 기억하기 쉽게 붙이는 것이 좋다. 즉, 제목은 참신하고 인상 깊게 독자의 관심을 끌 수 있어야 한다.

제목의 종류는 형태에 따라 ① 단어식(『동백꽃』) ② 어구식(『내신 성적과 대학 입시』) ③ 문장식(『휴전선은 무너져야 한다』) 등이 있고, 내용에 따라 ① 문제 제기형(『청소년 범죄, 더 이상 보고만 있을 수 없다』) ② 주제 표현형(『자꾸만 작아지는 현대인들』) ③ 소재 부각형(『붉은 악마를 떠올리며』) 등이 있다.

제 12 마당
글 고쳐 쓰기

나귀 위에서 흔들거릴 때마다 시구(詩句)가 술술 풀려 나
갔다. 가도 스님은 마치 온 세상이 자기 거라도 되는 듯
한 기분이 들었다. 사람들은 도대체 이러한 즐거움을 모
른단 말이야. 가도 스님은 흥취에 젖어 자기도 모르게 눈
을 감았다. 나귀에서 떨어질 듯 흔들거리는 그를 지나가
는 사람들이 힐끗거렸다.

당나라 스님 가도(賈島), 그는 시를 무척이나 사랑한 시승(詩僧)이
었다. 어느 날 노새를 타고 가던 그에게 문득 시상(詩想)이 떠올랐다.
행여 잊을까 싶어 그는 단숨에 시를 읊기 시작했다.

閑居隣竝少　한가히 사노니 사귄 이웃 드물고
草徑入荒園　풀밭 오솔길 거친 벌로 뻗었네
鳥宿池邊樹　새는 연못가 나무 위에서 잠들고

여기까지 쓴 가도 스님은 고민에 빠지고 말았다. "僧推月下門(스님
은 달빛 아래 문을 밀어 보네)"와 "僧敲月下門(스님은 달빛 아래 문
을 두드리네)" 이 두 가지 표현 가운데 어느 것을 마지막 구로 삼아야
할지 쉽게 판단이 되질 않았기 때문이었다. 자, 어느 글자를 써야 좋
을까. 밀 퇴(推)? 두드릴 고(敲)?

한시의 운(韻)을 맞추기 위해 중얼거려도 보고, 문을 밀고 두드리

는 시늉도 직접 해보았지만, '퇴'와 '고' 두 글자 가운데 어떤 글자를 택해야 할지 판단이 서지 않았다. 고민에 고민을 거듭하던 가도 스님은 마침 앞에서 오던 어느 고관의 행차와 부딪히고 말았다. 유명한 문인이기도 했던 한퇴지의 행차였다.

가도 스님의 말을 듣고 난 한퇴지는 '밀 퇴(推)'와 '두드릴 고(敲)'를 놓고 고민하다가 뒤엣것을 택하는 것이 더 좋겠다고 충고를 해 줬다. 그 후 그들은 서로 시를 논하는 절친한 친구 사이가 되었다.

이러한 고사에서 유래한 '퇴고(推敲)'란 말은 글을 다 쓴 다음 다시 고치는 마무리 작업을 뜻한다. 이제 퇴고, 즉 글 고쳐 쓰기에 대해 살펴보기로 하자. 여기서는 퇴고란 말보다 폭넓은 용어로 '글 고쳐 쓰기'를 사용한다.

1_글을 고쳐 쓰는 이유와 방법

어떤 글이라도 고쳐 쓰기를 하지 않으면 글다운 글이 되기 힘들다. 아무리 막힘 없이 쭉쭉 써 내려갔다고 해도 다시 읽어 보면 글 어딘가에 흠이 발견되기 때문이다. 어떤 글을 단순히 베껴 적는 동안에도 실수가 생기는데, 하물며 새로운 글을 쓸 때는 어떻겠는가. 그러므로 글을 쓰고 난 다음에는 반드시 글을 고치는 것이 좋다. 특히 남에게 보여야 되는 글을 쓸 때는 더욱 그러하다.

그러나 사실 가도 스님의 경우에서 볼 수 있듯 글자 한 자를 놓고 마지막까지 고민하며 글을 다듬고 고치는 일은 대단히 어렵다. 자신이 쓴 글에서 스스로 잘못을 찾아내기란 무척 힘들기 때문이다. 그뿐만이 아니다. 아예 뭘 어떻게 고쳐야 할지 모르는 경우도 많다. 글을 다 써 놓고도 왠지 석연치 않은 마음에 찜찜한 기분이 들었던 경험이 누구에게나 있으리라.

모르는 사람은 손에 쥐여 줘도 모른다는 말이 있다. 글 고치기 역시 마찬가지다. 글 고치는 방법을 알고 있지 못하면, 글을 고쳐 오라고 몇 번을 돌려보내도 제대로 고쳐 오지 못한다. 그러므로 글 고쳐 쓰기에 대한 효율적인 방법들에 대해 다양하고 깊이 있게 익혀 두어야 자기 글을 더욱 알차고 빛나게 만들 수 있다. 이제 글 고쳐 쓰기는 어떻게 하는 것인가 알아보자.

글 고쳐 쓰기는 단어나 문장과 같은 좁은 차원에서부터 글 전체라는 넓은 차원에 이르기까지 내용과 형식을 두루 아우르며 할 수 있다.

무엇보다도 먼저 참신함과 유익함, 솔직함과 진지함 등 글의 일반적인 미덕이 내용(주제)에 제대로 반영되었는가 꼼꼼히 살펴보아야 한다. 또한 앞서 배운 바 있는, 글(단락)의 통일성과 연결성, 강조성의 요건이 무난히 갖춰졌는가, 문장들이 문법과 어법에 맞는가, 낱말들이 올바로 선정되었는가, 맞춤법에 맞게 썼는가 등등을 일일이 점검해 보아야 한다.

그러나 이렇게나 많고 복잡해 보이는 글 고쳐 쓰기의 방법은 의외로 간단하다. 그 어느 글이든지 대개 다음 세 가지의 고쳐 쓰기 원칙을 바탕으로 고칠 수 있기 때문이다.

① 더하고 붙이기: 보완의 원칙

② 빼거나 줄이기: 삭제의 원칙

③ 다시 짜 맞추기: 재구성의 원칙

원칙이라고 하니 뭐 대단한 것도 같지만 그렇지 않다. 예를 들어 우리가 찰흙으로 무언가를 만든다고 하자. 다 만든 다음에는 어떤 부분에 뭘 좀 덧붙이거나 빼거나 아니면 다시 주물러서 만들 것이다. 글고쳐 쓰기의 원칙도 이와 마찬가지일 뿐이다.

다음은 글 고쳐 쓰기를 할 때 애용하는 개인적인 방법이다. 자신의 글을 고칠 때 참고로 하라.

① 글을 다 쓴 다음에는 제일 먼저 전체적으로 한 번 쭉 읽어 본다. 이때는 글쓴이의 입장을 버리고 가능한 한 읽는 이의 입장이 되어 객관적으로 읽어 가려고 애쓴다. 만일 마음에 안 드는 부분이 있다면 색깔이 다른 필기류로 사정없이 지우거나 바꾸며 나간다. 이 과정에서 조금이라도 자신에게 관대해지면 글을 읽을 사람들에게서 지적을 많이 당할 것이 분명하기 때문이다.

② 글을 고칠 때는 무엇보다도 먼저 글이 원래의 의도를 살리고 있는가 면밀히 살펴본다. 즉, 강조하고자 하는 바가 제대로 전달되고 있는가, 참신한 발상으로 읽는 이들에게 어떤 식으로든 도움이 될 만한가, 혹시라도 편견이나 선입견에 사로잡혀 그릇된 내용으로 전개되지 않았는가, 글 전체의 분량으로 볼 때 각 부분

(항목)들이 적절히 균형을 취하고 있는가, 글의 짜임새가 제대로 갖추어져 있는가, 글의 내용이 사실과 다른 것이 있지 않은가 등 등의 질문을 던지며 글을 고쳐 나가면 도움이 된다.

③ 그런 다음에는(고쳐 쓰기에 익숙해지면 동시에!) 단락과 문장, 단어들에 대해 살펴본다. 이때 단락과 단락이 무난히 연결되는지를 알아보기 위해서는 직접 소리 내어(또는 중얼거리며) 읽어 보면 큰 도움이 된다. 읽어 가는 도중 단락이 너무 길면 다시 나누되 너무 짧게 되지 않도록 주의한다.

특히 문장은 문법과 어법에 맞는지를 세밀히 점검해야 한다. 더불어 정확하고 아름다운 문장으로 되었는지 살펴본다. 또한 문장이 너무 길거나 짧으면 지루하거나 경박하므로 적절히 섞여 있는지 직접 읽어 보며 확인한다. 그러나 최소한 첫 문장만은 인상적으로 짧게 쓰는 것이 좋다.

④ 마지막으로 틀린 곳이 없는지 거듭 읽어 본다. 미리 몇 번이고 고쳐 보는 습관이 들어야 글의 효과를 살릴 수 있음은 물론 글로 인한 실수도 최대한 줄일 수 있다.

이제 앞의 설명들을 염두에 두고 글 고쳐 쓰기를 몇 가지 구체적으로 살펴보자. 글쓰기의 초보자들에게서 많이 볼 수 있는 예들을 중심으로 설명하겠다.

2_가치 있는 글인가

가치 있는 글이 되려면 무엇보다도 글이 진실하고 참신해야 한다. 즉, 자신의 진실한 생각과 느낌, 영혼이 담긴 글을 참신하게 써야 가치가 있다는 말이다. 물론 이렇게 글을 쓰기란 말처럼 그리 쉽지는 않다. 끊임없이 노력해야만 가능한 일이다.

바람직한 글이 되기 위해서는 글의 내용이 인간의 보편적인 이성과 정서에 지나치게 벗어나지 않는 것이 일단 필요하다. 예를 들어 환경 문제가 심각하다고 해서 모든 공장을 즉시 폐쇄해 버리자든지, 식량 문제를 해결하기 위해 애완용 동물들을 하루바삐 모두 죽여야 한다는 식의 극단적인 주장은 좋지 않다.

일본인들은 과거 우리 나라를 침범한 적이 있다. 이로 인해 우리들의 할아버지 할머니들이 무척 고생하셨음은 우리도 이미 배워 아는 사실이다. 그런데도 일본인들은 사과는커녕 툭하면 독도가 자기 거라느니 괴상한 말만 해대고 있다. 아무래도 우리들이 힘껏 국력을 키워 일본이랑 한판 붙어야 할 것 같다. 그래서 우리 조상님들의 원수를 갚아야 하겠다. 일본을 침략하자. 힘을 길러 일본에 핵이라도 떨어뜨리자.

_고 1의 글

위의 글은 무엇이 잘못되었는지 지적해 보자.

아주 솔직히 말해서 일본을 침략하자는데 싫어할 한국인들은 별로 없으리라. 그러나 진실로 일본을 침략하자는 내용은 너무 과격하고 비이성적이다. 남의 침략을 받아 고통스러웠던 우리의 지난 역사를 생각하면 남을 침략한다는 행동이 무엇을 의미하는지는 쉽게 알 수 있기 때문이다. 따라서 아무리 일본이 미워도 먼저 전쟁을 일으켜 침략하자는 주장의 글은 좋은 글, 가치 있는 글이라 할 수 없다.

예전에 어떤 청소년 드라마에서 정년 퇴임을 하는 선생님이 학생들에게 이런 질문을 던지는 장면이 있었다.

"21세기의 첫날 자네는 무엇을 하고 있겠나?"

처음엔 쭈뼛거리다가 쉽게 자신의 꿈을 말하는 학생들에게 오랜 경험으로 빛나는 노교사의 질문은 계속된다.

"그럼 20년 후에는? 100년 후에는? 200년 후에는 무엇을 하고 있을까?" 자, 선생님이 던진 질문들의 궁극적인 의도는 무엇일까. 결국 어떻게 사는 것이 바람직한 삶인가 생각해 보라는 질문 아닌가. 그러면 이제 간단히 글을 써 보자.

바람직한 삶이란

3_분량을 줄이거나 늘여 알차게 하라

아무리 좋은 주제를 다루고 있어도 너무 긴 분량으로 늘어져 있으면 좋은 글이라 할 수 없다. 그러므로 가장 적은 분량에 가장 많은 내용을 알차게 담을 수 있어야 일단 좋은 글이 될 수 있다. 따라서 가능한 한 자신의 글을 줄이기 위해서 필요 없는 문장들, 중복된 표현들은 없는지 자세히 살펴보는 자세가 중요하다.

초등학생들에게 영어를 조기 교육하는 것은 좋지 않다. 왜냐하면 어렸을 때 영어를 배워 놓으면 커서 영어를 잘할 수는 있을지 몰라도 우리말을 제대로 구사하기 어렵기 때문이다. 초등학생들에게 영어를 조기 교육하는 것은 얻는 것보다 잃는 것이 더 많다고 생각한다. 초등학교 학생들에게 영어를 조기 교육을 하는 것을 반대한다.

_고 1의 글

위의 글을 핵심을 살리며 줄여 보자.

위의 글은 결국 다음과 같은 꼴로 요약할 수 있다.

① 우리말을 제대로 구사하는 데 방해가 될 수 있기에 (근거)
② 초등학교 학생들의 영어 조기 교육을 반대한다. (주장)

그러므로 위의 글은 세 문장 정도로 적절히 줄이는 것이 바람직하다. 특히 "초등학생들에게 영어를 조기 교육하는 것"이라는 표현이 세 번이나 그대로 반복된 것은 큰 흠이다. 원래 글을 충실히 살려 고치면 대략 다음과 같이 될 것이다.

　　초등학교 학생들에게 영어를 조기 교육하는 것은 좋지 않다. 우리말을 제대로 익혀야 할 어린 시절에 지나친 부담이 될 수 있기 때문이다. 따라서 얻는 것보다 잃는 것이 많을 초등학교 영어 조기 교육을 반대한다.

　　반면 너무 지나치게 줄여 뜻이 제대로 전달되지 않는 경우도 있다. 특히 무언가를 강조해야 할 대목을 그냥 줄여 버리면 글의 효과가 떨어진다. 그러므로 쓸데없는 부분들은 모두 줄이고, 강조하거나 충분히 설명해야 할 부분들은 최대한 늘리는 판단 감각이 중요하다.

　　다음은 단편소설과 서정시의 귀재였던 에드가 앨런 포E. A. Poe가 사라 헬렌 휘트먼에게 보낸 연애 편지이다. 자신의 마음을 최대한 강조하면서 늘려 쓰고 있다. 이러한 포에게 과연 어느 여인이 마음을 뺏기지 않겠는가.

뉴욕, 증기선 선상에서

1848년 11월 14일

나의 사랑하는 헬렌, 친절하고 진실하고 관대하며, 이 세상 모든 게 변하더라도 변함이 없을 나의 천사. 내 마음의, 내 상상의, 내 지성의 연인, 내 인생의 전부—내 영혼의 모든 것, 헬렌, 나의 사랑하는 헬렌, 내가 어떻게 하면 당신에게 감사를 다할 수 있을까?

나는 지금 평온하고 차분한 마음이오. 정체 모를 악의 그림자가 내 주위를 떠나지 않지만 그래도 나는 한없이 행복하다오. 다만 당신의 한없는 사랑을 내 마음 속에 느끼면서도 행복을 느낄 수 없게 되는 게 아닐까 하는 점만이 두려울 뿐이오. 그러나 이런 일이 있을 수 있겠소?

아마 너무 행복에 겨운 나머지 이런 생각이 드는 게 아닌가 싶소.

(후략)

_캐시 데이비슨 엮음, 『사랑의 책』, 동녘

4_단락을 제대로 나누었는지 확인하라!

흔히 단락을 '문장이 모여서 통일된 한 가지 생각을 이루는 글의 덩어리'라고 한다. 단락은 소주제문과 이를 구체적이고 특수하게 받쳐주는 뒷받침 문장들로 이루어지며 전체 글을 이룬다. 그러므로 단락을 나누어 쓴다는 것은 글 전체를 부분과 전체의 관계에서 짜임새 있게 쓰려고 노력한다는 증거이다.

실제로 글쓰기를 별로 안 해 본 사람들은 희한할 정도로 단락을 나누지 않고 쓴다. 만일 무심코 쓴 2~300자 이상의 글에서 단락이 나뉘어 있지 않다면 그는 글쓰기의 초보자임이 거의 확실하다. 글쓰기에 너무 부담을 느낀 나머지 그저 문장만 냅다 쓰다 만 결과인 것이다.

이제 예전 교과서에 나오는 글을 읽고 적절히 단락을 나누어 보자. "나는 단락 나누기가 제일 싫어, 지루하고 골치 아프거든." 이렇게 말하며 몸을 비비 틀다가 책장을 덮을 생각은 하지도 말 것!

오늘날 우리 청소년이 실행해야 할 덕목

① 어느 시대든지 당시의 청소년들이 본받고 실행하기를 기대하고 가르쳐야 할 중점적인 덕목이 있게 마련이다. ② 이 시대에 우리 청소년에게 중요한 것은 어려움을 이겨내는 슬기와, 그 속에서 겪는 고통과 땀의 의미를 터득하는 것이다. ③ 왜냐하면 사람은 어려서부터 노력의 고통과 기쁨을 맛보아 가며 성장해야 커서도 땀 흘려 일하고, 땀 흘려 일하는 사람을 우러러보며, 노력의 가치를 존중할 줄 알게 되기 때문이다. ④ 지금 우리 사회가 요구하는 것은 성실하고 인내심 있는 일꾼이다. ⑤ 어려운 일을 도전적인 자세로 꾸준히 해결해 나가는, 진취적이고 끈기 있는 사람이 필요한 것이다. ⑥ 우리 사회는 이러한 청소년들이 고통과 땀의 의미를 깨치고 거듭나는 사람이 되기를 고대하고 있다. ⑦ 우리 청소년 모두는 각자의 직분을 소중히 여기면서 끈기 있게 노력하여, 기쁨의 열매를 거두는 성실한 일꾼으로 자라나야 할 것이다.

__고등학교 『국어』 상권

앞의 글은 '기―서―결'의 삼단 구성을 갖추고 있다. 적절히 네 단락으로 나누어 보자. 그리고 두 번째와 세 번째, 네 번째 단락이 시작되는 곳을 찾아 번호로 답해 보자.

제2단락: (   ), 제3단락: (   ), 제4단락: (   )

비교적 단락을 나누기 쉬운 이 글은 우선 첫 문장으로 도입부를 삼고 있다. 그리고 본론으로 '청소년이 터득해야 할 고통과 땀의 의미' '사회가 바라는 성실하고 인내심 있는 일꾼'을 차례로 말한 다음, '청소년 모두가 끈기 있게 노력하여 성실한 일꾼으로 자라자'는 주장을 결론으로 끝맺는다. (* 제2단락은 ②, 제3단락은 ④, 제4단락은 ⑦에서 시작한다.)

■■ 알아 두면 좋지요!

__단락을 고치는 방법

① 하나의 단락에서 소주제문 하나를 확실히 도드라지게 하는지 거듭 확인하자. 하나의 단락에 두 개 이상의 소주제문이 들어가면 초점이 혼동되면서 글의 통일성이 약해지기 때문이다.

② 특정 단락이 너무 길어지면 적절히 나누자. 이때 예시, 상술, 부연 등과 같은 성격의 문장들을 따로 단락으로 나누면 효율적이다. 아주 복잡한 내용이 아니라면 글을 고쳐 쓰기 위해 읽을 때 답답하다는 느낌을 주지 않을 정도가 적절하다.

③ 강조해야 할 문장이 있다면 과감히 한 단락으로 만드는 파격도 써 봄직 하다. 그러나 강조의 효과는 쓰는 횟수에 반비례해서 떨어짐을 기억하라.

④ 물론 단락을 나눌 때 단락 간의 논리적인 흐름을 곰곰이 따져 단락(글)의 연결성에도 신경을 써야 한다. 그 결과 글 전체의 주제를 드러내는 데 없어도 좋은 단락, 좀더 덧붙여야 할 단락들이 있다면 과감하게 손을 본다.

5_바람직한 문장들인가 확인하라

문장은 글을 이루는 가장 핵심 단위라 할 수 있다. 따라서 글 고쳐 쓰기를 할 때에도 사용된 문장들이 과연 적절한가 세밀하게 살펴보아야 한다. 글에 사용된 문장들을 고쳐 쓸 때 다음 질문들을 스스로 해보면 매우 효과적이다.

1) 간결하고 경제적인가

글쓰기에 익숙하지 않은 초보자들은 대개 문장을 길고도 복잡하게 쓴다. 그러나 문장은 간결하고 경제적으로 쓰는 것이 좋다. 즉, 가장 풍부한 의미를 가장 짧은 길이에 담아 표현하는 문장을 쓰는 것이 좋다.

그러나 처음부터 문장을 간결하고 경제적으로 쓰라고 하면, 대개의 초보자들은 파편처럼 삭막한 문장들만 짧게 써 내기 일쑤다. 그러므로 일단 글을 다 써 놓은 다음에 문장들을 쭉 읽어 가며 짧게 고치는 것이 가장 좋은 방법이다. 다음 보기 글을 보자.

내가 진정으로 바라는 것이 있는데 나는 나의 인생을 스스로 결정지으며 살 수 있는 그러한 완전한 자유를 얻고 싶다고 소망한다. 그러나 지금까지의 나의 삶은 그렇지 못했다는 것을 충분히 인정하며 앞으로 열심히 노력하여 내가 살아가야 갈 인생을 풍요롭게 하겠음을 약속한다.

→ 나는 내 스스로 인생을 결정지을 수 있는 완전한 자유를 바란다. 그러나 지금까지 나의 삶은 그렇지 못했다. 앞으로 나는 풍요로운 삶을 가꾸어 나갈 것임을 약속한다.

특히 문장을 간결하고 경제적으로 쓰려면 될 수 있는 대로 한 문장 안에서 똑같은 낱말을 거듭 사용하지 말라. 낱말이 중복되면 문장도 느슨해지면서 약점을 보인다. 이를테면 보기 글의 첫 문장을 다음과 같이 바꾸는 경우가 많은데, '것'이란 말이 쓸데없이 중복되어 문장 자체가 길어졌으므로 바람직하지 않다.

내가 진정으로 바라는 것은 나의 인생을 스스로 결정지으며 살 수 있는 그러한 완전한 자유를 얻고 싶다는 것이다.

다만 꼭 써야 할 경우는, 그와 비슷한 낱말이나 어구로 바꾸거나 대명사와 같은 지시어들을 활용하자. 글 전체에서도 마찬가지로 주의하자. 덧붙여 문장을 너무 지나치게 복잡한 구조로 방치하지 말자.

2) 문법적으로 정확한가

아무리 간결하고 탄력적인 문장들이라도 문법에 어긋나면 그 내용을 제대로 전달할 수 없다. 그러므로 글을 고칠 때는 문법적으로 정확한 문장을 구사하였는가 반드시 확인해야 한다.

흔히 볼 수 있는 비문법적인 문장(非文)은 대개 조사나 어미 등을 잘못 썼거나, 시제의 불일치나 높임법의 무시, 문장 성분의 누락 등등 우리말의 문법적 사항을 충분히 지키지 못했을 때 일어나는 실수이다. 다음 문장을 고쳐 보라.

① 돈이 너무 비싸니 어디 그 영화를 보러 가겠니?
② 선생님, 3학년 형께서 오셨어요.
③ 그저 합격생에만 급급한 우리의 교육은 점점 피폐해지고 있다.

① 돈이 → 낱말의 부적절한 사용. '값이'로 고쳐야 한다. 값이 비싸지, 돈이 비쌀 수는 없다.
② 3학년 형께서 오셨어요. → '3학년 형이 왔어요.' 더 웃어른에 해당되는 선생님 앞에서 3학년 형을 높일 수는 없다. (압존법)
③ 합격생에만 → '합격생 수를 늘리는 데만'으로 고쳐야 한다. 정확히 '급급한'의 대상이 표현되어야 한다.

3) 문장이 쉽고 아름답게 쓰였는가

공연히 어려운 낱말을 사용하거나 문장 구조를 복잡하게 하여 읽는 데 어려움을 주면 안 된다. 그러므로 읽는 이가 쉽게 이해할 수 있도록 가능한 한 평이한 낱말을 사용하라.

우리는 세계에서 가장 과학적이고 우수한 한글을 갖고 있으면서도 외래어나 한자어를 무분별하게 마구 사용하는 잘못을 저지르고 있다. 이제는 글을 쓸 때 우리말을 아름답게 살려 쓰는 노력을 해야 한다. 특히 번역문투를 피하여 우리말이 왜곡되는 것을 막아야 한다. 그러면 다음 문장들에서 바람직하지 못한 곳을 지적하라.

① 아름다운 꿈나라로의 여행을 하십시오.
② 문학 작품을 천착하는 연구자들의 시각이 심화되었으면 한다.
③ 국어의 중요성은 아무리 강조해도 지나치지 않다.

→ ① 아름다운 꿈나라로 여행하십시오. 조사 '의'는 가능한 한 생략하도록 노력하자. 특히 'A(　)의 B' 꼴로 될 경우 괄호 안에 무언가가 들어오면 거의 모두 일본어투에 해당된다. 예: 화학(에)의 초대, 사막(에서)의 하룻밤, 보물(로서)의 인생……

→ ② 문학 작품을 보는 연구자들의 눈이 깊어졌으면 한다. 어려운 한자어 사용을 일부러 남발할 필요는 없다.

→ ③ 영어의 번역문투이다. '국어는 매우 중요하다'는 내용으로 바꾸면 무난하다.

6_문장들이 자연스럽고 생동감 있게 읽히는가

문장들을 반드시 소리 내어 읽어 가며 고치자. 글의 문장 하나하나가 부드럽게 읽히도록 탄력을 주자. 문장의 어순을 적절히 바꿀 필요도 있다. 짧은 문장을 위주로 하되 긴 문장도 적절히 섞어서 변화감을 주자.

특히 문장의 끝을 다양하게 표현하여 생동감 있는 글로 만들자. 의문형 어미나 청유형 어미 등 다양한 어미들을 사용하여 변화감을 주자. 문장과 문장 사이의 연결도 자연스러운지 점검하자.

예를 들어 우리말의 특성상 문장의 끝에 평서형 종결 어미 '-다'가 계속 반복되는 경우가 많다. 모든 문장들이 '-다'로만 끝나는 글을 쓰지 말자. '-다, -다, -다, -다.' 공사장 소음과 같은 지루하고 딱딱한 느낌을 주지 않는가.

이제 다음 글을 읽어 보라.

> 나는 치마를 펄럭이며 삼거리 쪽으로 달렸다. 삼거리엔 인파가 겹겹이 진을 치고 있으리라. 그 인파는 저만치서 그 모습을 드러낸 선두 주자를 향해 폭죽 같은 환호를 터뜨리리라.
>
> 아아, 신나라. 오늘 나는 얼마나 재수가 좋은가. 오랫동안 가두었던 환호를 터뜨릴 수 있으니. 군중의 환호, 자기 개인적인 이해관계와 전혀 상관없는 환호, 그 자체의 과열인 군중의 환호에 귀청을 뗄 수 있으니.
>
> __박완서, 『꼴찌에게 보내는 갈채』, 평민사

얼마나 물 흐르듯 자연스럽게 읽히는 문장인가. 문장의 끝을 다양하게 바꾸고, 짧은 문장과 긴 문장을 적절히 섞어 놓아 훨씬 탄력적으로 읽히기까지 한다. 앞의 글에서 문장들의 끝을 모두 '-다'로 바꾸어 읽어 보자. 본래의 글과는 달리 딱딱하고 답답한 느낌을 준다. 그래서야 마음속 가득히 솟구쳐 오는 기쁨의 순간들을 표현해 내기 어렵지 않은가. 다음 글을 읽어 보자.

태백산맥의 깊숙한 골짜기에 있는 산장(山莊)에서 차가 다니는 곳까지 십 리가 넘게 걸어 나오는 길은 무척 아름답다. 무너질 듯 가파른 산세에 푸르게 치솟은 침엽수들 사이로 호흡처럼 퍼져 있는 정결한 눈이 보인다. 걸음을 옮길 때마다 반쯤 언 눈이 발밑에서 가볍게 부서지고, 희미한 눈가루가 날려 오지만, 저 아래 얼어붙은 개울가에서는 종아리 걷어붙인 아이들 몇이 커다란 돌멩이를 헤집고 있다.

겨울잠에 빠져 있을 개구리들을 잡고 있는 것 같다. 갑자기 골짜기를 울리는 아이들의 해맑은 웃음소리가 들리고, 어디선지 겨울새들이 푸드덕 날아오른다.

앞의 설명들을 바탕으로 위의 글을 자연스럽고 생동감 있게 고쳐 보자. 몇 개의 문장으로 더 나누고 각 문장의 끝도 변화시켜 보자.

태백산맥의 깊숙한 골짜기, 산장(山莊)에서 차가 다니는 곳까지 걸어 나오는 십 리가 조금 넘는 길, 무척 아름답다. 무너질 듯 가파른 산세에 푸르게 치솟은 침엽수들, 그 사이로 호흡처럼 퍼져 있는 정결한 눈. 걸음을 옮길 때마다 반쯤 언 눈이 발밑에서 가볍게 부서지고, 희미한 눈가루가 날려 온다. 저 아래 얼어붙은 개울가에서는 종아리 걷어붙인 아이들 몇이 커다란 돌멩이들을 헤집고 있다. 겨울잠에 빠져 있을 개구리들을 잡고 있을까. 갑자기 골짜기를 울리는 아이들의 해맑은 웃음소리, 어디선지 겨울새들이 푸드덕 날아오르고……

―허병두, 「빈 교실에서」

처음 문장은 쉼표를 써서 가볍게 끊어 읽을 수 있다. 쉼표는 읽어가는 곳을 지정해 주고 때로 의미를 확실하게 해 주는 역할을 한다. 문장의 마지막을 '눈'과 같은 명사로 끝내고, 어미를 바꾸거나 아예 뒷부분을 생략하여 변화감이 느껴진다.

글 고쳐 쓰기를 정확히 이해하고 거듭 자신의 글을 고쳐 갈 때 좋은 글이 나올 가능성은 그만큼 높아진다. 특히 글을 고쳐 쓰기 싫은 순간도 종종 오는데 그때 꼭 참고 차분하고도 예리하게 자기의 글을 고쳐 나가는 자제력이 필요하다.

만일 이를 게을리하면 자신의 글을 읽을 많은 사람들의 실망은 물론 자신의 글 전체가 부정될 때가 있다. 심한 경우는 차라리 글을 보여 주지 않았으면 더 좋을 때도 생길 수 있기 때문이다. 자기 글을 객관적으로 고쳐 쓰기 힘들다면, 일단 다른 사람의 글들을 자꾸 고쳐 보는 연습도 효과적이다.

■■ 함께 해 봅시다

① 다음 문장에서 틀린 곳을 찾아 고쳐 보자.

"주제에는 다루는 범위(範圍)가 큰 가주제(假主題)와 범위가 작은 참주제가 있다."

② 다음 문장은 두 가지 해석이 가능하여 좋지 않은 문장이다. 어떻게 해석되는지 구체적으로 생각해 보자.

"서적은 어떠한 종류를 막론하고, 그 저자가 적거나 많거나 간에 자기의 체험과 상상력과 또는 추리력을 근거로 하고 토대로 삼아서 저작하였기 때문에, 그들의 무한한 노고와 오랜 세월의 연마를 거쳐서 이루어진 것이다."

③ 다음 문장들에는 각각 부자연스러운 곳이 있다. 자연스러운 문장으로 고쳐 보자.

"좋은 글이란, 생각과 느낌이 효과적으로 표현, 전달될 수 있는 글이다. 그러면 어떤 글이 그 내용을 효과적으로 표현, 전달할 수 있는가?"

■■■ 이렇게 고칠 수 있겠지요!

① '큰 → 넓은' '작은 → 좁은'으로 고쳐야 한다.

② '적거나 많거나 간에'의 주어가 '저자가' 또는 '자기의 체험과 상상력과 또는 추리력' 두 가지로 각각 읽힐 수 있다. 물론 해석도 두 가지로 달라진다.

③ '전달될 수 있는'은 '전달되는'으로, '어떤 글이'는 '어떻게 해야' 정도로 바꾸어야 어법상 자연스럽다.

제 13 마당
글쓰기의 여러 방식
—묘사와 서사

서해에 가 본 적이 있는가. 붉은 햇살이 낙엽처럼 스러져 잠기는 해거름녘, 서해 바다에 가 본 적이 있는가. 세월처럼 잔잔히 일렁이는 금빛 바다에 문득 눈을 감으면, 크고 작은 섬들이 호흡처럼 들썩거리다 마침내 수평선마저 삼키는 일몰의 시간, 땅과 물이 석양빛 속에 합쳐지고 끝내 모두 사라지고 마는 바로 그 시간, 어둠은 바다 깊숙한 곳에서 퍼져 올라 어느새 뭉클뭉클 대기를 적신다. 아아, 서해의 일몰을 본 적이 있는가.

……마침내 다리의 끝에 강화도가 있었다. 거기서 다시 얕은 바다를 건너 찾아간 작은 섬, 짧은 겨울 해는 보문사 암벽에 그려진 거대한 석불 위로 천천히 스며들고 있었다. 몇 개의 계단을 올라 석불에 안기듯 절하고 뒤돌아 서해를 바라보았을 때! 서해의 일몰이 빚어내는 장관에 잠겨 문득 짙은 어둠 속임을 깨달았을 때! 대학 시절 우연히 보게 된 서해의 일몰은 살아 있는 한 결코 잊을 수 없을 것이다…….

1_잊을 수 없는 것들을 위하여

흔히 인간을 망각(忘却)의 동물이라고 한다. 그럼에도 쉽게 잊을 수는 없는 것들을 누구나 갖고 산다. 특별한 풍경이나 사건, 그리고 사물과 사람 등, 결코 잊을 수 없는 것들 몇 개쯤을 가슴속 깊이 안고 산다. 여러분들도 마찬가지리라.

눈을 감고 돌아보자. 어느새 내 마음을 환하게 비추며 다가오는 어떤 풍경, 어떤 사건, 어떤 사물, 어떤 사람……들이 없는가. 만일 떠오르는 것들이 있다면 '지금 당장' 써 보자.

집 근처의 도랑둑에 핀 민들레꽃, 굴뚝 치라는 징소리에 아기가 깨었다고 동네 할머니께 쫓기던 굴뚝 청소부 아저씨의 뒷모습, 어렸을 때 처음 부모님께 받았던 크리스마스 선물, 뻥튀기 기계를 돌리는 할아버지…… 설령 사소하거나 보잘것없더라도 떠오르는 대로 모두 아래에 써 보자. 자연스럽게 목록이 만들어질 것이다. (* 이 목록은 앞으로 계속 덧붙여서 가능한 한 풍부하게 작성해 놓자.)

잊을 수 없는 것들

이제 앞의 목록 내용 가운데 하나를 골라 글을 써 보자. 그리고 머리

속에서 떠오르는 것들을 그대로 글로 바꾸어 표현해 보자. 여러분이 쓴 글을 읽으면 누구나 무언가를 선명하게 떠올리게끔 말이다.

_____

_____

_____

_____

휴우! 아직도 글쓰기가 조금은 껄끄럽다고? 차라리 그림을 그리는 것이 낫겠다고? 좋다. 만일 글을 쓰기 어렵다면 그림으로라도 그려 보자. 꼭 세련되게 그려야 할 필요는 없지만, 적어도 무엇을 그리려는지는 알 수 있게끔 그려야 한다.

다음 보기 글을 참고로 읽어 보자. '1분간 글쓰기' 식으로 빨리 쓴 글이라 잘 다듬어져 있지는 않지만 어떤 장면을 선명하게 떠올릴 수 있게 해 준다.

초등학교 5학년 때 본 학교 앞에서 뻥튀기 기계를 돌리던 할아버지의 모습을 나는 잊을 수 없다. 손가락은 새발처럼 쭈그러지고 여위었고 굵직한 힘줄이 손등 전체에 있었다. 시꺼먼 뻥튀기 기계를 얼마나 굳은 얼굴로 진지하게 돌리셨는지 구경하던 조무라기들은 기계가 금방이라도 터지는 것 같아 언제나 조마조마한 얼굴로 들여다 보곤 했다. 할아버지는 꽤나 늙으신 분이셔서 앉아 계시는 것도 불안해보였다.

_고 1의 글, 고치지 않음

위의 글은 두말할 것도 없이 뻥튀기 기계를 돌리는 할아버지의 모습을 그린 글이다. 함께 글쓰기를 공부하는 친구가 있다면 다른 때와 마찬가지로 서로 글을 바꾸어 읽어 보자. 뻥튀기 기계를 돌리는 할아버지의 모습, 잊을 수 없는 모습이 머릿속에서 떠오른다.

2_묘사, 정신의 그림을 그리는 글쓰기

묘사(描寫)란, 대상으로부터 받은 인상을 구체적이고도 감각적으로 재현해 내는 정신의 그림 그리기이다. 바꾸어 말해 대상의 외양이나 색깔, 소리, 감촉, 냄새, 소리 따위를 그림 그리듯 구체적으로 쓰는 서술(기술) 방식이다.

인상파의 대가인 에드가 드가(Edgar Degas: 1834~1917)는 모델을 앞에 놓고 직접 그리는 대신, 오랫동안 들여다보고 있다가 머릿속의 기억에 의존하여 그렸다고 한다. 드가의 눈빛으로 다음 사진을 보자!

자, 이제 사진을 가리자. 그리고 방금 본 사진과 같은 장면이 읽는 이의 머릿속에 떠오를 수 있게 하는 글을 써 보자.

묘사는 인물이나 상황, 행동, 풍경 같은 대상의 특성에 대해 추상적인 개념을 빌려서 설명하는 것이 아니다. 글쓴이가 대상을 자신의 감각을 통해 받아들인 대로 읽는 이에게 구체적으로 제시하면, 그것을 다시 읽는 이가 상상력을 발휘하며 그림으로 재현하여 간접 체험하는 글쓰기 방식인 것이다.

따라서 묘사하는 글을 읽으면 마치 사진이나 그림을 보는 것처럼 구체적인 인상을 경험할 수 있다. 그러므로 묘사를 잘 했느냐 못 했느냐는 결국 대상의 모습을 얼마나 구체적으로 정확하고 생생하게 읽는 이에게 재현해 주느냐에 달려 있다. 그러나 묘사는 단순한 판박이 글쓰기 방식이 아니다.

여기서 묘사의 특성을 좀 더 살피기 위해 보기 글을 같이 읽어 보자.

어느 날 오후 아름다운 여자 하나가 지하철 안에 앉아 있었다.
마침 옆에 서게 된 미용사는 곁눈질로 이 여자의 속눈썹이 길다는 것을 보게 되었다. 눈썹이 기니 따로 속눈썹을 붙이지 않아도 되겠군. 미용사는 마음 속으로 생각하며 계속 바라보았다.

앞에 앉아 있던 성형외과 수련의는 자신이 요즘 배우고 있는 성형의학의 이론을 떠올리며 이 여자의 얼굴을 더욱 아름답게 하려면 어디를 고쳐야 할까 미운 구석을 찾아보려고 애썼다.

반면에 이 아름다운 여자를 마음속으로 사모하며 몇 달을 몰래 쫓아다닌 이웃집 노총각은 먼발치에서 이 여자의 얼굴은 신이 빚어낸 완벽한 아름다움 그 자체라고 감탄하고 있다.

그런가 하면 비스듬한 각도의 좌석에 앉아 있는 패션 디자이너는 여자가 뿔테 안경을 끼면 멋있을 거라 생각하고 여러 가지 안경테 모양을 머리 속에 떠올리며 뚫어지게 바라보고 있다.

나중에 이들은 집으로 돌아가 자기가 본 여자가 어떤 여자라고 말할까? 이를 추측하기란 그리 어렵지 않다. '속눈썹이 유난히 긴 여자', '턱이 약간 미운 여자', '비너스같이 완벽한 여자', '잠자리테 안경을 쓰면 더 잘 어울릴 여자' 등 제각각이 아니겠는가.

이렇듯 동일한 대상에 대해서도 보는 이의 입장과 시각, 상황에 따라 묘사의 내용이 달라진다. 그러므로 묘사는 그저 대상을 있는 그대로 판박이 하는 대신, 자신만의 독특한 시각과 감수성으로 대상을 재현하는 고도의 글쓰기 행위이다. 무엇을 선택하고 배열하느냐에 따라 글이 한없이 달라질 것은 자명하기 때문이다.

3_묘사는 어떻게 하는가

서부 영화의 공식 하나! ─언제나 악당들이 나타난다. 악당들은 은행을 터는 등 온갖 범죄를 다 저지른다. 현상 수배문이 붙고 점점 현상금이 올라간다. 보안관을 비롯한 민간 추적대가 뒤를 쫓는다. 온갖 곡절 끝에 악당들은 모두 죽거나 잡힌다.

다음은 이 공식에 언제나 등장하는 현상 수배문 형식의 글이다.

전체적으로 험상궂은 얼굴이며 광대뼈가 툭 튀어나옴. 웃을 때 눈가에 잔주름이 많이 생김. 매부리코 밑에 팥알만 한 점이 하나 있으며, 눈은 회색이고 쌍꺼풀이 짐. 다부진 체격에 찢어진 청바지를 잘 입고 긴 장화를 신고 돌아다님.

잡는 사람에게 현상금 500달러 줌! 연락처:『글과 생각』

현상수배범의 얼굴을 한번 그려 보자. 머릿속에 그려지는 대로 부담 없이 그려 보자.

현상 수배문을 만드는 사람이라면 누구나 범인의 실제 모습과 똑같이 표현하려고 애쓴다. 그러나 글은 글이지 범인 몽타주 같은 그림이 아니다. 글이 그림처럼 완벽하게 대상을 재현해 낼 수는 없다.

하지만 실제로 앞의 글을 읽고 난 다음에도 범인이 어떻게 생겼는지 몰라서 못 잡았다는 말은 누구도 못할 것이다. 비록 범인의 모습을 시시콜콜히 그리지 않아도 범인 외모의 특성을 충분히 포착하였기에 하나의 그림처럼 상상이 가능하다. 여러분이 조금 전에 그린 범인 얼굴을 다시 살펴보자.

묘사를 잘 하기 위해서는 자신만의 관점과 시각으로 대상을 통찰하여 '지배적 인상'(가장 도드라지는 인상)을 읽는 이에게 전달하는 것이 중요하다. 앞의 예를 들어 말하자면 지명 수배된 악인의 모습답게 험한 인상이 바로 지배적 인상이므로 이를 중심으로 쓰면 된다.

좀더 구체적으로 우선 묘사의 목적을 정한 다음 지배적 인상이 어떠한지를 파악하여 어떤 관점에서 쓸 것인가를 결정한다. 이어 어떤 순서로 묘사해 나갈 것인지를 생각한 다음 특히 부분과 전체 사이의 관계를 염두에 두며 써 나간다. 부분과 전체 사이의 관계를 소홀히 하면 글이 의미 없이 뜯어 붙인 모자이크처럼 되어 묘사의 효과가 떨어진다.

결국 묘사는 초상화, 아니 더 정확히 따지자면 캐리커처 caricature에 비유될 만한 글쓰기이다. 인물을 그대로 판박이처럼 재현하지 않고 대신에 그 특성을 날카롭게 간파하여 보는 사람에게 대상 인물이 누구인지 쉽게 떠올리게 하는 캐리커처처럼 써야 진정한 묘사의 기초라 할 수 있기 때문이다.

따라서 진정한 묘사의 글을 쓰기 위해서는 무엇을 어떻게 그려야 대상의 본질을 생기 있게 드러낼 수 있을지 언제나 고심해야만 한다. 그러므로 묘사의 글을 잘 따져 읽어 보면 대상은 물론 대상을 바라보는 글쓴이의 시각과 태도까지 알 수 있다.

4_묘사의 몇 가지 종류

묘사의 종류는 주관적 묘사와 객관적 묘사, 설명적 묘사와 암시적 묘사, 실용적 묘사와 심미적 묘사 등으로 용어를 달리하며 설명되고 있다. 여기서는 어떤 명칭이 옳으냐에 눈을 돌리기보다 가장 빈번하게 많이 등장하는 묘사 두 가지만 중점적으로 연습하여 글쓰기에 도움이 되게 하자.

1) 인물 묘사

묘사의 대상으로 인물이 빠질 수 없다. 인물에 대한 묘사를 직접 연습하기 전에 먼저 다음 글을 읽어 보자.

그때 나는 그의 얼굴이 웃기보다 찡그리기에 가장 적당한 얼굴임을 발견하였다. 군데군데 찢어진 경성드뭇한 눈썹이 올올이 일어서며 아래로 축 처지는 서슬의 양미간에는 여러 가닥 주름이 잡히고 광대뼈 위로 살이 실룩실룩 보이자 두 볼을 쪽 빨아든다. 입은 소태가 먹은 것

처럼 왼편으로 비뚤어지게 찢어 올라가고, 죄던 눈엔 눈물이 괸 듯 삼십

세밖에 안 되어 보이는 그 얼굴이 십 년 가량은 늙어진 듯하였다.

_ 현진건, 「고향」

위의 글은 가혹하게 수탈당한 식민지 농촌의 실상을 경성 가는 기

차 속에서 우연히 만난 사내의 이야기를 통해 그려낸 현진건님의 소

설 한 대목이다. 흔히 비판적 사실주의라고 부르는 수법으로 치밀하

고 섬세하게 인물을 묘사함으로써 작품의 주제와 분위기를 한껏 살리

고 있다.

이제 주위에 있는 인물을 하나 골라 '우스꽝스럽게' 묘사해 보자.

평소 딱딱한 성격의 친구나 무서운 표정의 사람들을 대상으로 해 보

면 재미있을 것이다.

만일 그런 인물을 찾기가 어렵다면 다음 사진을 보고 우스꽝스럽게 묘사해 보자.

희극의 천재, 찰리 채플린. 그는 현대 문명 속에서 점점 인간성을 상실해 가는 현대인의 비애를 웃음으로 승화시켰다. 다음은 채플린 사진을 보고 고 1학생이 묘사한 글이다. 문장은 어수룩하지만 찰리 채플린에게서 파악 가능한 '지배적 인상'을 정확히 짚고 있다.

검은 모자, 검은 양복, 검은 콧수염이 돋보인다. 서양인치고는 한없이 작은 작달막한 키에다가 입은 양복은 헐렁하고 검은 콧수염과 묘하게 어울리는 지팡이를 하나 들고 있다. 걸음걸이도 약간 뒤뚱거리듯

한없이 우습다. 약간 경박한 느낌으로 끊임없이 웃음을 주는 그의 눈은 자세히 보면 세상의 비애를 담은 우수가 깃들어 있는 듯하다. 그는 오히려 슬퍼 보인다.

_고 1의 글

인물 묘사는 흔히 외양(外樣), 동작, 행위 묘사로 나타나며, 소설에서는 심리 묘사까지도 나타난다.

2) 풍경 묘사

묘사는 인물 묘사뿐만 아니라 풍경 묘사도 많다. 다음 글을 읽어 보자. 동해안 풍경을 머릿속에 떠올리게 해 주는 구체적이고 서정적인 묘사가 돋보이는 글이다.

삼척을 지나자 왼쪽으로는 티 한 점 없이 활짝 트인 새파란 바다가 펼쳐지고, 버스는 해송이 울창한 언덕을 기우뚱거리며 달린다. 바다에 떨어지지 않으려고 안간힘을 쓰면서 언덕에 달라붙어 있는 갯마을들이 바닷가 구석구석에 박혀, 지금까지의 육지 여행에서는 맛보지 못했던 신선한 감동을 안겨 준다. 버스 안에서는 모르겠는데 바다에는 바람이 이는 듯 꽤 파도가 높다. 유난히 줄기가 붉고 키가 큰 해송들이 대개 육지를 향해 허리를 굽히고 있는 것도 무척 인상적이다. 자칫 천하게 보일 울긋불긋 채색된 슬레이트와 기와 지붕들이 바다와 해송과 어울려 자못 아름답기조차 하다. _신경림, 『민요기행 · 2』, 한길사 동해안을 따라 펼쳐지는 아름다운 갯마을 풍경들을 그림처럼 아름답게 보여 주고 있다. 묘사의 관점이 이동하고 있어 글을 읽는 동안 자연스럽게 동해안의 해안 풍경이 머릿속에 떠오른다.

자, 이제 자신이 63빌딩의 전망대에 앉아 있다고 하자. 눈 아래 펼쳐지는 정경을 상상한 다음 떠오르는 대로 묘사해 보자. 묘사는 정신의 그림 그리기이다. 구체적이고 감각적으로 써 보자.

다 썼다면 참고로 다음 보기 글을 읽어 보자.

모든 것이 작게 보인다. 도시 곳곳으로 퍼져 나가는 큰길들이 마치 혈관처럼 작게 보인다. 군데군데 있는 푸른 숲들이 마치 오아시스 같다. 작고 큰 건물들이 모두 조그맣게 박혀 있고 개미 같은 인간들이 부지런히 들락거린다. 자동차들은 어디론지 바쁘게 사라지고 나타난다. 그들 한가운데 거대한 한강이 놓여 있다.

_고 1의 글

공중에서 내려다보는 시각은 그 자체로 우선 독특하여 흥미롭다. 모든 것이 탁 트인 시야로 이 세상의 사물과 인간들이 한없이 왜소하게 보이는 것이야말로 '지배적 인상'이 된다.

5_서사, 사건의 의미 있고 구체적인 서술

서사는 사건의 진행 과정을 구체적으로 풀이하는 글쓰기 방식이다. 즉, 어떤 사건이 시간의 흐름에 따라 구체적으로 어떻게 전개되었는가를 의미 있게 보여 주는 서술 방식이다.

서사는 사건의 전개 그 자체를 표현한다는 점에서 사건에 대한 지식이나 이해를 돕는 '설명'과 구별된다. 또 어떤 사건이 어떻게 전개되느냐를 표현하려면 반드시 시간의 흐름을 중시해야 하기 때문에 대상에 대한 공간적 인식을 바탕으로 하는 '묘사'와도 차이가 있다.

다음은 조선 시대 화가 김득신의 「파적도」(破寂圖)이다. 긴 담뱃대로 고양이를 후려치려고 몸을 날리는 사내의 모습, 도대체 어떤 일이 벌어졌을까? 사건의 한 장면이라고 상상하고 글을 써 보자.

다음은 이 사진을 묘사한 고 1의 글이다. 참고로 읽어 보자.

후다닥 소리가 들리더니 고양이란 놈이 병아리를 물고 냅다 달아났다. 마누라 무르팍에 누워서 오랜만에 낮잠을 자려던 김첨지도 게슴프레 감기던 눈을 뜨며 벌떡 일어섰다. 그리고는 팅기듯이 툇마루 아래 고양이를 향해서 몸을 날렸다. 김첨지는 고양이를 잡겠다는 마음에 긴 담뱃대를 힘껏 휘둘렀다. 탕건이 먼저 떨어지는 것이 보였다. 어미닭이 푸드득거렸고 병아리들도 뿔뿔이 흩어졌다. 여, 여봇! 마누라가 다급하게 외치는 소리가 귓전에 파고들었다. 아뿔싸!

_고 1의 글, 고치지 않음

들고양이가 병아리를 채 가는 모습에 분노한 사내. 충분히 있을 법한 사건을 시간의 흐름에 따라 구체적으로 보여 주고 있다. 이 글을 읽다 보면 병아리를 문 채로 죽어라 도망가는 고양이와 물불을 가리지 않고 쫓아가는 사내의 모습이 영화처럼 떠오른다. 흔히 묘사는 사진이나 그림이며, 서사는 영화나 연극이라고 비유하는데 역시 적절한 표현이다.

그런데 서사라는 글쓰기 방식을 공부하다 보면 한 가지 의문이 떠오를 것이다. '어떤 사건을 시간의 흐름에 따라 의미 있게 구체적으로 써 나간다'는 서사의 본질에 따라 생각해 볼 때, 도대체 어떤 사건을 얼마나 구체적으로 써야 하느냐 하는 문제가 남기 때문이다. 여기에 '의미 있게' 쓴다는 것은 또 무슨 말인지 도무지 종잡을 수 없는 혼란에 빠질 수도 있다.

그날 있었던 일들에 대해 일기를 써야 할 때, 우리는 나름대로의 판단 기준에 따라 어떤 특정한 사건을 골라 일정한 분량의 비중으로 글을 쓰게 된다. 그리고 공적인 글의 경우는 읽는 이의 보편적인 공감이라는 까다로운 사후 승인까지 받아야 한다. 서사의 글쓰기에서도 대상이 되는 사건과 그 비중 역시 쓰는 이의 판단에 따라 근본적으로 결정되며 읽는 이에 의해 판단된다. 신문 기사 역시 일명 '게이트 키퍼 gate keeper'라는 신문사 내부인들의 가치 판단 과정을 거쳐 비중이 결정된 글이다.

아무 사건이나 처음부터 끝까지 무작정 그대로 써 나간다고 모두 서사가 아니다. 그러므로 서사 대상으로서 무엇이 의미 있는 사건이며 본질적으로 중요한 것들인가를 찾아내는 판단력과 이를 적절히 유기적으로 표현할 수 있는 능력이 동시에 갖춰질 때 바람직한 서사가 나온다.

이렇듯 서사는 어떤 사건들의 본질을 정확히 통찰하여 이를 효율적으로 풀이하여 보여 주는 글쓰기 방식이다. 서사의 글을 잘 쓰려면 사건을 적절하게 선택하며, 그 내용이 복잡할 때에는 몇 개의 단계나 양상으로 나누어 본다. 그리고 가장 본질적으로 중요한 것들을 중심으로 정확히 구체적으로 쓴다.

그러면 '어제 있었던 일들'에 대해 간단한 일기를 써 보자. 어떤 내용으로 하되 어느 정도 강조하여 쓸 것인지 정하고, 모자라면 별도의 종이에라도 쓰자.

어제 있었던 일들

_____

_____

_____

_____

_____

_____

_____

_____

_____

_____

_____

6_서사의 기본 요소와 실제 글

구체적인 사건을 전개해 나가는 서사에는 ① 움직임 ② 시간 ③ 의미라는 세 가지 기본 요소가 반드시 있어야 한다. 즉, 특정 사건과 인물의 행동을 선택한 다음 '시간의 흐름'에 의지하여 의미 있게 표현하는 것이 바로 서사이다.

서사는 앞서 말했듯 사건의 설명이 아니라 사건의 전개 그 자체만 구체적으로 보여 준다. 또한 이러한 움직임은 특정한 '시간의 흐름' 속에서 완결적으로 이루어진다. 즉, 처음과 끝 시간이 정해져 있는 상태에서 사건이 서술되어야 한다는 것이다. 그리고 이야기 속의 사건은 단순한 사건의 제시가 아니라 서로 유기적으로 연관된 의미 있는 제시이다.

흔히 서사라고 하면 소설과 같은 허구fiction라고만 생각하기 쉽다. 그러나 실제로 일어났던 일이건 일어날 가능성이 충분한 글이건 간에 지금까지 설명한 세 가지 요소들을 중심으로 쓴 글은 모두 서사이다. 특히 신문 기사는 서사의 대표적인 예다. 신문 기사를 작성할 때 흔히 사용하는 '5W 1H'라는 6하 원칙(언제, 어디서, 누가, 무엇을, 어떻게, 왜?)은 서사의 본질을 충실히 구현해 주기 때문이다.

또한 신문 기사들은 거의 예외 없이 중요한 내용을 앞에 두는 이른바 '역삼각형 형식'에 짧은 문장 위주로 작성되므로 어떤 사건을 보는 관점과 함께 문장을 짧게 쓰는 능력을 배울 수 있다. 다음 신문 기사를 읽어 보자. 앞에서 제시한 6하 원칙을 따른 이 기사는 언론사를 찾은 6학년 꼬마 학자들의 모습을 연상시킨다.

지난달 서울 인왕국교 6학년 7반 여학생 3명이 걸프전에 관한 사회

숙제를 하기 위해 한국일보사 국제부를 찾아왔다. 정부종합청사에도 다녀왔다는 이들은 전쟁의 원인과 경과, 중동 지역의 지리적 위치 및 지하자원 매장량 등 선생님이 제시한 숙제 방향에 따라 산더미 같은 신문사 자료를 일일이 넘겨 보며 복사, 요약했고 국제부 기자의 자세한 설명에 귀를 기울였다.

원현진 양(12)은 "실과 숙제 때는 수협중앙회에 찾아가 하는 일을 조사했다"며 "자료가 있는 곳을 찾는 일과 돌아다니기가 힘들지만 호기심이 끌려 재미있고 유익했다"고 말했다.

_ 한국일보 1993년 12월 31일자

이제 자신이 갑자기 엄지만하게 작아졌다고 상상하자. 일어날 만한 일들을 쓰자. 조너선 스위프트의 신랄한 풍자소설 『걸리버 여행기』에 나오는 대인국(大人國)에 온 걸리버를 떠올리자.

한편 문학적 서사로서 서사의 대표 격인 소설은 따로 특별히 살펴볼 것이므로 여기서는 다루지 않는다. 특히 시점point of view과 같은 개념은 매우 중요하나 좀더 충분히 설명하기 위하여 소설 부문에서 설명하고자 한다.

자신이 생각하고 느끼는 바를 구체적으로 써서 읽는 이에게 전달하는 것을 서술 방식이라 한다. 서술 방식은 글을 쓰는 목적과 의도, 동기는 물론 예상되는 글의 효과에 따라 결정되는데, 크게 묘사와 서사, 설명과 논증으로 나뉜다. 묘사와 서사는 읽는 이의 상상력에 의존한다는 점에서, 설명과 논증은 이성에 호소한다는 점에서 같이 묶일 수 있다.

그러나 글은 어느 하나의 서술 방식만을 고집해서 쓸 수는 없다. 글 자체의 주제를 가장 효과적으로 읽는 이에게 전달하기 위해서 여러 가지의 서술 방식을 효율적으로 섞어 가며 쓰는 것이 좋기 때문이다. 실제로도 여러 가지 서술 방식을 두루 섞어 쓰는 경우가 대부분이다.

제 **14** 마당
표현의 여러 측면 1
—수사법

사랑을 하게 되면 세상이 달리 보인다. 무심히 지저귀는 새들도 즐겁게 노래하는 것처럼 들리고, 날씨가 맑아도 또한 흐려도 자신을 위해서 그렇게 된 것처럼 여기게 된다. 남들이 뭐라고 하든 내가 사랑하는 이는 이 세상에서 가장 아름답게 보이고, 내 모든 것을 주어도 아깝지 않은 마음에 가슴은 언제나 쿵쾅거린다. 뜨겁게 솟구치는 사랑의 감정으로 난생 처음 시를 쓰고, 좀더 훌륭한 표현은 없을까 온갖 수사법들을 동원하며 밤을 새워 편지를 쓴다.

1_수사법, 인간의 영원한 본능

대개의 사람들이 '수사법 rhetoric'이라고 하면 뭔가 대단하고 복잡한 것처럼 생각한다. 그도 그럴 것이 비유법이나 강조법, 변화법 등으로 크게 나뉘어 다시 세부적으로 복잡하게 제시되는 관련 설명들을 읽다 보면 수사법은 정말 기교의 바다요 두통의 광야가 아닐 수 없다.[1]

그러나 이는 수사법에 대한 명백한 오해다. 사랑에 빠지면 자신의 마음을 상대에게 좀더 진솔하게 전하고 싶어 머리를 쥐어뜯으며 고민하는 데서 알 수 있듯 수사법은 본능적인 욕구에서 발생한 특수한 표현 방법이나 원칙들을 뜻한다. 따라서 이를 미리 공부하여 활용하면

---

1) "다음 중 밑줄 친 부분의 수사법은?" 식의 국어 문제들을 적지 않게 접한 입장에서는 수사법을 그저 말이나 글을 꾸미는 온갖 복잡한 지식들로, 이론을 위한 이론으로 생각하기 쉽다. 수사법을 비유법, 강조법, 변화법 등으로 나누는 것은 그 자체로 문제가 많다.

글쓰기 실력을 한 단계 높일 수 있는 좋은 방법이 된다.

이제 간단히 머리도 식힐 겸 다음 글을 읽고 빈칸을 채워 보자.

'초보 운전'이라고 써 붙이고 다니는 차들을 본 적이 있을 것이다. 자신이 운전을 시작한 지 얼마 안 되었으니 근처를 운행하는 차들은 주의하기 바란다는 경고의 뜻에서다.

그러나 가끔 보면 '당신도 초보였다'는 식의 재미있는 표현들이 있어 눈길을 끈다. 동일한 뜻을 가진 다른 표현들을 가능한 한 많이, 그리고 빨리 생각해 보자.

초보 운전

① ＿＿＿＿＿＿＿＿＿＿＿　② ＿＿＿＿＿＿＿＿＿＿＿

③ ＿＿＿＿＿＿＿＿＿＿＿　④ ＿＿＿＿＿＿＿＿＿＿＿

⑤ ＿＿＿＿＿＿＿＿＿＿＿　⑥ ＿＿＿＿＿＿＿＿＿＿＿

⑦ ＿＿＿＿＿＿＿＿＿＿＿　⑧ ＿＿＿＿＿＿＿＿＿＿＿

⑨ ＿＿＿＿＿＿＿＿＿＿＿　⑩ ＿＿＿＿＿＿＿＿＿＿＿

이 책의 여백에라도 동일한 의미를 갖는 표현들을 가능한 한 많이 써 보자. 그리고 다음에 제시되는 예들과 비교해 보자. 자신이 생각한 표현들과 얼마나 같고 다른지.

① 면허증 딴 지 5분! ② 지금 연수 중 ③ 그대는 개구리, 나는 올챙이 ④ 폭발물 운송 중! ⑤ 아장아장 걸음마 중 ⑥ 내 차를 따라오는 당신은 진짜 초보? ⑦ 왜 욕하는 거여? ⑧ 지는 초본디유…… ⑨ 추월 요망! ⑩ 나, 초보 맞죠?! ⑪ 장수 만세 초보 만세 ⑫ 접근 금지 ⑬ 더욱더 열심히 하겠습니다 ⑭ 웬 초보 왕 초보 ⑮ 신장개업 ⑯ 어화 둥둥 초보 사랑 ⑰ 따라오지 마유~ ⑱ 첫 경험 ⑲ 그대는 신사, 나는 초보 ⑳ 계속 욕할겨? ……

자, 이제 좀 더 깊이 생각해 보자. 왜 사람들은 '초보 운전'이라고 하면 될 것을 굳이 이렇게 다양한 표현들을 사용했을까. 이렇게 다양한 표현들은 결국 사랑의 편지를 쓰면서 이런 표현, 저런 표현을 지우고 또 지우며 글을 쓰는 행위와 깊이 연관되지 않을까. 동일한 뜻이라도 좀더 강도 높고 참신하게 하기 위해 본능적으로 효과적인 표현들을 계속 떠올리는 것이 아닐까. 수사법은 바로 이러한 과정과 결과라 할 수 있다. 이제 몇 가지 수사법들을 익히며 글쓰기 연습을 해 보자.

2_수사법의 이해와 연습

1) 죽도록 당신을 사랑합니다

일찍이 만해 한용운님은 「님의 침묵」에서 이렇게 노래하였다.

나는 향기로운 님의 말소리에 귀먹고 꽃다운 님의 얼굴에 눈멀었습니다.

아니 '향기로운 님'과 '꽃다운 님'이라면서 그 말소리와 얼굴에 귀먹고 눈멀었다니……. 처음 이 시를 읽으며 도대체 무슨 뜻인가 고개를 갸우뚱거렸던 생각이 난다. 귀청이 떨어질 정도로 시끄러운 말소리를 가진 님인가, 더욱이 눈이 멀 정도로 빛나는 얼굴을 가진 님인가. 중학교 시절 우연히 집어 든 시집의 한 구절은 도대체 알 듯 모를 듯한 어려움으로 다가왔던 것이다.

그러나 지금 생각해 보면 이해가 될 듯도 싶다. 꿈 속에서도 그리던 임이 실제로 눈앞에 나타났다면 감히 쳐다볼 수나 있을까, 말소리가 정녕 귀에 들릴까. 너무나 엄청난 심리적 경험을 할 때 자연스럽게 과장의 표현이 나타나는 것 아닐까. 이와 같이 사실을 불려 선명한 인상을 주기 위한 표현 기법을 과장법이라 한다.

자, 다음 글을 읽어 보자.

처음 태풍이 온다고 했을 땐 그저 비가 많이 올 거라고 생각했다. 그런데 그날 밤 늦게 나는 시끄러운 소리에 놀라 잠을 깨었다. 엄마는 흔들거리는 창문을 잡고 있으셨고 아빠는 이미 밖에 나가신 것 같았다. 아빠가 뭘 하시는지 보기 위해서 나는 밖으로 나가려고 했는데 누나가 내 팔을 잡았다. 위험하다는 소리도 쳤던 것 같다. 나는 무조건 밖으로 나갔다. 밖에는 엄청나게 비바람이 불고 있었다. 빗방울 때문에 눈을 뜰 수가 없었고 바람이 너무 심해 지구가 흔들리는 것 같았다. 난 너무 놀라 아빠하고 소리쳤지만 들리지 않을 정도였다.

_고 1의 글, 고치지 않음

이제 자신의 경험 가운데 놀랄 만한 것이 있다면 과장법을 사용하여 글로 써 보라. 그것이 무엇이든지 간에!

그러나 과장은 때로 터무니없이 쓰여서 해롭기도 하다. 이런 경향은 특히 광고 부분에서 심하게 나타나 눈살을 찌푸리게 한다. 광고는 모두 과장법이라는 말은 언제나 되새겨 봄 직하다.

2) 영자는 여우야 여우

"영자는 여우야 여우." 이는 영자의 어떤 속성이 여우의 어떤 속성과 유사할 때 가능한 표현이다. 즉, 영자의 성격이 여우처럼 교활하고 영악하다든지 혹은 외모가 여우같이 생겼다든지 할 때 쓰는 말이다. 이렇게 어떤 대상을 좀 더 확연하게 드러내고 싶을 때 다른 유사한 대상으로 표현하는 경우를 볼 수 있다.

이를테면 "남자는 배, 여자는 항구"라는 대중가요 구절은 남녀 관계가 속성상 배와 항구의 그것과 같다고 해서 붙은 표현이다. 뿐만 아니라 "인생은 미완성, 쓰다가 만 편지"라는 노래 구절은 아예 '인생은 쓰다가 만 편지'라는 표현을 좀 더 쉽게 이해할 수 있게 바로 앞에 '미완성'이라는 공통 속성(원관념)을 분명하게 밝혀 주고 있다. 이러한 표현들은 남자는 떠나가는 자, 여자는 기다리는 자, 인생은 미완성이라는 식의 직접적인 표현이 드러내지 못하는 복합적인 의미를 드러낸다.

이와 같이 서로 관계가 멀어 보이는 두 대상 사이의 공통적인 속성을 예리하게 파악하고, 빗대어 표현함으로써 효과를 높이는 수사법을 은유라고 한다.[2] 다시 예를 들면, "내 마음은 호수요" 하는 표현은 '마음'이라는 추상적인 관념을 '호수'라는 구체적인 대상으로 표현함으로써 무엇인가 피부에 와 닿는 효과를 낸다. 그래서 현대시는 모두 은유라는 말까지 나올 정도로 은유적인 표현이 많이 쓰인다. 아름다운 은유가 담긴 다음 시구를 읽어 보자.

당신,

아, 맑은 피로 어는

---

2) 앞서의 은유는 '영자는 여우 같아'와 같이 표현 강도가 떨어지는 직유로 바꿀 수도 있다. 한편 여우 이름이 영자인 경우도 생각해 볼 수 있는데, 이는 단순히 이름붙이기일 뿐 은유라고 할 수는 없다.

겨울 달빛 속의 물풀

__김용택, 「섬진강 15」 일부

■■■ 함께 해 봅시다

이제 주어진 문장들을 합하여 하나의 은유적 표현을 만들어 보자.

① 논리는 사고의 방향을 올바르게 결정해 준다.
   나침반은 방향을 가리키는 도구이다.
   (   )
② 문학은 인간의 삶을 되비치는 역할을 한다.
   거울은 외물을 되비치는 존재이다.
   (   )
③ 그녀는 대단히 아름답다.
   밤하늘의 별은 무척 아름답다.
   (   )

■■■ 이렇게 고칠 수 있겠지요

① 논리는 (사고의) 나침반이다.
② 문학은 (인간 삶의) 거울이다.
③ 그녀는 (밤하늘의) 별이다.

---

3) 으아아악~ 롤러 코스터

롤러 코스터를 타 본 사람은 안다. 천천히 정상을 향해 올라갈 때와 떨어지듯 내려올 때의 그 짜릿함을. 공중에서 두 바퀴인지 세 바퀴인지 돌고 나면 정신이 어지러울 정도로 엄청난 그 흥분을.

점층법은 마치 롤러 코스터의 움직임과 같은 수사법이다. 어떤 대상이나 현상에 대한 감정을 고조시키거나 그 대상의 범위를 점차적으로 확대하는 표현 방법이다. 특히 감정의 정도를 높이거나, 대상 또는 사물의 변화 과정을 구체적이고 객관적으로 보여 주는 경우에 유용하다. 즉 주관적으로 감정이 점차 고양되는 경우와 객관적으로 사물의 변화 과정을 선명하게 보여 주는 경우 등에 두루 효과적으로 쓸 수 있는 수사법이 바로 점층법이다. 대개 열거법이나 연쇄법, 대구법, 반복법 등과 함께 표현되는 경우가 많다.

지금 악몽(惡夢)을 꾸고 있다고 상상하자. 여러분은 악당(또는 악마)에게 쫓겨 죽어라 도망치고 있다. 점점 상황은 나빠지고 있다……여기에 계속 이어서 쓰자!

〔……〕 길게 늘어진 그림자였다. 나는 막 앞으로 달려갔다. 등 뒤의 발자국 소리도 점점 크게 들렸다.

_____

_____

_____

_____

4) 균형과 안정

다음 우리 소설의 한 대목을 읽어 보자.

도척의 도란 바로 도둑의 도를 말한다. 집에 간직해 둔 물건이 있나 없나를 알아내는 것이 성(聖)이요, 나올 때 나중 나오는 것이 의(義)요, 일이 되고 안 됨을 판단할 줄 아는 것이 지(智)요, 얻은 물건을 똑같이 나누는 것이 인(仁)이라는 것인데, 남화경(南華經) 외편(外篇)에 보인다.

_이문열, 『황제를 위하여』

도둑에게도 지켜야 할 법도가 있다니! 성(聖)과 의(義), 지(智)와 인(仁) 등을 차례로 동원하되, 형태적으로도 '~것이 ~이요'라는 비슷한 문장 구조들이 4번이나 짝하는 대구법을 사용하였다.

대구법은 이와 같이 비슷한 문장 성분들을 맞서게 하여 형태상의 균형감과 율격의 안정감을 취하는 수사법이다. 즉, 비슷한 문장 구조를 나열함으로써 의미를 강조하고 자연스럽게 율격까지 느끼게 하는 것이다.

대구법의 이해와 활용을 위해 우선 몇 개의 표어들을 만들어 보자. 앞뒤 각각 7, 8자 정도로 글자 수를 한정하자.

① _____

② _____

③ _____

5) 치켜세우기와 깎아내리기: 억양법

다음 수필을 읽어 보자.

구한말 말엽에 단발령이 내렸을 적에 유림들이 맹렬하게 반대 상소를 올리면서 "이 목은 잘릴지언정 이 머리는 깎을 수 없다(此頭可斷 此髮不可斷)"고 부르짖고 일어선 일이 있으니, 그 일 자체는 미혹(迷惑)*하기 짝이 없었지만, 죽음도 개의(介意)하지 않고 덤벼든 그 용기 야말로 본받음 직하지 않을 바도 아니다.

이와 같이, '딸깍발이'는 온통 못생긴 짓만 있었던 것이 아니다. 훌륭한 점도 적잖이 가지고 있었던 것이다. 쾨쾨한 샌님이라고 넘보고 깔보고 하기에는 너무도 좋은 일면을 지니고 있었던 것이다.

— 이희승, 「딸깍발이」

* 미혹(迷惑): 무엇에 홀려서 정신을 차리지 못함. 정신이 헷갈려서 갈팡질팡함.

여기서 '딸깍발이'란 경제적으로 무능한 남산골 샌님을 이르는 말이다. 그들은 단발령 때에도 반대 상소를 올릴 정도로 시대 흐름에 뒤처지는 인물들이었음을 먼저 지적하고 있다. 그런 다음 옳다고 여기는 것을 위해 죽음도 두려워하지 않는 '딸깍발이'들의 기개를 높이 평가하고 있다.

이와 같이 억양법이란 칭찬(+)하기에 앞서 결함(−)을 지적하거나 혹은 그 반대의 순서를 택하는 표현 기법이다. 즉 높이는 어조와 낮추는 어조가 차례로 또는 역순으로 나오는 수사법이다. 어느 경우든지 뒷쪽에 의미의 중심이 실리며 앞쪽에는 빠뜨릴 수 없는 문제점이나 격려 등을 담게 된다. 몇 가지 연습을 해 보자.

① 넌 인간성은 참 좋은데, _____ .

② 넌 문제아지만, _____ .

③ 약속을 어긴 건 잘못이다. 그러나 _____ .

6) 강조와 운율: 반복법

"골라! 골라! 골라! 골라!……"

남대문시장에 가면 거리 한복판에 옷을 산더미같이 쌓아 놓고 사 가라고 외치는 옷장수들을 만나게 된다. 그들은 가끔 양념처럼 다른 말도 끼워 넣지만 오로지 "골라!"만 계속 반복하는데 가만히 들어 보면 거기에는 나름대로의 운율까지 있다.

일상적인 말 뿐만 아니라 시에서도 반복은 의미를 강조하고 운율을 도드라지게 할 때 쓰인다. 반복법은 같은 단어나 어구, 또는 문장을 반복하는 수사법으로 자기 주장을 강조할 때나 감정에 호소할 때 많이 쓰인다.

껍데기는 가라.

사월도 알맹이만 남고

껍데기는 가라.

껍데기는 가라.

동학년(東學年) 곰나루의, 그 아우성만 살고

껍데기는 가라.

그리하여, 다시

껍데기는 가라.

이곳에선, 두 가슴과 그곳까지 내논

아사달과 아사녀가

중립(中立)의 초례청 앞에 서서

부끄럼 빛내며

맞절할지니

껍데기는 가라.

한라(漢拏)에서 백두(白頭)까지

향그러운 흙가슴만 남고

그, 모오든 쇠붙이는 가라.

_신동엽, 「껍데기는 가라」 전문

  4·19 혁명과 동학 농민 운동 등에서 분출된 순수한 열정으로 민족 화합과 평화 공존을 이루어야 한다고 믿는 시인. 그에게 현실의 방해 요소들은 한낱 '껍데기'이다. 통일을 말하면서 통일할 생각을 갖지 않고 민족을 말하면서 민족을 외면한다면 모두 '껍데기'들이다.

  반복이 강조된 일상적인 표현을 쓰거나 시를 한 편 옮겨 써 보자.

7) 순서 바꾸기

다음 각각의 문장들을 읽어 보자.

① 그대는 아는가, 봄이 오고 있다는 사실을.

(→ 그대는 봄이 오고 있다는 사실을 아는가.)

② 정말 꿈만 같다, 내가 이렇게 글을 잘 쓰다니.

(→ 내가 이렇게 글을 잘 쓰다니 정말 꿈만 같다.)

③ 아아 잊으랴, 어찌 우리 그날을.

(→ 아아 어찌 우리 그날을 잊으랴.)

앞 문장과 뒤 문장은 어떤 차이가 있을까? 단순히 순서만 바꾼 것 같은데 읽을 때의 느낌은 확실히 다르지 않은가. 특히 세 번째 예에서 볼 수 있는 도치문은 결코 그날(6·25)을 잊을 수 없다는 마음을 강조하고 있다.

이렇듯 도치법은 정상적인 말의 순서를 바꿈으로써 특정 부분의 의미를 강조하려는 수사법이다. 도치법을 사용한 문장은 단조로울 수 있는 글 전체의 흐름에 변화감을 주기도 한다. 도치법을 제대로 활용하려면 하루 종일 도치문 형태로 말하고 글을 써 보는 것도 한 방법이다.

다음 각 문장에 이어서 자유롭게 도치문을 만들자.

① 사랑하라. _____ .

② 맹구는 좋겠다. _____ .

③ 잊지 않으리라. _____ .

8) 아는데도 일부러 묻는다!

설의법은 글의 전개상 누구나 짐작할 수 있는 내용을 일부로 의문문의 형식으로 표현하여 효과를 높이는 수사법이다. 이를테면 '누가 글쓰기를 두려워하랴?'(결코 두려워할 이유가 없다), '어렸을 적 어머니께서 해 주신 음식 맛을 잊을 수 있나요?'(결코 잊을 수 없다)와 같은 표현들이 바로 설의법이다.

설의법을 사용한 문장을 3개만 적어 보자.

① _____

② _____

③ _____

9) 감추어진 속뜻 알기

다음 글을 잘 읽고 혹시 자신도 경험한 상황이 아닌가 점검하자.

성적표를 받았다. 수는 하나도 없고 모조리 우, 미, 양, 가뿐이다. 어떻게 한다. 성적을 올리겠다고 그랬는데. 꾸중 받을 생각을 하면 가출이라도 하고 싶지만 그건 더 어리석은 일이다. 에라 모르겠다. 매도 먼저 맞으랬다고 했지. 집에 돌아가자마자 성적표를 부모님께 보여 드렸다.

"참 잘 했다, 잘 했어!"

"네?"

나는 놀라서 부모님을 쳐다보았다. 깜짝 너무 놀라 쳐다본 부모님 얼굴은 일그러져 있었다. 그러면 그렇지. 잠시 후 나는 아빠께 종아리를 얻어맞았다.

_고 1의 글, 고치지 않음

여기서 부모님의 말씀, "참 잘 했다, 잘 했어!"는 명백한 반어법이다. 왜냐하면 잘 했다는 뜻이 아니라 '너무도 못 했다'는 뜻을 속에 감추고 있기 때문이다.

반어법은 겉으로 드러나는 말뜻과 속으로 감춰진 말뜻이 서로 정반대를 이루게 함으로써 효과를 거두는 수사법이다. 그러나 반어법은 상대가 겉과 속의 뜻 차이를 모르는 수준이라면 전혀 통하지 않는다. 즉, 앞서의 보기 글에서 "네?"라는 반문 대신에 "정말 잘 했죠."라든가 "감사합니다.", "보통이죠 뭐." 라고 대답했다면 그것으로는 전혀 언어 소통이 된다고 할 수 없다.

반어법이 되려면 어떤 상황이어야 할지 각각 설명하는 글을 써 보자.

① 지나가는 여학생에게 "참 예쁜데" 하고 말할 경우

$\rightarrow$ _____

②지나가는 남학생에게 "참 잘생겼네" 하고 말할 경우

$\rightarrow$ _____

　반어적인 상황을 찾아 쓰자. 이를테면 방범대원이 도둑질을 했다거나 한글날 기념식을 한다고 한문으로 쓰는 식이 모두 반어적인 상황에 해당한다.

① _____

② _____

③ _____

10) 모순과 진리

　역설법은 종종 반어법과 헷갈리는 경우가 많다. 그러나 역설법은 언뜻 모순인 듯 보이나 그 안에 무엇인가 참된 진술을 갖고 있는 경우를 뜻한다. 즉, '아름다운 추녀(醜女)'라면 언뜻 모순인 듯 보이나 '아름다운'의 주체가 마음이라고 한다면 금방 이해가 되는 표현이므로 역설적 표현이다. 따라서 역설법은 삶의 양면성을 말할 때나 평범한 언어로 이해할 수 없는 진리를 표현하는 데 주로 쓰인다.

　그럼 역설법을 사용한 문장을 써 보자.

① _____

② _____

3_표현과 전달의 실제

수사법 지식이 글이나 말보다 선행하는 것은 결코 아니다. 수사법 이론을 전혀 모르는 할아버지 할머니들이 수사법을 자유롭게 구사하는 것만 보아도 분명한 사실이다. 오히려 그런 글들은 얼치기로 수사법에 꿰어 맞춰 쓴 글보다 더욱 생생하고 힘차다!

따라서 우리가 수사법을 공부하는 목표는 단순히 수사법 자체를 익히는 것이 아니다. 글쓰기를 좀더 효율적으로 배우고, 나아가 자기의 가치관과 세계관, 인생관을 온전히 드러내 줄 수 있는 가장 적절한 방법을 고민하기 위함이다.

덧붙여 글을 쓸 때는 무엇보다도 누구에게(독자) 무엇을(메시지, 전달 내용) 어떻게 전달할 것인가 하는 문제가 항상 중요하다. 즉, '글을 쓰는 필자—전달하는 메시지—읽는 독자'라는 의사 소통의 세 가지 측면에서 철저히 분석하는 것이 좋은 글을 쓰기 위한 필수적인 전제 작업이다. 결국 '논리적'이고도 '정서적'으로, 그리고 '인격적으로' 적절하게 내용과 형식을 선택하며 글을 쓰는 자세가 필요하다. 이는 수사법의 기본 의의와 직결된다.

제 15 마당
표현의 여러 측면 2
─문체

보라. 서로 다르지 않은가. 똑같이 심었던 씨앗들도, 한 나무에서 푸름을 함께 뽐내던 나뭇잎들도, 심지어 같이 태어난 일란성 쌍둥이들도 자세히 들여다보면 분명히 서로 다르지 않은가. 인간이든 자연이든 매우 비슷할 뿐이지 완전히 같은 것은 없다. 하여, 인간과 자연은 아름답고, 소중하다!

지난 여름의 폭염 때문인지 가을 오후의 햇살이 아직도 따갑다. 하지만 서늘한 바람은 잎사귀들을 대지 위에 눕히고, 교정은 점점 낙엽 깊숙이 가라앉는다. 머릿속에서 꽃 피듯 떠오르는 생각들. 삶의 불꽃, 아름다운 영혼의 싹들. 그 싹들은 여러분들의 글쓰기로 모두 꽃이 되기를 원한다.

이제 다음 글을 읽으며 글쓰기 여행을 시작하자.

영자 어머니는 요즘 고민이 태산 같다. 나이가 서른이 넘은 영자가 노처녀로 있는 것은 순전히 당신의 무성의 때문이라고 툭하면 남편이 면박을 주기 때문이다. 참다 못해 영자에게 왜 결혼을 안 하냐고 다그치지만, 정작 당사자는 그때마다 태연하게 대꾸하니 답답해서 미칠 지경이다. "엄마! 좋은 사람 있으면 언제든 소개해 주세요!"

그러던 어느 날 옆집 아줌마의 소개로 영자가 선을 보게 되었다. 영자 어머니는 영자 앞에 앉아 이런저런 이야기를 나누는 맞선 상대를 물끄러미 한참 보다가 집에 돌아와 남편에게 말했다.

　① "그 남자 키도 참 크데요."

　② "그 남자 키는 참 크데요."

　③ "그 남자 키만 참 크데요."

자, 앞에서 제시된 세 가지 경우는 모두 충분히 있을 수 있는 상황들이라 할 수 있다. 각각의 대화가 어떤 뜻인지 간단히 쓰자.

　① 그 남자 키도 참 크데요. → (　　　　　　　　　　)

　② 그 남자 키는 참 크데요. → (　　　　　　　　　　)

　③ 그 남자 키만 참 크데요. → (　　　　　　　　　　)

　①의 경우는 다른 모든 요소들뿐만 아니라 키까지도 마음에 든다는 말이다. 금상첨화 격이니 맞선 상대는 당장이라도 결혼을 시키고 싶은 1등 사윗감이다. ②의 경우는 다른 것은 몰라도 키만큼은 크다든지, 어찌 되었든 최악은 아니라는 위안이 담겨 있다. 자꾸 좋은 쪽을 보려는 심리도 포함되어 있다. 사윗감으로 약간의 가능성은 있는 셈이다. ③의 경우는 다른 능력이나 조건은 별로인데 오로지 키만 크다는 뜻이다. 오로지 훤칠한 키만 마음에 든 남자, 결혼 상대로 마음이 내킬 리는 없다.

　물론 이때 "그 남자 키도 참 작데요"와 같은 대답이 나오는 남자라면 다른 능력도 없는데 키마저 작다는 뜻이니 최악의 상대다. 엎친 데

덮친 격, 설상가상인 경우라고나 할까. 영자 부모님은 영자가 빨리 집으로 돌아오기만 바랄 것이다.

이처럼 우리말은 조사 하나만으로도 상대를 최상의 사윗감에서 정말로 보잘것없는 인간으로 전락시킬 수 있다. 우리말을 정확히 활용해야만 하는 이유도 여기에 있다. 어감이나 의미를 정확히 파악할 수 있는 언어 감각은 글을 쓸 때 더욱 필요하다.

1_뭔가 다르긴 다르다!

자, 다음 보기 글들을 읽자. 두 글 모두 소설에서 따왔다.

① '흥부전'이 생긴 이래 아직껏 제비를 건드렸다는 사람은 보지 못했으나, 한국으로 취업 이민을 가면 목구멍에 풀칠을 하기도 수월치 않다는 소문이 강남 땅까지 퍼졌는지, 시골은 이제 제비마저도 드물어졌다. 논두렁에서 해를 저물려도 송사리, 피라미, 미꾸라지, 우렁, 게, 방게, 소금쟁이, 물땡이는 물론 올챙이, 지렁이까지 찾아보기 힘들고, 있느니 거머리와 모기 뿐이요, 여름내 날개가 떨어지게 풀밭을 쏘다녀도 메뚜기, 방아깨비, 사마귀, 여치, 베짱이, 잠자리 따위 별것 아니던 것까지 얼굴을 잊은 지 여러 해 되었으니, 무슨 고생을 사서 하려고 여기까지 올 터인가!

_이문구, 「약은 약을 부른다」

② 사람들은 아버지를 난쟁이라고 불렀다. 사람들은 옳게 보았다. 아버지는 난쟁이였다. 불행하게도 사람들은 아버지를 보는 것 하나만 옳았다. 그 밖의 것들은 하나도 옳지 않았다. 나는 아버지, 어머니, 영호, 영희, 그리고 나를 포함한 다섯 식구의 모든 것을 걸고 그들이 옳지 않다는 것을 언제나 말할 수 있다. 나의 '모든 것'이라는 표현에는 '다섯 식구의 목숨'이 포함되어 있다. 천국에 사는 사람들은 지옥을 생각할 필요가 없다. 그러나 우리 다섯 식구는 지옥에 살면서 천국을 생각했다. 단 하루라도 천국을 생각해 보지 않은 날이 없다. 하루하루의 생활이 지겨웠기 때문이다. 우리의 생활은 전쟁과 같았다. 우리는 그 전쟁에서 날마다 지기만 했다. 그런데도 어머니는 모든 것을 잘 참았다. 그러나 그날 아침 일만은 참기 어려웠던 것 같다.

_조세희, 『난쟁이가 쏘아올린 작은 공』

여러 가지 면에서 두 글은 서로 분명한 차이를 갖고 있다. 그러나 일단 의미나 내용의 차이는 접어 두고, 오히려 그러한 것들을 어떻게 드러내려 하는가를 생각해 보자. 이제 위의 두 글을 읽은 느낌에 대해 직접 간단히 써 보자. 자신의 생각을 쓰는 것이니 망설이지 말고 쓰자.

①의 글은 소설가 이문구님의 문장 특징을 잘 보여 주고 있다. 첫 문장의 길이에서도 이미 암시되듯, 그는 문장을 느릿느릿 써 나가면서 실생활에서 우러나온 입장에서 우리의 고유한 표현들을 잘 부려 농촌의 특정한 상태를 드러내고 있다.

반면에 ②의 글은 1970년대 중반 「칼날」 「뫼비우스의 띠」 「난쟁이가 쏘아올린 작은 공」과 같은 난쟁이 연작을 발표한 소설가 조세희님의 글이다. 난쟁이란 '정상인과 화해할 수 없는 대립적 존재'를 뜻하는데, 여기서 작가는 접속어를 자주 사용하면서 홑문장을 기본 문형으로 즐겨 사용하고 있다. 이러한 태도는 있는 그대로 사건을 보여 주되 전체 진행의 전개를 빨리 하여 사실감과 긴박감을 느끼게 만든다.

다음은 고 1 학생이 쓴 글이니 참고하라. 아직 미숙하지만 글을 이루는 문장들의 특성에 대해 날카로운 문제의식과 감수성을 보여 주고 있다.

> '요즘 시골은 제비마저 안 온다'는 말로 간단히 끝내도 되는 문장을 굳이 이런저런 표현들을 쓰며 늘리고 있다. 답답하다. 그러면서도 뭔가 우습다. 왜 우스울까. 여기에 포인트가 있는 거 같다. 그러나, 뒤엣글은 처음에는 잘 읽혀지는데 그러면서도 뭔가 큰 사건이 터질 것 같은 불안감이 든다. 문장이 짧고 간단하게 마구 나열되는 식이라 불안감이 생기나. 잘 모르겠다⋯⋯.　　　　　_고 1의 글, 고치지 않음

2_문체란 무엇인가

글쓰기는 한 인간의 사고와 정서, 주장 등을 온전하게 표현하고 전달하는 행위이다. 이때 주체인 인간 자신의 숨결이 자연스럽게 글쓰기에 개입하며 그 결과 모든 글은 나름대로의 '글투' 즉 문체를 갖는다.

문체란 이를테면 운율, 문장 구조, 특정 어휘, 수사학 등에 걸쳐 폭넓게 드러나는 글의 여러 가지 특성들을 뜻한다. 문체란 글쓴이의 정신적 특성, 세계를 인식하고 경험을 조직하는 특별한 방법(Leo Spitzer), 한 시대의 현실에 대한 가치관이나 인생관, 세계관(Erich Auerbach), 특별한 미적 정서적 기능(Michael Riffaterre) 등으로 정의된다. 조금 복잡해졌으니 다시 쉽게 말해 보자.

흔히 문체라 하면 만연체와 간결체, 화려체와 건조체, 우유체와 강건체 등의 6가지 범주로 나눈다. 그러나 과연 그러한 작업(?)이 무슨 소용이 있을까. "도대체 그래서 어쨌다는 거냐?" 그저 단순하게 '어떤 글은 ~체다' 라고 평가하는 것이 과연 무슨 의미가 있을까. 따라서 문체를 살펴보는 일을 무슨 지문 분석하는 것처럼 생각해서는 안 된다.

이는 바꾸어 말하면 문체를 통해서 글을 쓴 사람의 개성과 의도, 표현 기법 등을 찾아 쓰거나 읽을 수 있다는 것을 뜻한다. 즉, 문체란 글쓴이가 읽는 이에게 무엇인가 표현/전달하려고 하는 일체의 표현 기술은 물론 그 밑바탕을 이루는 의식(가치관, 인생관, 세계관 등)을 잘 보여 준다.

문체의 요소를 살펴보기에 앞서 몇 가지 연습을 해 보자.

1) 다음 보기 글들을 지시대로 고쳐 보자.

아, 그때…… 하고 가볍게 일축해 버릴 수 없는 과거의 시기가 있다. 짧은 시기지만 일생을 두고 영향을 미치는 그러한 시기. <u>그래도 일상의 반복의 힘은 강한 것이어서 많은 시간 그 청록색의 구도 위에도 눈비가 내리고 꽃이 지고 피면서 서서히 둔감한 상처처럼 더께가 내려앉아 있었던 모양이다.</u>

__최윤,「회색 눈사람」

다음은 고 1 학생의 글이니 참고로 읽어 보자.

그래도 일상의 힘은 강한 것이었다. 많은 시간 그 청록색의 구도 위에도 눈비가 내렸다. 꽃이 지고 피었다. 서서히 둔감한 상처처럼 더께가 내려앉아 있었던 모양이다.

__고 1의 글

자, 여기서 잠깐 생각해 보자. 고 1 학생의 글처럼 짧은 문장으로 고치기는 별로 어렵지 않다. 그러나 이 부분이 짧은 문장으로 쓰여야 할지 원래의 소설처럼 쓰여야 할지 생각해 볼 문제다.

이 작품에서 화자는 거의 이십여 년 전의 일을 불현듯 기억해 내고 그 과정을 긴 문장으로 서술하고 있다. 특히 앞부분의 짧은 문장들이 있었기에 마치 서서히 풀리는 알약처럼 오랜 옛날의 일을 서술해 주는 과정을 잘 보여 주고 있다.

2) 다음 밑줄 친 글의 어조(語調: 말투)를 부드럽게 고쳐 써 보자.

오늘도 우편물을 기다리다 하루가 갔다. 정기적으로 배달되는 '평화신문'이 2주가 훨씬 지난 오늘도 배달되지 않을 모양이다. 또 행사 초대장이며 각종 고지서를 내야 할 날이 촉박한데도 배달되지 않아 우체국에 전화를 했더니 우리 구역을 담당하는 배달원이 병원에 입원하여 배달이 연기되어 있는 상태라 어쩔 수 없다는 것이다. (중략)

<u>사람이라면 예고 없이 아플 수도 있고 사정이 생겨서 자리를 며칠 동안 비울 수도 있는데 그렇게 흔히 있을 수 있는 사고에 대해 아무런 대책 없이 보름이 넘도록 우편물 배달이 안 된다면 참석 못하게 된 결혼식과 각종 공과금 연체료는 누가 책임을 져야 하는가!</u>

우리가 낸 세금으로 일을 하는 공무원이라면 자신의 편의와 안일보다 주민을 먼저 생각하는 마음이 앞서야 할 것이다.

_한겨레신문, 여론광장

다음 역시 고 1 학생의 글이다. 여기에서 우리는 상대의 입장을 충분히 이해하면서 자신의 뜻을 밝히는 방법을 볼 수 있다. 외교적인 문체는 이렇게 부드러우면서도 할 말을 다 하는 데서 그 특징이 잘 드러난다. 그러나 물론 모든 글이 다 이렇게 부드러운 어조로만 되어야 한다는 뜻은 아니다.

사실 우편 배달을 하시는 분들의 노고를 평소에도 깊이 감사했습니다. 궂은 날씨나 변덕스러운 기온 등을 가리지 않고 꼬박꼬박 우편물을 집에서 받을 수 있다는 것은 얼마나 행복입니까. 더욱이 이번에는 직접 배달을 하시던 분께서 아프시다니 걱정이 앞섭니다. 빨리 나으시기를 빌며 밝은 얼굴로 우편물을 빨리 가져다 주시기를 소망합니다.

__고 1의 글

3_문체를 이루는 요소

문체에는 개인적 차원의 글에서 발견할 수 있는 개성적 문체와 그 시대나 사회의 문체로 거의 공통적이라 공인받을 수 있는 유형적 문체가 있다.

여기서 특히 개성적 문체를 이루는 요소로는 여러 가지가 있다. 앞서 간단히 언급했듯이 대체로 ① 문장 내의 특정 부분 강조와 성분의 배열, 문장 자체의 길이 등과 같은 문장 짜임새〔統辭構造, 構文〕 차원 ② 문장에 쓰는 어휘나 품사 같은 조사(措辭)의 선택 차원 ③ 필자와 표현 대상, 독자와의 관계에서 발생하는 어조(語調)의 차원 ④ 운율과 같은 기타 차원 등을 들 수 있다. (여기에 대해서는 나중에 별도로 다루겠다.)

한편 유형적 문체일 경우에는 시대나 지역, 사회 계층이나 구조 등이 공통의 문체를 형성해 내는 요소가 된다. 하나의 예로 공간적 특징이라 할 수 있는 사투리의 효용성과 실제 소설에서 활용된 경우를 읽어 보자.

한 사내가 맞은편에서 용이를 보고 실쭉 웃는다.

'……?'

"행색을 봉께로 나그넨디, 어디까지 가시는 게라우?"

용이는 마음으로 놀란다. 전라도 사투리는 뜻밖이었다. 강을 하나

끼고 이쪽은 경상도요 저쪽은 전라도인 고향 땅에서는 귀에 익었던 말씨, 용이는 저도 모르게 반가운 표정이 되어서

"야, 용정까지 가요."

"으응?"

상대편도 놀란다.

"아아니 경상도 아니랑가?"

"그렇소."

"허허허, 이거 반갑소."

하더니 사내는 머슴아이처럼 코를 한 번 들이마시고 겨드랑에 낀 때 묻은 괴나리봇짐을 추스르며 나무 그늘 안으로 들어선다.

＿박경리, 『토지』 4권, 솔출판사

문체는 글을 쓰는 목적과 쓰는 사람의 개성에 맞추어 써야 한다. 어디까지나 그 글의 본질과 의미를 가장 효율적으로 드러낼 수 있는 문체를 선택하여야 하며, 문체의 선택이야말로 글을 생성하는 기본이다. 따라서 자신의 개성을 중시하되 글의 효과를 잘 살릴 수 있는 문체를 선택하는 것이 매우 중요하다. 이를 위해 훌륭한 책들을 많이 읽어야 한다.

부록

애매성과 모호성

'애매모호'란 잘못 사용되는 말이다(더구나 일본식 한자어라고 한다). 실제로 논리학에서는 애매성과 모호성을 언제나 분명히 구별한다. 그럼 애매성ambiguity부터 먼저 살펴보자. 다음 문장을 읽고 가능한 한 여러 가지로 해석해 보자.

나는 배를 좋아한다.

이제 가능한 상황을 가능한 한 많이 떠올려 보자. 그리고 각각의 글을 1매 정도로 부풀려 써 보자. '나는 배를 좋아한다'는 문장을 앞에 놓고 서로 다른 내용의 글을 쓰면 될 것이다.

① _____

_____

② _____

③

다음은 고 1 학생들이 쓴 글들 가운데서 몇 개 뽑은 것이다.

> ① 나는 배를 좋아한다. 이때 배는 물론 먹는 배다. 사과도 좋고 포도도
> 좋지만 배가 난 좋기 때문이다. 배를 먹는 순간 달콤하게 느껴지는 배
> 는 내가 제일 좋아하는 과일이다.
> ② 나는 배를 좋아한다. 나는 바다를 보면 마음이 편안해지는데 그 바다
> 를 항해하는 배를 좋아하지 않을 수 없는 것이다. 비행기로 외국에 갈
> 래 배로 갈래 하고 누가 묻는다면 나는 단연 배로 가겠다고 대답할 거
> 다.
> ③ 나는 배를 좋아한다. 비록 풍선처럼 부풀려져 내 발가락을 가리는 배
> 지만 그래도 어쩌랴. 배가 인격의 표현이라는데……. 나는 내 인격을
> 잘 나타내 주는 뚱뚱한 내 배를 좋아한다.

이와 같이 앞의 문장은 최소한 세 가지 이상의 경우로 해석할 수 있다.
그럼에도 어떤 해석이 옳은지는 해당 문장 하나만 갖고는 도저히 알 수
없다. 이렇게 동시에 여러 가지로 해석되는 표현상의 특징을 애매성이라
한다.

이는 지금 살펴본 것처럼 낱말 차원에서만 일어나지는 않는다. 통사
차원에서, 즉 문장의 짜임새가 불분명해서 일어나는 애매성도 있다. 다음
문장을 읽어 보자.

나는 철수와 영희를 때렸다.

자, 앞의 문장은 두 가지로 해석할 수 있다. 앞에서 공부한 글쓰기의 여러 방식 가운데 서사의 형식으로 써 보자. 즉, 두 가지로 해석되는 상황을 상상하여 쓰면 된다.

① _____

_____

② _____

_____

다음 글을 읽어 보자. 역시 고1 학생들의 글 가운데서 뽑아 보았다.

> ① 나는 철수와 영희를 노려보며 외쳤다. "나쁜 녀석들……. 자기들만 먹다니……." 철수의 배를 주먹으로 때렸다. "아이구 아파……." 철수가 아이스크림을 들고 도망가며 외쳤다. 철수가 도망가는 것을 본 영희도 슬금슬금 뒷걸음치기 시작했다. "아냐, 너도 주려고 했어……." 아이스크림이 녹는지도 모르고 영희가 변명하느라 쩔쩔맸다. 나는 그런 영희의 머리도 공평하게 쥐어박았다.
>
> ② 나는 철수와 함께 오랫동안 작전을 짰다. 영희를 혼내 주자는 작전이었다. 영희는 어제와 오늘만 해도 우리가 책을 보는데 와서 책을 던지며 심술을 부렸다. 거의 매일 영희가 우리를 괴롭히는 바람에 제대로 공부할 수도 없었다. 별명이 원더우먼인 영희에게 쉽사리 보복할 수도 없었다.

위의 예문들처럼 상황 ①과 ②는 비교적 쉽게 예상할 수 있다. 즉, 내가 철수와 영희 두 사람을 함께 때린 경우와 '원더우먼'이라는 별명까지 가진 강적 영희를 철수와 공동으로 때려 주었을 수도 있다는 것이다.

다음 예문을 읽고 왜 애매한가 두 가지 이상으로 풀이해 보자.

① 예수는 누구나 다 좋아할 수 있는 사람이다.
② 책은 저자들이 많건 적건 자기의 체험을 형상화한 것이다.

①은 예수가 누구든 다 좋아할 수 있는 사람인지, 누구든지 다 예수를 좋아할 수 있는 것인지 분명하지 않다. 그리고 ②는 저자들의 숫자가 많건 적건인지, 자기의 체험이 많건 적건인지 분명하지 않다.

▨▨▨ 알아 두면 좋지요!

애매성은 다른 말로 중의성(重意性), 다의성(多義性)이라고도 한다. 애매성은 적절히 활용했을 경우 함축적 표현에 도움이 되므로 시와 같은 문학 작품에서 상당히 중요하다.

그럼 이번에는 모호성에 대해 알아보자. 모호성vagueness이란 기준이 불분명한 나머지 빚어지는 특징적 성격을 뜻한다. 객관적으로 분명하지 않은 기준을 갖고 있는 낱말이나 용어를 말할 때 모호성이 발생한다. 다음 문장을 읽어 보자.

당신은 대머리다.

이제 위의 문장을 어떤 사람에게 말했을 때 그 사람의 반응을 상상하여 가능한 한 여러 경우를 글로 써 보자.

① _____

_____

_____

② _____

_____

_____

③ _____

_____

_____

다음 글 역시 고 1 학생들이 쓴 글 가운데 몇 가지를 뽑아 본 것이다. 자기가 쓴 글과 비교해 보자.

①왜 그런 말을 하는지 잘 모르겠다. 내가 대머리인 게 당신하고 무슨 상관이 있길래 나한테 대머리라고 말하는 건가. 기분 나쁘다. 내가 대머리라는 사실을 누가 모르나. 새삼스럽게 대머리라고 말하는 걸 들으니 너무 기분 나쁘다.

②사실 좀 놀랐다. 요즘 머리가 막 빠져서 걱정인데 내가 대머리라고 말하니 인생 다 산 것 같다. 머리가 하얗게라도 되지 대머리가 뭐냐 대머리가. 한숨만 나온다. 내가 대머리가 되다니……

③무슨 소리냐. 내가 대머리라니 말도 안 된다. 머리카락이 양쪽에 이

렇게 많이 있는데 무슨 소리냐. 대머리는 나 같은 사람한테 말하는 것이 아니다. 대머리는 눈이 부실 정도로 머리카락이 없는 사람이다. 내가 대머리라니 내 원 참 머리숱이 좀 없는 걸 가지고.

이러한 예들에서 볼 수 있듯이 어떤 단어나 문장들은 도대체 무엇을 가리키는지 기준이 불분명하여 혼동을 주는 경우가 있다. 사실 '대머리'라는 말은 명확하게 기준이 설정된 객관적인 의미를 가진 말은 아니다. 그러다 보니 누가 보아도 대머리라고 부를 사람에게서도 "내가 왜 대머리냐"라는 반응까지 나올 수 있다. 이렇게 모호성 역시 우리가 흔히 사용하는 말과 글 속에 수없이 많이 숨어 있다.

그는 중년의 신사다.

여기서 중년이란 정확히 몇 살에서 몇 살까지일까? 마흔에서 쉰? 마흔다섯에서 예순? 사람마다 다 다르게 볼 것이다. 따라서 모호성이란 우리가 흔히 쓰는 말 가운데 어렵지 않게 찾아볼 수 있는 특성이다. 다만 우리는 주변 상황이나 문맥에 의해 그러한 불분명함을 나름대로 이해하며 듣고 읽어 가는 것이다.

다음 문장들을 읽고 왜 모호한가 생각해 보자.

① 그는 건장한 체격을 갖고 있었다.
② 미남인 홍길동은 학교에서 두 번째로 키가 컸다.

①은 건장하다는 말이 과연 객관적으로 기준을 잡을 수 있는 표현인지 의심스럽다. ②는 미남이라는 말 역시 객관적인 기준이 정해져 누구나

인정하는 개념은 아니다.

자, 지금쯤 여기서 의문이 생길 '똑순이' 들도 있을 법하다. "아니 그렇다면 주관적인 말들은 몽땅 모호한 말들인가? 이를테면 '나는 배를 좋아한다' 에서도 역시 '좋아한다' 는 말은 명확한 객관적 기준이 없으니까 모호한 표현이라고 지적할 수 있지 않은가?"

대답은 물론 '그렇지 않다' 이다. 좋아한다느니 싫어한다느니 하는 감정의 상태는 기본적으로 판단과 경험의 주체인 자신의 문제에 속하기 때문에 객관적인 기준과는 상관없다. 만일 그렇지 않다면 다음과 같은 문장들이 흔히 쓰이게 될 것이다.

· 나는 맹장염 수술을 받았는데 매우 아픈 것 같았어요.
· 나는 글쓰기를 좋아하는 것 같아요.
· 나는 우리 부모님께 감사하는 것 같아요.

지금까지 애매성과 모호성에 대해 살펴보았다. 자신의 글에서 오류를 피하고 남이 쓴 글에서는 오류를 찾아낼 수 있도록 좀더 열심히 공부하여 논리적이고 건전한 사고를 키워 나가야 할 것이다.

여기서 한 가지 충고할 것은 글쓰기에 논리적 사고가 중요하다고 해서 처음부터 너무 지나치게 논리학적 지식에 의존하려는 태도는 별로 좋지 않다는 점이다. 논리적 사고를 키울 수 있는 가장 좋은 방법은 우선 자기 스스로 모든 가능성들에 대해서 비판적으로 검토해 보는 자세를 갖는 것이기 때문이다. 따라서 논리학적인 지식은 어디까지나 논리적인 사고를 보완해 주는 정도라 생각하는 것이 현명하다. 논리적 사고를 키울 수 있는 가장 좋은 선생님은 '현실' 이라는 말도 이와 관련된다고 하겠다.

부록 2

365일 글쓰기 ― 내가 쓰고 싶은 글감들

다음 365가지 다양한 글감들로 하루에 한 편씩 글을 써 보자. 어떤 것을 먼저 쓰든 그것은 여러분의 자유이며, 글감을 변형시키거나 덧붙여도 좋다. 한 번 쓴 글감은 표시를 해 두자.

일상생활 들여다보기―집 그리고 학교

- 내가 좋아하는 반찬
- 내가 사귀고 싶은 친구
- 우리 집 풍경
- 나의 하루
- 내가 자주 가는 곳
- 만화
- 내가 좋아하는 옷차림
- 생일
- 몸
- 교복
- 시험
- 술과 담배
- 착각
- 채팅
- 대화
- 눈동자
- 성적표
- 독서실
- 자전거
- 데이트할 때 할 수 있는 일들

- 전자 오락
- 드라마
- 돈
- 용기
- 키
- 이성 친구
- 컴퓨터
- 별명
- 학교 급식
- 야한 비디오
- 토요일 오후
- 미팅
- 선생님
- 교과서
- 참고서
- 말
- 노래
- 코미디
- 우리 반 아이들
- 나만의 시간
- 우리는 무엇을 위해 공부할까
- 머리카락
- 휴대 전화 소음 공해
- 라면을 맛있게 끓이는 법
- 선생님들의 성격
- 괴기 소설

- 어머니
- 아버지
- 가장 좋아하는 것들
- 안내서
- 연예인 지망생
- 유럽 축구
- 프로 야구
- 우정에서 사랑까지
- 농구의 기본
- 내 가장 소중한 사람에게
- 내가 가장 좋아하는 노래
- 내가 가장 좋아하는 시
- 내가 가고 싶은 대학과 그 이유
- 우리 학교의 풍경
- 작문 시간의 수업 방식
- 내가 잘 하는 운동
- 스트레스를 해소하는 방법
- 책상에 앉으면 왜 졸릴까?
- 멋있게 생긴 남자(여자)
- 친한 친구의 기준은?
- 남녀간의 사랑에 대하여
- 아름다운 옷차림
- 남을 흉보는 사람
- 내가 좋아하는 코미디언(개그맨)
- 내가 갖고 싶은 것
- 두발 검사

- 미성년자 관람 불가 영화
- 내 이름
- 번화가의 풍경
- 나의 노래 실력
- 남녀 공학
- 도둑질을 잘 하는 친구
- 교복 자율화
- 미니 스커트
- 패스트푸드(fast food)
- 우리 학교의 장단점
- 만화책의 문제점들
- 우리 학교 도서관의 분위기
- 대머리
- 고정 관념을 깨는 방법
- 스포츠를 재미있게 보는 방법
- 우리 집 모습
- 우리 동네의 문제점들
- 컨닝
- 내가 좋아하는 과목
- 노점상 먹거리
- 오락 잘 하는 법
- 전학
- 샤프와 연필의 차이점
- 여학생(남학생)들의 하루 일과와 대화 내용
- 내가 좋아하는 만화
- 노래방에서 잘 놀려면?
- 학급 회의 시간
- 화장실 풍경
- 컴퓨터 게임
- 나의 자살 기도
- 내 짝
- 교복과 사복의 장단점
- 시험의 필요성
- 내가 좋아하는 먹거리
- 점심 시간
- 신호등
- 개인 홈페이지
- ○○ 선생님에 대하여
- 나의 신상명세서
- 컴퓨터 통신
- 클래식 음악
- 청소년 심리
- 자전거 잘 타는 방법
- 스케이트 보드 타는 방법
- 시장의 모습
- 공부의 재미와 어려움
- 가전제품
- 좋아하는 인간형
- 부모님과 자식의 의견 대립 조절
- 최소한의 잠으로 자신이 원하는 수면을 취하려면?

- 내가 아는 사람의 전기
- '날 제발 내버려 둬!' 라고 소리치고 싶을 때
- 세상 사는 이야기
- 내가 알고 있는 재미있는 이야기

추억 되살리기─어제 그리고 오늘

- 아버지에게 맞았던 일
- 헤어지는 아쉬움
- 처음 만난 설레임
- 첫사랑
- 편지
- 일기장
- (인상 깊었던) 영화
- 앨범
- 흑백사진
- 졸업사진
- 나의 어릴 적
- 설날
- 렌즈
- 고향
- 할머니
- 내가 길렀던 동물 이야기
- 비 오는 날 읽었던 책
- 책가방에 얽힌 기억

- 소풍
- 유치원 선생님
- 초등 학교 화장실 이야기
- 얼굴
- 내가 잃어버렸던 모든 물건들
- 시골
- 곤충 채집
- 별자리를 찾았던 일
- 교생 선생님
- 영화관에 처음 갔을 때
- 짝사랑
- 초등 학교 때 이야기
- 죽을 뻔한 경험
- 유리창 깬 일
- 내가 가장 좋아했던 선생님
- 수련회
- 캐러비안 베이
- 체육 대회

- 홍수
- 내가 지금까지 읽은 책들은?
- 가장 친한 친구
- 감명 깊었던 수업 시간
- 찜질방
- ○○○을/를 다녀와서
- 지금까지 살아 온 동네들에 대한 추억
- 감기에 걸렸던 때
- 우리를 슬프게 하는 것들

- 2002년 월드컵
- 여름 방학을 기다리며
- 영화 「선생 김봉두」에 대해
- 비오는 날, 방황하다
- 마지막 선물
- 외가집
- 친구와 싸운 일
- 인기 가수 콘서트 취재기
- 감명 깊게 읽은 책

상상하기 – 유쾌, 상쾌, 통쾌하게

- 클래식 음악을 듣고 떠오르는 생각
- 말도 안 되는 이야기
- 무감독 시험 제도
- 초능력 이야기
- 꿈 이야기
- 죽었을 때의 느낌과 죽은 뒤의 세계
- 만약 내가 초능력자라면?
- 영생을 누릴 수 있다면?
- 우주 비행사
- 마법
- 내가 만약 다른 사람과 몸을 바꿀 수 있다면?

- 내가 여자(남자)의 마음을 읽을 수 있다면?
- 30년 후의 내 자서전
- 성격 개조
- 빌 게이츠와 내가 재산을 맞바꾼다면?
- 머리를 해부한다면?
- 사랑의 묘약
- 휴대용 집
- 100년 후
- 모차르트와 베토벤이 전자 기타와 드럼을 친다면?
- 내 아이큐(I.Q)가 200이라면?
- 천리안

- 투시안
- 북한 청소년과의 교제
- 화성인과의 사랑 이야기
- 달 식민지
- 사랑에 빠진 대통령
- 타임머신
- 「반지의 제왕」 뒷이야기
- 아프리카 탐험
- 세종대왕이 태어난다면?
- 모두 10살에 결혼한다면?
- 내가 나무가 된다면?
- 내가 고양이라면?
- 바다 속 이야기
- 우주 탐험
- 무인도에서
- 전쟁을 없애려면?
- 내가 축구 스타 ○○(이)라면?
- 연상의 여인
- 세계 정복 이야기
- 열차가 날아다닌다면?
- 내가 영화를 만든다면?
- 탱크를 가지고 명동에 나타난 사람
- 내가 만들고 싶은 TV 프로그램
- 불가사의한 이야기 뒤집기
- 서울 대공원 고릴라의 반란
- UFO
- 버뮤다 해역
- 피라미드의 비밀
- 모험 이야기
- 보물 지도가 있다면
- 전 세계에 나의 동상이 있다면
- 내 이름으로 된 동산 만들기
- 연예인과 함께 사는 생활
- 1년을 400일로 한다면?
- 만약에 달이 없어진다면?
- 핸드폰은 어디까지 '진화' 할까?
- 나의 이상형은?
- 정말 재미있게 놀려면?
- 내가 하고 싶은 일들
- 부정 부패 없는 세상
- 여러 나라를 자유롭게 여행할 수 있다면?
- 버려진 쓰레기의 재활용 아이디어
- 몸에 좋다면 무엇까지 먹을까?
- 세상에 나 혼자 남는다면?
- 이 글을 쓰다가 죽는다면?
- 난 왜 이 글을 써야만 하는가?
- 로또(복권)가 당첨된다면?
- 해저 도시
- 정치가가 모두 사라진다면?
- 원시 시대

- 블랙홀
- 다른 차원의 세계
- 투명 인간이 된다면?
- 미래의 인류
- 전 세계가 동시에 정전된다면?

- 컴퓨터가 지배하는 세상
- 50년 후의 내 모습
- 세상에서 가장 아름다운 것은?
- 모두 성형 수술한 가족들 이야기

우리 사회 찬찬이 둘러보기

- 요즘 청소년들의 여가 생활
- 디지털 카메라와 언론 자유
- 인터넷 언론에 대하여
- 사이비 종교의 문제점
- 자본주의의 문제점
- 정치 부패의 해결 방안
- 가정 교육의 중요성
- 날로 심각해져 가는 청소년 범죄
- 환경 오염 실태와 해결 방안
- 신용불량자
- 마약
- 도박
- 교내 폭력
- 월드컵 스타들
- 스토커
- 김대중 대통령
- 노사모(노무현을 사랑하는 사람들의 모임)
- 인간 배아 줄기 세포를 복제한 황

우석 박사
- 낙태
- 안락사
- 치매
- 죽음
- 자살
- 핵전쟁
- 테러
- 컴퓨터 해커(hacker)
- 마니아
- 우리 사회에서 마땅히 없어져야 할 것들
- 가출
- 소년/소녀 가장
- 출세
- 난치병에 걸린 사람들
- 사기꾼
- 연예인의 사생활
- 부유층과 빈민층의 생활

- 도시 생활
- 요즘 어린이들의 식생활 변화
- 우리에게 미국은 과연 무엇인가?
- 신문은 과연 믿을 수 있나?
- 시험은 왜 보나?
- 체벌
- 세계의 위인들
- 대중 매체의 발달
- 요즘 젊은이들의 사고 방식
- 카드 빚, 어떻게 할 것인가?
- 현 대통령에 대해
- 국회의원
- 촛불 집회
- 비자금
- 독재자
- 국수주의
- 교과서 왜곡
- 위안부
- 연예인 누드
- 얼짱
- 몸짱
- 비속어
- 지역 발전의 불균형
- 요즘 유행하는 가요에 대해
- 세대 차이
- 동성애
- 술과 담배에 찌든 청소년
- 학벌 우선주의
- 사교육비 증가와 우리 교육
- 아동 학대
- 지진이 나면
- 가정 폭력
- 성희롱
- 해외 입양
- 휴가
- 찜통이 된 고속도로
- 우리 사회의 신풍속도(新風俗圖)
- 정보화 사회
- 현대 문명의 나쁜 점들
- 사회 복지 제도
- 우리나라 교육 제도
- 우리 민족은 우수한가 열등한가
- 한글의 우수성
- 동양과 서양의 사고 방식
- 청소년의 가치관 혼란
- 컴퓨터 바이러스란?
- 건강 식품 열풍
- 버스 요금 인상
- 병원의 진료 거부에 대하여
- 우리나라의 수출
- 산 교육 실천의 필요성과 그 효과
- 자연 파괴

· 이라크 파병의 정당성 유무

· 한국 사람들의 성격

· 굿

· 우리나라의 고유 상표

· 블랙 재팬(일본 종말론)

· 독도 문제

· 오존층 파괴

· 황사와 우리나라 환경

· 선생님들이 버려야 할 권위주의들

· 도시 생활

· 환경 오염

· 우리나라의 교육 현실

· 우리는 아직도 일본에 예속되어

있는가?

· 오늘날의 우리 민속 놀이

· 우리는 왜 수입 개방을 해야만 하

는가?

부록 3

브레인스토밍 일공공(100)

창조적 사고를 북돋는 데 적합한 브레인스토밍 주제들을 엄선하였다.
100번째 주제로 제시하였듯이, 더 좋은 브레인스토밍 주제들을 제시할
수 있으면 대성공!

001-050

001. 한복을 세계적으로 유행하게 하려면?

002. 사랑하는 사람에게 성공적으로 청혼하려면?

003. 미팅에 100퍼센트 성공하려면?

004. 세상의 모든 시험을 없어지게 하려면?

005. 열대 밀림에서 스키 장비를 팔려면?

006. 남극, 북극 등 극지방에서 반바지를 팔려면?

007. 외국 사람들이 우리 나라에 관광을 오게 하려면?

008. 부모님에게 원하는 생일 선물을 받으려면?

009. 할아버지에게 브래지어를 팔려면?

010. 남학생에게 치마를 유행하게 하려면?

011. 1년 안에 재벌이 되려면?

012. 수학을 싫어하는 학생이 수학을 즐겁게 공부하게 하려면?

013. 비무장지대(DMZ)를 세계 제일의 관광지로 만들려면?

014. 세계 공통어를 한국어로 하려면?

015. 여자/남자 친구에게 주기에 적합한 생일 선물들은?

016. 우산 없이 비에 젖지 않고 다닐 수 있는 방법은?

017. 청소년이 하루에 10시간 이상씩 좋은 책을 스스로 찾아 읽게 하려면?

018. 사람들이 도서관을 많이 이용하게 하려면?

019. 방학을 지금보다 2배 이상 늘리려면?

020. 수업 시간에 완전히 집중하려면?

021. 학교에 즐겁게 오게 하려면?

022. 잠 자는 시간을 줄이려면?

023. 청소년들이 즐겁게 자원봉사를 하게 하려면?

024. 지루한 수업 시간을 재미있게 보내려면?

025. 키 때문에 고민하지 않게 하려면?

026. 여름에 스키장을 개장하려면?

027. 여학생/남학생을 쉽게 사귀려면?

028. 굶주린 배를 단돈 100원으로 채우려면?

029. 어린이 유괴를 방지하려면?

030. 자신을 쫓아다니는 남자/여자를 그만 쫓아다니게 하려면?

031. 외국어를 공부하지 않아도 되려면?

032. 대학 입시 제도를 마음대로 바꿀 수 있다면?

033. 외국인들이 우리 음식을 가장 좋아하게 하려면?

034. 할머니/할아버지에게 신세대 옷을 입게 하려면?

035. 불치의 병을 앓는 환자가 즐겁게 죽음을 맞이하게 하려면?

036. 고양이를 싫어하는 사람에게 고양이를 키우게 하려면?

051-100

061. 신발을 자손 대대로 물려주려면?

062. 교과서를 보고 싶어하게 만들려면?

063. 날 싫어하는 사람들이 날 좋아하게 하려면?

064. 동전 100원으로 할 수 있는 일은?

065. 부모님께 용돈을 많이 받으려면?

066. 컴퓨터 중독에서 벗어나게 하려면?

067. 가방을 다용도로 활용하려면?

068. 아주 무서운 선생님을 웃기는 방법은?

069. 여름/겨울에 겨울 옷/여름 옷을 유행시키려면?

070. 노벨상보다 더 권위 있는 상을 만들려면?

071. 좀더 효율적으로 공부하려면?

072. 전세계에 한국 영화 붐을 일으키려면?

073. 한국 가요가 미국 시장에 진출하려면?

074. 아이들이 대학에 가기 싫어하게 하려면?

075. 선생님께 재미있는 별명을 붙여 드리려면?

076. 책상 다리를 다양하게 변형한다면?

077. 일본이 독도 문제를 제기하지 않게 하려면?

078. 전세계 인구를 억제하려면?

079. 이 세상에서 돈을 없애려면?

080. 모든 사람이 평등하게 살려면?

081. 이 세상 모든 범죄를 없애려면?

082. 목사님/신부님에게 성경을 팔려면?

083. 결혼을 안하겠다는 노처녀/노총각이 결혼하게 하려면?

084. 주말을 신나게 보내려면?

085. 사람들이 모두 나체로 다니게 하려면?

086. 부모님의 결혼 기념일에 드릴 만한 선물은?